U0650318

始终不聪明

As time goes by

浅白色 作品
QIANBAISE WORKS

CNS
湖南文艺出版社
HUNAN LITERATURE AND ART PUBLISHING HOUSE
博集天卷
CS-BOOKY

图书在版编目（CIP）数据

始终不聪明 / 浅白色著. —长沙：湖南文艺出版社，2012.4
ISBN 978-7-5404-5393-0

Ⅰ.①始…　Ⅱ.①浅…　Ⅲ.①长篇小说—中国—当代
Ⅳ.① I247.5

中国版本图书馆 CIP 数据核字（2012）第 033421 号

上架建议：长篇小说

始终不聪明

作　　者：浅白色
出 版 人：刘清华
责任编辑：丁丽丹　刘诗哲
监　　制：蔡明菲　潘　良
策划编辑：邢越超
营销支持：布　狄
版式设计：姜利锐
封面设计：姚姚工作室
出版发行：湖南文艺出版社
（长沙市雨花区东二环一段 508 号　邮编：410014）
网　　址：www.hnwy.net
印　　刷：北京鹏润伟业印刷有限公司
经　　销：新华书店
开　　本：880mm × 1230mm　1/32
字　　数：220 千字
印　　张：7.5
版　　次：2012 年 4 月第 1 版
印　　次：2012 年 4 月第 1 次印刷
书　　号：ISBN 978-7-5404-5393-0
定　　价：29.80 元

自序
清醒有时，犹疑有时

这是我写过的最漫长、最费力的一本书：

时间长，篇幅也长。

然而，它却是我所写过的最简单的故事。没有惊心动魄，没有曲折离奇，仅仅是平常生活中往前走一步的距离，途中就消耗了漫长的时间。

其实我们每个人的生活不都是如此。当你面临生死攸关的重要关头，作出选择或许只需要一秒种；但活在无限延长的平静当下，你需要花多少时间来选择开始另一段人生？遗憾的是平凡生活里没有多少惊心动魄的机会，唯有今天的太阳跟昨天差不多，明天的太阳又跟今天差不多。生活以它独有的方式为我们作出了规范：时间越紧迫你越果断，越不赶时间你反而越犹疑。

“赶时间”这三个字能让你点错难吃的食物，买错会后悔的衣服，找错不合适的工作……甚至爱错一个不靠谱的人。在这一点上，恋爱就像手机充电器，你时间不够匆匆忙忙拔下插头，它便闪闪缩缩地让你中途断线。

从小就不断有人教我们“朝看水东流，暮看日西坠。百年明日能几何，努力请从今日始”，“勿谓寸阴短，既过难再获。勿谓一丝微，既绍难再白”，仿佛我们生来就该一刻不停地追着时间往前跑，仿佛只有飞快地前行，才能在同样多的时间里比别人跑得更远，看到更多风景。

然而不幸的是，你可以飞快地追上未来，却无法以同样的速度甩掉往事。纵然物理意义上你已经离开过去很远，但有些事总是紧紧贴在身后，像贴着你姓名标牌的沉重行李。

人人都会说“东隅已逝，桑榆非晚”；只有你自己知道，余温尚存的往日从来不曾真正消失。

——所以，急什么呢？慢慢来，反正又不赶时间。

因为你曾有过回忆，所以你会心存恐惧；因为你曾有过回忆，所以你会偶尔犹豫；因为你曾有过回忆，所以你会有所保留；因为你曾有过回忆，所以你渐渐变得迟疑。

这没什么大不了。

别急于填补身边的空位。独身一人从不代表一无所有，反而证明了你过往的人生都不曾白费。如果告别一段错的过去只为了随手乱抓一个未来，那未来与过去又有何分别？当未来将要来时，你内心的犹疑、清醒、试探和退守都是时间赠与的珍贵礼物：唯有跨越它们，你才能心安地朝前走。别怕它们浪费时间，别担心自己很快就要老去，在对的人到来之前，我们必须承认自己还等得起。

否则，当初为什么不留在过去里随便将就下去？

我们都惯于草率地决定“忘掉过去”，避而不谈那些不愉快的往事。其实对自己坦白并没有多难，只需要告诉自己：我并不聪明，曾经作过不少错误的决定，也许活到老仍然还会犯错。可那又怎么样呢？既然不聪明，就留给自己一点儿时间慢慢看清楚。

或许，慢下来会让我看到许多美好的东西都不复美好，许多真实的东西都不复真实。这世上有许多事物是不能深究的，又或许大智若愚方能幸福，看得太清楚辛苦的只有自己。可就是有像你我这样的笨人，总也学不会视而不见，无论真相是好是坏，但求活得透彻心安。

于我而言，别人眼中的自己幸不幸福早已无关紧要。

——何必非要向别人证明自己过得好呢？人生是自己的，看清楚，慢慢来，反正我也不赶时间。

所以，这本书是一个关于与回忆和解的故事：当你可以直面自己身体里与生俱来的笨拙与孤独，你便能够彻底谅解过去的自己。大多数人都像我们这样活着，虽不聪明，但诚恳；虽会犯错，但坦然。

不聪明地活着，也没什么大不了。

如果你需要时间，那就给自己一点时间。

在这世界上，聪明人懂得混沌，而你我宁愿清醒。

谨以此书献给每一个有回忆的你，愿浓雾散去后便是风景。

目 录
Contents

始　终　不　聪　明

有人的旅程是将告别延长，有人的旅程却是将等待缩短。

在海拔九千米的高空中，没有雾，没有风景，没有过去和未来，只有密闭的机舱。

01
[雾中机场]

001

下午四点半，雾还没有散。透过候机大厅的玻璃窗，只看到眼前被分割出一格一格的茫然。停机坪里浮动着一些模模糊糊的黑点，或许是车辆，或许是谁的背影。一场大雾让玻璃都变得形同虚设。

我的归期本来是昨夜，却被浓雾阻隔了眼前真实的世界。整个航站楼犹如一座没有吊桥的城堡，不到护城河干涸，谁也无法离开。

——因为雾，我从不喜欢重庆的春天。

昨天深夜曾有一辆大巴将我们载离江北机场，放在商务酒店门口。黑压压的人群手持住宿卡鱼贯而入，抱怨声此起彼伏，连回音都被浓雾吞得一干二净。当然，来的路上车窗外什么也看不见，只有一团团浓密的记忆朝我挤压过来。

我记得两年前拖着大箱子离开时，这座城市正静默在雾里。清晨的街灯只能照出脚下的一小片空间，过了一条马路再回过头，想看看我曾经生活了一整年的那扇窗口，却只看到一片白而浓稠的茫然。

当年，我是趁黎靖熟睡时偷偷离开的——带着匆忙收拾的行李和手臂上新鲜的淤青。自那时至今，我再也没有见过他。

当年离去时大雾包裹住车厢，窗外一团团潮湿的白絮捂紧了我的双眼。最初的几小时，我一度惊恐地怀疑火车其实并未往前走，车轮与轨道之间有节奏的敲打声不过是幻觉。跳窗的冲动紧紧攫住我的意识，我死命揪住身下肮脏的白床单，克制这种逃亡即将失败的恐惧感。当火车终于驶出雾的辖区，我感觉到自己的脖子早已被汗珠灼得发痒。

然而，事实上黎靖并没有来找我。或许是愧疚，或许是无所谓，总之，我的离开就像他早已预见的情节一般。直到现在我都存有疑惑：那天清晨他是真的在熟睡，还是早已醒来，装作并不知晓，只因了解了我已决意要走，挽留或阻止只会让结局更难堪。

现在，两年后的此刻，我仅仅只是不得不来重庆出差几天，却又被大雾困在这里。

雾到底跟我有什么仇？

我强行把自己从回忆中拽回现实，开始环顾四周，试图找到某个能转移注意力的目标。可大厅里全是跟我一样急着登机的旅人，看他们还不如看自己。

既然被雾困住已成事实，做点什么总比傻等好。我坐在候机大厅的角落，埋头打开膝上的电脑玩“植物大战僵尸”。

低着头，除了电脑屏幕外，只能看到对面罗列着一双双脚、各种各样或干净舒服或滑稽可笑的鞋袜和裤管。偶尔还有行李箱跟着一双双正在走动的脚经过我面前。重庆怎么有这么多小腿白皙细长的女孩，裙摆飘过我眼前，漂亮的高跟鞋摇摇欲坠，对着电话大声说笑，像向日葵一样明亮挺拔又美丽。

我终于忍不住，抬头想看看面前这双小腿的主人。

再不看，又该走远了。

我迅速直起身，膝盖上的电脑却“啪”的一声掉到了地上，四脚朝天。顾不得看美女，只得慌乱地蹲下来抢救电脑。它倒是真坚强，这么一摔还能若无其事地亮着，铁桶僵尸趁火打劫吃了我一颗豌豆。

捡起电脑左拍拍右拍拍，确认它不是回光返照，这才又放心地搁回膝盖上。正在此时，右边伸来一只手，递给我一个很眼熟的手袋。

等等，我捡电脑的时候又把包掉地上了？

我红着脸接过包，转头匆忙道谢。

右边那个人搭在手臂上的外套口袋里伸出一截登机牌，上面姓名栏赫然印着：黎靖。

我的心脏几乎停跳了一秒，彻底抬起头，却看见一张完全陌生的脸。

眼前这个陌生人从发梢到眉眼没有一丝似曾相识之感，身上的灰衬衫不挺括也不软塌，质地温和谦厚得恰到好处——真没有一点与我所认识的那个黎靖相似。惊魂未定的我又看了一眼那张伸出头来的登机牌，那两个汉字清清楚楚。我并没看错。

有生以来遇到过的最荒诞的事情莫过于此。

他显然是被我盯得不好意思了，礼貌地笑了笑然后坐下。

这不过是在公众场合一次再普通不过的举手之劳，如果你愿意，每天可以发生好几十次，每次发生过后转身就可以认不出对方。当然，前提是对方没有恰巧跟你的前男友同名同姓的话。

如果他刚才对我掉在地上的包视而不见，我根本没机会遇到这么诡异的情景。所以说，每一次助人为乐背后总有可能潜藏狗血暗涌。而且，生活一旦真狗血起来，只要随便洒那么一两滴，肥皂剧什么的立刻全都变浮云。

这他妈就是人生。

我心不在焉地低下头继续打僵尸。这回打得惨不忍睹，磁力菇隔着老远袖手旁观昏昏欲睡；大蒜干脆投敌叛国了，大概是我种得乱七八糟，它们居然站在大门口为僵尸们提供指路服务，引领敌人集中火力进攻。僵尸啃掉了我的坚果墙，毫不留情一路吃过去，豌豆杨桃向日葵阵亡如山倒，最后铁蹄居然还踏上了我家西瓜地，直捣大门口……直到除草机出马剿平叛乱压出一排僵尸饼，我才发现旁边那个叫黎靖的陌生人在看我。

准确地说，他是在饶有兴味地看我愤然敲击屏幕垂死挣扎保卫家园。

这有什么好看的？我忍住了脱口而出的冲动，却没来得及把目光从他那里收回来。这下我们两人刚好你看我、我看你，配上游戏那滑稽的音乐声，屏幕上所有的植物都跟着节奏摇头摆尾。这虽然算不上大眼瞪小眼，但总有那么几分尴尬的意思。

“想不到苹果也挺禁摔的。”他打破了尴尬，很自然地指了指我的电脑。

闹了半天，他是在纳闷我的电脑怎么没摔坏呢。

他这句话疑问不像疑问，讨论又不似讨论，很明显没什么搭讪经验。我只好随口回答：“呃，运气吧。”

“前几天我女儿说想要个 iPad，我还担心买回来一天她就摔坏了。”

原来他关注的还真是我手上这个小平板。他看上去顶多三十出头，女儿应该年纪还小。

“不会吧，好不容易到手的，怎么也要爱惜点。”我笑笑。

他弯起嘴角微笑，却是一脸不相信的表情。好几秒钟我才醒悟过来——我这不刚刚摔过它一回吗？它简直是美貌轻盈滑溜易摔倒。

——此时此刻，已经暗下去的屏幕上还隐约倒映着我们两个陌生人的笑容。

我恍然记起，当年在那间宽敞的厨房里黎靖低头切着一只紫得发亮的茄子，我在一旁洗米，手上那盆混浊的淘米水不期然地映出两张脸。我们停下手上的活对着一盆水做鬼脸，笑得前仰后合。水面漾起一阵阵圆形的波纹，从中心慢慢扩散开来。然而，混浊的白色水面像幻影一样从眼前退去，记忆中那张面孔被替换成了一个跟他拥有同样名字的陌生人，映在眼前平如镜面的液晶屏上。

一时间，我不知道如何去反复确认，右边座位上这个黎靖究竟是不是我的幻觉。

大概我们两人都不善于跟陌生人闲聊，即使是在这被雾重重围困的孤堡里，想与人说说话打发时间也那么缺乏技巧。我们显然都有继续聊两句的意思，却一时都不知道说什么好，脸上的笑容按照自然规律都该收了，依然没想好下一句该怎么开口。

“不知道雾什么时候会散。”黎靖很明显想找点话题打破尴尬，却又起了个无趣的头。

“没办法了，从昨晚等到现在，也不差多等一会儿。”

他问：“你坐的也是CA4139？”

我点点头。这不废话吗？我们都戳在同一个登机口边上等着呢。

“其实，差不多时间的航班有不少，你怎么选了这一班？”他又问。

这个话题总算有趣点儿了，我将电脑塞进包里，专心跟他聊天：“因为国航的空姐不爱理人，路上安静呗。你呢？”

“我就是随手订的。”他笑了笑，“不像你们女孩子，无论选什么都一定有个理由。”

“这也不一定。跟你说实话吧，我也是随手订的。但如果你要问我为什么，我就一定会说个理由出来。女人其实也常常不经考虑随便作选择，只是比较善于事后找借口而已。”

“嗯……那你为什么来重庆？”

“这个不随便，我是来出差的。”说着，我们两个都笑了起来。

他笑的时候左脸颊有一个单酒窝，皮肤虽然没有精心护理过的痕迹，但也不粗糙。直到他发现我又在盯着他看，我才迅速移开目光，看向玻璃窗外。我第一次如此关注一个陌生男性，仅仅因为他与我的前男友同名？

难道这两年来，我从来没有走出过重庆的雾？我一直不愿意再与任何异性建立超越友谊的关系，不愿意以此为目的结识任何人。我以为那是平静和随缘，是成熟的标志之一，其实只是一种退避的本能。

雾居然渐渐散了。依稀的阳光穿透玻璃，在大厅里点燃一阵小小的骚动。

不过片刻，广播也开始响起来。重新播着每一班航班的登机口、预计登机时间。

经历了一天等待，我的焦虑早已平静下来。可以回家的时刻总会到来的，无论焦急与否。倒是窗外那几缕穿透薄雾的阳光实在太美，如果错过这一刻，必将是遗憾。我抓起手机想拍下来，可惜无论怎么拍都拍不出它的全貌，照片上只留下扁平又暗淡的光影。

回过头，只见黎靖也看着窗外，对身边旅人们的喧嚣置若罔闻。

“很美吧？”我问。

“你知不知道薄暮和黄昏、日落的区别？”他转回头来反问我。

“薄暮是在黄昏之后，日落之前。对吗？”

“薄暮时，太阳在地平线下 6 度以上，就是我们现在看到的景象。”

“它这么短，难怪会被认为是黄昏或者日落的一部分。”

“不短了，每天都有。”他脸上又浮现出那个浅浅的单酒窝。

是啊，每天都有。

活了二十七年，第一次站在异乡仔细凝视天边的薄暮，窗内困着回忆，窗外就是归期。

雾在黄昏来临之时散尽，可以开始登机了。这一段延误仿佛是离开的回忆途中凭空多出来的一截时光，不存在于记忆里，不存在于未来中，也不应存于现实世界。

我们也握着登机牌融入登机口排队的人群，一前一后，像任何两个偶然相遇的同路旅人一样。我没有再刻意回头跟他交谈，他也没有再与我说话。

飞机上，我们的座位相隔得很远，远到完全看不见彼此的所在。起飞大约二十分钟后，空姐推着手推车来派发晚餐，锡纸饭盒软而烫手，保鲜盒里饱满的蔬果卷着冰箱的气息而来，两者在胃里互相侵略，最终将湮没在同样的温度之中。机舱外的云层被晚霞染上不同层次的紫红，我始终觉得在机场度过的这一天像梦境一样，感觉真实却并不可信。

机舱里难得的安静。我闭上眼睛。邻座的女孩一直在看杂志，一页页纸翻过的声音有节奏地响响停停。两小时二十五分钟的飞行，有人睡了，有人醒着，有人的旅程是将告别延长，有人的旅程却是将等待缩短。在海拔九千米的高空中，没有雾，没有风景，没有过去和未来，只有密闭的机舱。

直到下机后再次见到黎靖，我才确定这一切并不是幻觉。

他穿着那件灰色的伦敦雾站在行李大厅的传送带前，像一个模糊在明亮背景里的剪影，分外扎眼。我没有托运行李，提着随身的小旅行包直奔出口。还没经过他身边，他已回头看到了我，竟像老熟人一样跟我打招呼：

“你住哪里？”

“东边。你呢？”

“朝阳公园。”

看来是我太谨慎了？他对此事倒是胸无城府，一张口就告诉我具体目的地，而我说的只不过是地图上有指向的一大片，大到打车兜一圈都得小半天。

也对，何必对一个并无恶意的陌生人如此戒备？

于是我补充道：“我去大望路。”

“这么近？”他语气中仿佛有点隐约的惊喜，“不介意的话，我们可以拼车回去。”

“也好，比地铁省事。”我居然欣然答应跟一个陌生男人拼车。

传送带慢悠悠地一圈圈往外转，他终于弯下腰将转到面前的箱子提了下来，那是个没有任何装饰的深棕色大箱子，贴在拉杆边的行李条就像黑桌布上的白筷子一样显眼。他伸手时我才看仔细——这人的衬衫袖口居然有一对方形的银色袖扣，精致素净却不抢眼。坐经济舱提皮质箱子穿伦敦雾还有对袖扣，简直一副家道中落沦为平民的贵族末裔或是80年代英国海归的样板。真不知道他是刻意往怀旧了收拾，还是纯属个人喜好比较特别。

出租车上，我们有一句没一句地交谈，气氛还算融洽。很庆幸黎靖没有跟我进行自我介绍环节，更没有互换电话。大家心里都清楚：只需善待彼此同路的缘分，人生际遇就是如此，并非事事都要有目的才可以过得开心。

他甚至不知道，我知道他叫黎靖。

说是拼车，结果成了他送我。到了家门口，他让出租车将我放下，挥挥手就关上车门绝尘而去，二百度近视的我下车前甚至没看清楚计价器上的数字。或许他一开始就是好意顺路送我回来，怕让我误会才提议拼车。有个这么好风度的父亲，他女儿该有多幸福。至少，长大后不会被年轻男人的花言巧语、小恩小惠轻易骗去。

成长过程中有个好母亲，便能学会如何爱别人；如果有个好父亲，则会懂得如何保护自己。我两者都有，大概因为自身太愚钝，两样都只懂了皮毛。以前总以为所有人都会像我的父母一样坦荡诚恳，没料到那只是自己天真。

头顶的黑夜疲软地瘫倒在满街灯光背后，这漫长的一天总算走到了尾声。

上楼进屋，迎接我的是室友唐唐那一脸黑泥面膜。

她头顶包着干发帽，黄得像一颗鲜柠檬，黑糊糊涂满了泥的脸冲着我笑："哟，终于回来啦？"她这造型实在喜剧。

我放下旅行袋换拖鞋："我几天没回来，你一个人在家孤单寂寞冷了吧？"

唐唐把我全身上下连带行李打量了一遍，开始控诉："丁霏同学，你在外边风流快活让我独守空闺也就算了，居然还不给我带礼物？！"

"急什么？少不了你这吃货的。"我弯腰拉开行李袋，递给她一个纸袋。

她接过那一袋子特产翻了翻，刚翻出一大包泡椒凤爪，忽然从沙发上一跃而起，冲进洗手间洗脸。

唐唐大名叫唐小雅，听起来很像"唐小丫"，所以，谁叫她全名她就跟谁急。唐唐在投资公司工作，人美嘴甜胸大有脑性格豪爽追求者众多。她的美简直是所有女人的励志教材：她从不减肥，一直徘徊在超过标准体重三五公斤的范围内，谁见了她都会深刻地意识到"瘦子比较漂亮"这句话绝对是谬论。

我们合租两年，彼此都从没动过要换个室友相处的念头。都说女人之间的友谊很微妙：亲密起来可以共用一支唇膏；一旦争吵翻脸，理由甚至不需要涉及男人，一件衣服、一双袜子、一盒面霜，甚至电表上的几个数字都会变成关系破裂的导火线。唐唐跟我性格迥异，却鲜少彼此忍让迁就，因为根本无此需要。我们互不勉强，相处愉快。

眼下她已飞速洗干净了脸上的面膜，坐在我身边专心致志地拆着零食包装袋，还不忘先递给我一只凤爪。

我忽然想起一件小事："喂，我刚才在楼下好像又看到张明磊的车了。不确定是不是，我也没好意思走近细看。"张明磊是前不久刚被唐唐踢出局的男友发展对象。

唐唐戴着透明的一次性手套，吃着东西含含糊糊地答："管他呢。"

"真不后悔把他踹了？"我挪动屁股，往唐唐身边挤了挤。

"后悔？后悔我就不会坐在这儿了。"唐唐嗤之以鼻。

看来我刚才没认错，楼下那辆迈巴赫里坐着的还真是那悲催的张明磊。

张明磊是她的客户之一，长得不差谈吐也不俗，前段时间天天下班后在唐唐他们公司楼下蹲点，就算约不到唐唐吃饭也要坚持送她回家，日复一日的努力，差点就把她拐走了。有一次唐唐下班出来，撞见张明磊跟一个女孩为了停车位吵得面红耳赤，当机立断将他踹了，理由是"小气是男人最致命的毛病"。

我说你怎么不问问前因后果？

她说能跟女孩子为一点小事吵成这样，这种男人在追到你之后肯定会原形毕露。她不会傻到等他原形毕露的那一天再分手。

大多数女人感情上的不幸都恰恰是因为心存侥幸，在某些问题初露端倪时选择了为对方找借口。在每一段失败的感情里，女人或多或少都有过一些预感，只是自己从未相信过，直到它真的发生。如果我有唐唐一半的果断，或许过去的一切都不会发生。

"想什么呢？"唐唐见我发呆，伸出她泡椒味儿的爪子在我眼前晃了晃，"哎，你说，要是这世界上所有吃的都能有泡椒味儿多好啊！"

我被她这句感叹逗乐了："行，下回你再来我们店里吃芝士蛋糕，我让小章给你加泡椒，哈哈！"

"呸！你敢做我就敢吃。"唐唐扔掉骨头，又从袋子里抓出来一只。

002

出差回来了就得上班，何况我还因为航班延误多耽搁了一天。

早晨一回到店里就被那一片狼藉吓着了：书架边堆了起码十几个开着口的牛皮纸袋和包装条，纸袋旁边是个堆满了书的推车，同事小章无暇顾及地板，正手忙脚乱地整理书架呢。

除了店长之外，这家书店只有我和小章两个店员。一个早九点到晚八点，一个十一点到晚十点，我们轮换。今天小章本应该两小时后来才对。

“小章，李姐呢？”我环顾四周不见店长，问。

他停下手上的活回头看见我：“丁姐你出差不知道，李姐昨晚就去怀柔开会了，你又没回来，今天一大早就收到新书，我转来转去都快忙成电风扇了。”

“去怀柔开会？”我边动手帮忙整理新书边问。

“出版公司请的。说是订货会之类的，其实是请渠道客户去吃吃喝喝呗。”小章见我帮忙，从旁边拉过梯子，支起来往上爬。

我站在下边递书给他：“咱们店这么红啊？前几天重庆那边请开会李姐让我去，结果她也没逃掉又被拉去怀柔了。店里就我们仨，估计再有人来请人开会就得你了。”

“我才不去呢，在出版公司工作的美女哪儿能看上我？去了也是白去。”

“让你去开会，你当是去求偶呢？”

“我这天天上班，见的不是顾客就是出版公司的人，还能上哪儿找女朋友啊？”

小章才二十一岁，已经在我们这家小书店工作了快四年了。没好好上过学，做了几年调酒，后来才到这家书店整理书架兼给顾客煮咖啡。要论资排辈的话，我还是卖书小妹中的菜鸟，他早已是不错的咖啡师了。他形象不坏性格也不坏，更没有什么坏习惯，却从未见他身边有过任何女孩子。巨蟹男的龟毛特质几乎全体现在了他的感情上，乐此不疲地在“合适”与“不合适”之间锱铢必较，不肯高攀也不肯屈就，他就这样在感情里坚持自己的平衡，等着遇到一个合适的人。

然而，不需要妥协的感情真的存在吗？我一直很怀疑。

不是每个人都可以遇见上帝为你量身定做的另一半。多少人从没见过真爱的全貌，就这样混混沌沌凑合到老？从不抱有期待或许是一种幸运，而始终坚持期待也未尝不是幸福。

至于现在的我，能够跟过去的一切干净彻底地告别，在这个一百多平方米的小书店里一直平静生活已经算是最正确的选择。

“小章，这几本我们上周不是退回去了吗？”我这才注意到手上的书，问站在梯子上的小章。

“唉，说起来一肚子气，”他低头示意我看手上的、地上的包装纸，“明明都退回去了，非要再跟一批新书一起送过来，还打电话说了我一通，说我们不给好位置放。”

“算了算了，就搁顶上吧，反正卖出去才付款。你自己下来小心点儿，我去拿个扫把来。”最后几本书摆好了，我开始清理地板。

还有十分钟就该开门了。

每天的生活都是如此：日出而作日落而息，被书香、咖啡香和植物的气息环绕着。这种生活在飞速运转的北京不能不说已经算是一个奇迹。

通常刚开始营业的时段顾客很少，收银台几乎不用人看着，我能有时间整理院子，给花草浇水。对街的花店隔天就会在清早送来一打鲜花，有时候由我们预订品种，有时候依他们店主当天的心情选择。今天，我看见吧台上堆着一打白色马蹄莲。将每一枝修剪好长度，插进每张桌子上的玻璃花瓶里，剩下几枝则摆进书柜的青瓷花瓶里。

一旦平静而琐碎的事情每天循着规律发生，这些琐事都会因时间的重复而充满仪式感。

此时此刻再次见到黎靖，则是规律生活中少见的意外。

他推开门走进来，逆着光。我听见门的响动，放下花回过头来。

回忆的波纹忽然从眼前一闪而过，他的样子模糊了几秒。

北京城有两千万人口，我们却在两天之内第二次偶遇。上一次，我们同机夜归；这一次，他是今天的第一位客人。

他的格子衬衫外那件英伦气息浓重的白底黑边开襟毛衣有种薄雾般的质感，他一手插在裤袋里，另一手提着电脑包。每次看见他，都让我无端地联想到“雾”。昨夜灰色的伦敦雾浓重，今天的白雾轻盈。这个人仿佛就是从雾中来的一般。

“你在这儿工作？”他见到我，脸上仿佛有几丝故友重逢的惊喜——说是“仿佛”，其实我也看不真切。

“你来看书？”我几乎是同时开口。

两个声音撞在一起。小章从书架后钻出头来看我们，眼里藏着些许看到了八卦新闻的兴奋。也罢，来了两年，他还是第一次见到我有男性朋友。在此之前，他几乎要怀疑我跟唐唐是一对蕾丝边好基友。

“呃，我是想来问问下午的签售活动。”黎靖语气虽然从容，却仍能够轻易地被人觉察出几分尴尬。

今天下午是有一场签售，要签售的书今早出版公司的发行已经送到，现在与还未支起的展架、海报一起整整齐齐地堆在窗边的柚木桌上。

“下午三点半，云清的新书《7 公里》签售会？是这里。”我指了指那堆书。

“谢谢。”他顺着我所指的方向看了看，“我能不能现在买一本？”

我颇有些意外：“现在？等到下午能买到签名版，现在只是一本普通的新书。”

“我知道，可是我下午来不了。能不能先买一本留在这里，下午拜托你帮我请云清签名？如果可以的话，明天我过来取。”他干净的颈部妥帖地包裹在衬衫衣领里，下巴上没有胡楂，且丝毫没有已婚中年男人的邋遢。我所指的“邋遢”并非外表不讲究，而是浑身散发出的一种懒散、疲倦、尘埃落定、拖拉着脚步生活、疲于养家的机械感的气息。

或许他不用疲于养家；又或许，他还算不上是“中年”？

“嗯，没问题。”我转过身去叫小章。

从收银台付完账回来，他把书交给我，向我道谢：“谢谢。”

“不客气。这也是买给女儿的？”我问。

“算是。”他笑了笑。

——当然是，云清的爱情小说从来都很受女孩子欢迎。再加上他打听签售时表现出的微妙的尴尬，几乎可以肯定。

而且，他长得也不像会看这种爱情小说的样子。

“那要不要把你女儿的名字写下来，我下午请人签上去？”

“这倒不用，签名就很好了。谢谢。”他笑了笑，告别离开。

“有妇之夫啊？”小章不知道什么时候凑到了我身后，神秘兮兮地感叹。

“是啊，给女儿买签名书的好爸爸。”

“我还以为是你男朋友呢！看上去才三十出头，没想到孩子都有了。”小章一脸大失所望。

“要真是男朋友，能不知道我在哪儿工作？”我拿起手上的书去拍他。

“还真看不出他有个这么大的女儿。”

“见都没见过，你知道人家女儿多大？”

小章指着我手上的书封面道：“几岁小孩能看爱情小说？丁姐，你能有点儿成年人的观察力吗？”

我抚额。

中午，出版公司的人来布置场地了。小章跟他们忙着整理桌椅，支展架、挂海报，守在收银台后的我这才有机会仔细打量手上这本《7 公里》：封面主色调是清新的绿色，白底，设计简洁温馨，塑封薄如蝉翼又光滑如镜。看上去质朴清新，手摸起来有种细腻而真实的“纸”的天然质感。说它制作精良一点都不为过。

即使它日后没能跻身畅销榜，也铁定是本大受读者第一眼青睐的书。

我们这些书店店员早已在书架满了又空、空了又满之间练就了火眼金睛，一本首次出版的新书命运如何，我们在开头就能猜到一二。这算是职业习惯，也可以说是职业病——自此以后，书对于我们来说首先是商品，然后才是读物。那种凭直觉阅读，首先从字里行间体会一本书灵魂的快乐，很难再有。

有得有失，任何一种选择和由此带来的经验都是如此。

也正因为如此，为避免对一本书先入为主，我已经很少看国内出版的读物了。常常购外版书所费不菲，幸好偶尔有相熟的编辑赠送一两本——有时是纯粹的赠阅，有时是我需要翻译的功课。

这两年来，我乐于在书店过简单的生活，闲暇时兼职翻译些外版小说，竟然从未怀念过以前高薪厚职的同传译员生涯。都说由奢入俭是个艰难的过程，而我觉得当下的简单更快乐。

刚刚将手上的书拆开塑封打算细看，就听见小章在叫我：“丁姐！”

台前的一小盆薄荷正好挡住了我的视线，我探出头，看见门口站着小章和一个棕发碧眼的年轻老外，有着一张轮廓分明的印欧混血的脸。

小章虽然没正正经经上过大学，不过英文还不错。特意叫我出来接待，想必客人是说西班牙语的。来咱们天朝的国际友人不论国籍，基本上多多少少都能说点英文，小章完全应付不了的还真不多见。

今天什么日子？半天内发生了两件难得一见的事。

店门口站着一位国际友人，屋里一群人正手忙脚乱地准备签售场地。我忙放下手中的书，出去将顾客迎进来。

自从毕业起我再也没说过半句西班牙语。如果不是当年嫌法语太难，相比之下西语词汇变位比较工整，根本不会选这门二外。毕业后就是紧张的同传培训和资格考试，再接下来被高强度的工作占据了全部精力，几乎要把好不容易学来的西语全还给学校了。好在以前收藏了不少原文小说，平时偶尔看看，此刻还能硬着头皮上。

跟客人聊了几句，知道他是智利人，今天想来参观书店。我们的店并不大，一百多平方米的地方本不到五分钟可以转完。可这位智利友人逛着逛着开始对书架上的书来了兴趣，时不时拿下一本询问。

当他转到励志类书架，看着一排排封面印着各类名人大头照的书时，我顿时后悔没再抱个电脑跟在身边，可以及时搜索人名，向国际友人解释这些给心灵打鸡血的大师都是何许人也。要知道，在我“从来不读的书”里，励志排在首位。活着就犹如沿着时间往前行走，既然每走一步都不会重复也不能回头，何必天天鼓励自己上足了发条狂奔？在我看来，刻意励志根本是透支情绪的行为。

他逛了十来分钟，最后居然抱着四本中文小说走向了收银台。

我好奇劲上来，忍不住问他买这些中文书打算怎么看。

他腼腆地笑笑，非常清晰地说了一句汉语：“我懂中文。”

这四个字像爆米花一样“嘭”的一声把我炸了个满脸通红。

这个小章！

“不好意思，我看同事特意叫我来接待你，我以为……”我赶紧解释。想起刚才绞尽脑汁给他介绍那些中文书的情景，真是越想越窘。

“没关系，你的日本同事说他不太会讲中文，请你接待我。谢谢你。”国际友人一脸笑容可掬。

日本同事？！小章为了给我制造艳遇把自己国籍都改了？他不是真怕我剩下、

时时想着把我推销出去吧？跟小章聊天时他常挂在嘴边的一句话就是“丁姐，你这不行啊！别说男朋友了，连猫都不认识一只公的，总有一天你会被掰弯的”。

事已至此，我只好傻笑一阵作罢。

直到国际友人买完了书离开，小章还站在门口鞠躬念叨“阿里嘎多”，真是影帝级水准。没等他彻底直起腰来，我对准他后脑勺一敲。

“哎哟，打傻了就娶不到媳妇了！”小章捂着头抗议。

“中文说得挺好嘛，日本同事。你这行为搁古代就是通番卖国，要诛九族的知道不？”

“大姐，我苦心为你制造机会，你要珍惜啊，生个混血小孩多漂亮！”他果然打的是这个主意。

我哭笑不得：“还不过去帮忙，都快两点了。我晚点找男朋友不会死，你要是再磨蹭点儿，一小时后读者全都来了。”

小章继续帮忙布置场地，我正要转身去摆正收银台边的海报和排队购书指示牌，忽听旁边有人在笑。循着笑声看过去，见不远处书架边有个人站在那儿冲我们直乐。那人有点眼熟，看上去不到三十，紧窄的一粒扣西装外套罩在圆领T恤外边，看着像那种明明窝在格子间里工作还要坚称自己是艺术家的年轻人，又有点像故作时髦的CBD精英。要是再戴顶小礼帽就更像那么回事了。

看他笑成那样，想必是刚才我跟小章的对话被他听见了吧？

我叹了口气，转身去收拾。

再有一小时签售就要开始了。我怕忙起来将手边的书弄混，于是找张便笺写了黎靖的名字夹进那本我已经拆封的书里。

下午的签售持续了近两小时，比我们想象的要热烈得多。云清一直被读者团团围住，我只是坐在两三米之外，都看不见她的脸。守在收银台后手忙脚乱的一下午过去后，云清的编辑总算记得把黎靖留下的书拿去签了名交还给我。

“欸，云清挺漂亮的啊。”签售会尾声时，小章不知道什么时候到了我旁边，眼神指了指云清。

此时读者的包围圈不那么密不透风了，我才看清楚她的样子。皮肤白皙、五官精致，颈边有一颗淡淡的褐色小痣，短发垂在耳后，穿一件灰蓝色棉麻长裙，好似风一吹整个人都会飘起来。她确实很美。而且听说她有三十五六了，看上去还跟二十几岁的女孩一样。

别说云清是作家，她本人就像从小说里走出来的一般。

傍晚七点左右，黎靖就来了，没等到他说的“明天”。

我把书给他，他道了谢，接过书顺手翻开。这个再普通不过的动作却在半途忽然停顿下来，他面带惊讶的神色，盯了书页几秒钟，又疑惑地看向我。

“怎么了？”我不解地从他手上拿过书，自己一看也呆住了。

扉页上用清隽的字体写着：“黎靖先生惠存。”下边是云清的签名。

我这才想起那张写着他名字的便笺纸。要知道，我当时是随手写下夹在里面避免忘记或混淆的，大概是编辑拿去签名时被云清看见了。

本来作家在书上签读者的名字没什么大不了，可他并没有告诉过我他的名字。这也许就是他吃惊的原因吧。

“这签名是……”黎靖犹疑地问。

我脱口而出：“噢，我下午一直都坐在收银台走不开，是云清的编辑帮我拿去签的。”

他接着问了个我不知道怎么回答的问题：“她知道书是我的？”

“呃……她可能是看见书里有张便笺写了你的名字，所以就签上去了。”他都问到这个了，我只好老实交代了，“我在机场见过你的登机牌，所以，呃，我怕书太多弄混，所以写了你的名字夹在里面。”我不带喘气地把前因后果说了一遍。

谁知，他脸上浮现出一丝悲喜难辨的微笑，说：“谢谢。”接着转身走出了书店。

我越想越觉得还是有点不妥，便三两步推开门追出去。

“不好意思，那天我不是故意要偷看你登机牌的，是你帮我把包捡起来的时候……”

他转过头看我：“难怪那天你第一眼见我表情像见到鬼。我的名字很吓人吗？”

原来我那天真的失态了，他都看得清清楚楚。

“不是，你跟我认识的一个人同名同姓，我吓了一跳。”

“这么巧，改天介绍我认识。”黎靖不知道是客气还是心不在焉，顺口就说了一句。

他脸上还残留着几分尴尬，我只好再次道歉：“不好意思，我真的不是故意要看你登机牌的。”

“没关系。只是凑巧。”他说完居然还叹了口气。

见他这样，我总觉得似乎是做错了什么事，于是不放心地追问了一句：“那个，签名书不是有什么问题吧？”

“没事，”他似乎是犹豫了几秒，终于说出了下半句，“云清是我前妻。她知道书是我的，我有点吃惊而已。”

003

“什么？！你是说，你在机场碰到一个跟你前男友同名的人，在你书店签售的作家又是他前妻？”唐唐差点从床上跳起来，动静太大，她手边那部电脑差点也掉下床去。

这床的弹簧太精神了，唐唐虎躯一震，把我手上正小心翼翼剥着皮的一颗枇杷震得滚到了地上。

“轻点儿轻点儿，又掉一个。”我爬下床去拿垃圾桶。

家里的垃圾桶是唐唐挑的，一只造型滑稽的企鹅，将它的头往后翻就能张开嘴吃下垃圾。刚搬进来时，我们去超市买生活用品，她看到这个垃圾桶就抱着不撒手了，说这样就能一天二十四小时随心所欲地给 QQ 喂垃圾吃了，解气。

唐唐跟 QQ 的仇要追溯到三年多以前，她读硕士时的男朋友一毕业就签了那只“企鹅”，二话不说打包行李飞去深圳，信誓旦旦地表示工作上了轨道后再想办法调回北京来。人在热恋时往往充满信心，以为无论如何都会与对方走到最后；而正是这份笃定让他们忽略了将要面对的一切变化。距离拉远后，两个人不再生活在同一张时间表上，不再沿着统一的轨迹运行自己的人生，缺乏异地恋经验的他们开始把握不好交流的时机，开始隔空吵架，开始各有各的委屈，开始减少对彼此的谅解，不出两三个月就吵到要分手。唐唐知道自己提分手实在有点冲动，她以为他还会回来找她。但是他一直没有。她以为他会立刻收拾行李飞回来，或许他也在以为唐唐会飞到他身边。

他们对彼此感情的信心，终于被时间偷换成了无疾而终。

从那时候起唐唐就恨上 QQ 了，就连去动物园都不带看企鹅一眼的。

有时候我都会有些疑惑，唐唐对男友候选人的挑剔究竟是真的全部出于理智，还是因为仍然孜孜不倦地恨着某只企鹅。

“你行不行啊？剥俩就掉了俩。咱这儿一共才四个。你不是故意把好吃的让给肮脏的企鹅君的吧？”此刻，唐唐一边噼里啪啦地趴在床上玩着切瓜游戏，一边惦记着我剥了许久都没让她吃到嘴的枇杷。

我已经满手枇杷汁，又开始马不停蹄地剥第三个：“你别动就掉不了。我这姿势难度多大啊。”

“来来，我来我来。”唐唐趴着蠕动到我身边来，接过我手上的枇杷，“看你今天这状态，四个都得坠毁。我剥，你专心给我讲讲你的离奇艳遇。”

“什么事一到你嘴里都变成狗血肥皂剧了，我们就是吃了个饭……”

“第二次见面就吃饭，还不算艳遇啊？就当吃饭不算，那一个离婚男人向一个陌生姑娘诉说自己上一段婚姻经历，这总算了吧？”

我的头顿时大了：“什么也没说，就是吃个饭。”

“那他约你吃饭意图多明显啊，不谈旧事，就求发展！”唐唐顿时精神一振，像被人按了开关一样弹了起来坐直，还好手上的枇杷没掉，已经剥掉皮，被她一口吃了半个。

“我们吃饭那是意外。意外知道不？”

跟他一起吃饭的确是个小意外。

今天傍晚在店外听黎靖说云清是他前妻，我顿时找不到合适的措辞。我看着杵在一旁的黎靖，他也看着我。一瞬间，江北机场的尴尬情景又回来了：大眼瞪小眼，谁也不知道该如何将话题继续下去。走也不是，傻站着也不是。

那一刻，我忽然意识到追出店外这个动作有多奇怪——就为了关心一个陌生人的情绪，我这样不假思索地追出来，似乎有点不合常理。于是我只好胡乱挥了挥手，找个借口解释我走出店门的行为：“那，我去吃饭了。”

“再见。”他纯礼貌性地笑了笑，站在原地等着我先走，大约是风度使然。

我转过头往回走，还没走两步就听见他在身后问：“你不是去吃饭吗？”

“噢，想起来忘带手机了。”我只好再次站住脚，让这尴尬的一幕又延长了几秒。

回到店里坐着，还得对着小章那双闪耀着“求真相”三个大字的眼睛，还不如干脆真去吃饭。我拿了包，简单地跟小章说了声就先出门去找唐唐吃晚饭了。

“等等，你的意思是说，如果不是我今天加班出不来，你就不会跟他吃饭？这你们俩初次约会还是我造成的？”唐唐迅速精准地打断了我。

“真不是约会，我一过马路到了茶餐厅就看见他坐在里面。我猜他该怀疑我是不是在跟踪他了。”

“看见就看见呗，你去跟人家坐一张桌了还不算约会？”

“问题是他也看到我了。”我叹了口气。

“淡定吧你。说不定他也在想：你是不是该怀疑他故意在那儿等你呢。”唐唐伸出手来从我面前抽出一张抽纸擦手，翻了个身把枕头压在背后。

“所以才尴尬。”

唐唐指了指面前盘子里那个已经被剥得精光的枇杷：“吃吧。别管谁剥的皮，能吃就行。缘分这东西，管他尴尬不尴尬呢，有就行了。”

我疑惑地看了看她，又看了看那颗枇杷，非常真诚地表达了我此刻的想法：“你的人生哲学有哪一条跟吃的没关系？”

“噢，吃当然是人生最根本的哲学！唉，你们这些文艺青年不懂的。”她从床上爬起来去刷牙，还不忘将手上的纸揉成一团，狠狠地塞进企鹅垃圾桶嘴里。

唐唐忘了将盖子放下来，企鹅就那样滑稽地张着嘴默默站立在床边。我看着它，它看着我，我心情复杂地吃着水果，它满腹垃圾地保持沉默。

如果算上餐厅那次，黎靖和我迄今为止已经有过三次偶遇。如果说我们离得这么近必定常会有交集，那为什么之前从未遇见过？仿佛是重庆那一场大雾偷偷变换了我们身边一些微妙的细节，当浓雾消失后，世界似乎还是原来的样子，却总有些东西已经不再相同。我们不曾觉察，但它们早已不同。

两年前我在重庆清晨的浓雾中离开第一个黎靖，两年后我在重庆的另一场浓雾中遇见另一个黎靖。有那么一刹那我甚至怀疑：前者或许从来不曾存在于雾散去后的这个世界，这两年的时光我都被锁在雾的幻觉里，从来不曾真正苏醒。

而此刻身边的一切——这张床，这间房，这盏灯，这个张着大嘴的企鹅垃圾桶，唐唐，书店以及书店里的一切，当下我生活中的全部人事物都是真实的。它们证明我置身于完全真实的世界里，只是将眼见的所有巧合加入了宿命的色彩。

当你没有回忆，没有过去，眼前的世界即是真实的世界；反之，你看到的就只是自己感受中的世界，自己内心回忆和遗憾所创造的世界。过往的经历就像一张网，随着时间流逝不断地过滤我们的感官，直到为每一种感觉找到真实的承载。

是我一直没走出重庆的雾，即使在浓雾散去后看到那绚烂温暖的薄暮时分，也不曾忘记曾经在雾中消逝的一切。

如果不是我耿耿于怀，巧合便只是巧合而已。

黎靖，仅仅是巧合中的一个陌生人。

十一点，隔壁房间的唐唐早已睡着了。我坐在床上抱着笔记本看美剧，手机忽然响起短信提示音。

发来信息的竟然是黎靖："刚刚看了你今天提起的《和莎莫的500天》，很不错。"

我都快忘了晚餐时到底跟他聊过些什么，唯一可以确定的是我们交换了电话号码。我记得自己当时在努力摆脱我们之间那层挥之不去的尴尬感。那些可有可无的话题无非关于食物、生活琐事或者爱好。在这一点上我们很相似，都没有什么新鲜的爱好，不用工作时抱着电脑就能在家宅一天。

此时，电脑屏幕上金发女飞贼正兴奋地尖叫着跳下摩天大楼。眼看她倒挂着停在某一扇玻璃窗外，我按下暂停给黎靖回短信："男主角长得很不错。"

短信提示音再次响起时，漂亮小女贼已经轻巧地绕过振动感应警报器，在玻璃上切出一个圆孔，钻进了大楼。

他发回的问句很简单："你还没睡？"

这不废话吗？如果我睡了，梦游着给他回信息呢？又是一个让人不知道怎么回答的开头，他的确很不擅长主动找人聊天。换一个角度想，或许这正是他一贯的方式：将主动权交给对方，如果我不想聊下去，可以告诉他就要睡了；如果我乐意继续聊，可以回答他还没有。

我回的是："还没有。你呢？"噢，我也问了一句废话。

信息发出去后我才意识到：自己似乎也想知道他究竟是随便问问，还是想继续聊下去。

那边很快回信了："我大概一小时后睡吧。你在看电影？"

"没有，看肥皂剧呢。"

我们这一来一回没营养的聊天，甚至有点像多年的夫妻没话找话。

片刻，收到他的下一条："那早点休息吧，现在不早了。"

"好吧，我去睡了，晚安。"

"晚安，下回聊。"他依旧回得很快。

下回聊？"下回"这种语焉不详的字眼看似某种约定，又像纯属礼貌。十几秒钟后，手机屏幕暗了下去，外壳上还留有我手指捏过的温度。如果黎靖对我并无好感，交换电话纯属礼貌，他不会几小时后就发短信来；如果他对我有好感，便不会像现在这样聊得不咸不淡。该不会是他认为我对他有好感吧？

我说不清自己为什么不抗拒跟他打交道。

照理说，任何一个跟前男友有半毛钱关系的人类都会被我踢出生活圈子之外——不光是人类，连动物也不例外。而黎靖，我原以为他会像面讨厌的哈哈镜照出我荒诞得变了形的回忆，生活在当下仍然能看见过去不真实的倒影；而事实上当他站在我面前，我几乎难以再记起过去曾经认识过另一个叫做黎靖的人。

像同一个文件夹里新的同名文件替换了旧的，同一段人生里新的面孔覆盖了往事。

往事一直跟在我身后，而黎靖的存在似乎可以将它们遮挡片刻。

我躺在床上翻了个身，把手机推到一边。

第二天一早，我刚进店门就见到了那个摆在我和往事之间的“暂时遮挡物”——黎靖。

他怎么又来了？找我？买书？……还是等他前妻？

可惜今天云清不会来了，签售只有一天。

“我来喝咖啡。昨天你说这里咖啡比对面的好喝。”他坐在木桌前朝我笑笑，整洁的衬衫衣领有熨过的痕迹。

昨夜就已经出差回来的店长李姐今天又像往常一样来了个大早，收拾干净摆好了新鲜的花，还亲自给第一位客人煮了咖啡。小章在李姐旁边忙碌，简单的吧台后飘出松饼的香气。

原来昨天我跟他提过这么多有暗示之嫌的信息。

“你不用赶着上班？”我问。

“上午没课。”他又笑笑。

“老师？你教什么？”

他指了指手边的一本弗罗斯特诗集。我认出那不是店里的书。

“西方文学？”

“差不多吧。昨天来的时候看到你在看斯卡尔梅达，是原文版？”他居然留意到了我昨天早上在收银台后翻的那本《邮差》。他还真是撞到了我最装学问的时刻——要不是昨天比较忙只能偶尔翻几页书，我没事干时肯定在抱着电脑玩游戏。

“这都被你发现了。”我也笑笑，提起手上的壶帮他续杯。

他喝的是简单的美式，苦得跟中药似的。这个像雾一样柔和却冷清的男人无论何时都不会让你升温，只是安静舒服地停在那里。

“你们这里还可以续杯？”他问。

“意式都不能，越南咖啡和美式可以。”

“谢谢，看来以后可以常来了。”他点点头不再说话，继续翻他的诗集。

我开始逐层检查书架，将摆乱了位置的书归位。

吧台上的大果盘里摆满了李姐带回来的樱桃，店里只有黎靖一个客人，小章装了一碟送过去请黎靖吃。他在木桌前，我们在吧台边，吃着同一棵树上摘下来的樱桃。店里响着 Nat King Cole 低沉饱满的嗓音，木窗框上的水仙打起了花苞，看起来不再那么像一颗颗大蒜。这安静的暮春早晨如同一杯微甜的淡蜂蜜水，平缓地流经唇齿之间，一丝丝渗入感官。

三五首歌的时间过去，店里如往常每一个上午一样安静，连推门声也听不见。我在最里面的书架边清理一部分需要退货的书，忽然听到李姐和刚进店的某个人熟络的聊天声，夹杂在背景音乐声里，像是爵士鼓忽然加快节奏跳脱了小号缓慢悠长的旋律。

看来也许来了朋友或熟识的客人。

待我将书打包好，过去吧台准备给物流公司打电话时，李姐笑着看看我，转头问跟她聊天的人：“你说的是她？”

我？正跟李姐说话的是个年轻男人，看起来比我大不了几岁，发型打理得像中国版的休・杰克曼。他似乎有点眼熟，但我确定自己不认识。细看之下，发现他紧窄的一粒扣西装外套下是一件灰色 T 恤，胸前的油漆桶图案上有两行字：Frankie Morello——噢，这人连件 T 恤都是意大利货。而且，舍得买 Frankie Morello 的肯定不会是暴发户，尤其是当他还背着个经典款式的邮差包的时候。

“嘿，你好。”那人朝我伸出手。

我不明状况地也把手伸了过去：“你好。”

“这是施杰，云清的新书是他们公司做的。”李姐给我介绍。

云清的新书？等等，我好像想起来什么时候见过他——昨天云清的签售会之前，小章推说自己是日本人，将那位国际友人让给我接待之后，似乎就是他在边上笑。

“你们一定在说我昨天跟一个懂中文的老外说了半天西班牙文。”我想想，也觉得昨天的状况挺好笑的。

李姐笑道：“他想挖我的员工给他兼职呢。”

施杰递了张名片给我：“不知道你有没有兴趣业余给我们翻译几本外版书？”

我接过名片一看头衔：副总裁。李姐刚才并未介绍他的职位，我还以为是发行或者编辑之类的，没想到是个这么年轻的副总裁。不知道是不是由于我对这类刻意将自己打扮成“高成本艺术青年”的男性存有偏见，只觉得眼前这个兼职机会比他本人有吸引力得多。

我笑笑：“领导允许，我就没问题。”

“领导绝对批准，只要不把我的人拐去给你坐办公室。”李姐端出一杯红茶给施杰，“今天松饼不错，让小章给你来点儿。”

“每次来你这儿都蹭吃蹭喝多不好意思。”施杰跟李姐看起来绝对是老熟人。我在这里工作了两年，以前却都从没见过他。

小章将装着松饼的白瓷碟推到他面前：“哥你就别不好意思了，我借花献佛，今天我请你。”

“你要真请我，这就得在你薪水里扣。”施杰伸手要拿，小章眼疾手快地将盘子抽回去，“那你别吃了，还我得了。”

施杰还抓着盘子不撒手了：“哪有你这样的，说反悔就反悔？”

见他们俩打打闹闹，我更觉纳闷：小章怎么也跟这人这么熟？

谁知，施杰扭头先问起我来：“你来多久了？我怎么没见过你？”

“两年了。”

“哈，你就是那个眼镜妹？”他作恍然大悟状，继而又一脸的问号，“不像啊。”

小章在一旁履行人肉纠错机的职能，打岔道：“戴眼镜的是婷婷，人家早就没在这儿了。你什么记性？”

关于他们说的眼镜妹婷婷，在我记忆中也只见过一次，就是她跟我交接工作那天。

“不能吧？每回我都以为躲在收银台后面打游戏的是眼镜妹呢！”施杰脸上的表情是真吃惊，看起来不像在开玩笑。

“谁让你贵人事忙，总是来去匆匆，连我店里换了人这么久都不知道。”李姐也跟着挤对他。

施杰只好连连道歉：“抱歉，我是真不知道眼镜妹走了，否则怎么也得早点认识你，不好意思。”

眼看大家闲聊的内容集中在讨论我们俩为什么互不认识这个议题上，我赶紧试图将自己从话题中解救出来：“没关系，我跟婷婷年纪差不多，高矮也差不多，你注意不到是很平常的事。再说现在也认识了。”

没想到施杰反而认真了，表情诚恳地发出邀请：“不行不行，我得正式向你表示歉意。请你吃饭吧？”

“真不用，别这么客气。我还得打电话退货，你们先聊。”我指了指摆在身边的那一包书。

此时，他用不容拒绝的语气下了结论：“那就下次！下次一定得给我机会请你吃饭。留个电话？有空咱们聊聊翻译的事。”

“好。”我和他同时拿出了手机。

撇开先入为主的偏见不谈，我觉得施杰完全可以算得上讨人喜欢。他开朗、坦率，还有点孩子气。更重要的是，当他面对你时，你会坚信他真的很乐于与你交谈。

没有哪个女人不喜欢被重视，无论此人是否对其他所有人都表现出同样的重视。如果我是十几岁的少女，我一定会承认施杰是个迷人的工作伙伴。

——而当你超过二十五岁、恋爱次数超过一次，你开始不再偏爱那些看上去讨人喜欢的男人。

经验带来判断力，却剥夺了冒险的乐趣。

这大概也是成长的定律之一：时间为你画下一个轮廓分明的圈——圈外新鲜刺激头破血流，圈内循规蹈矩稳妥平安。可以不计后果地跨出去，却也清楚总有退路可以回来。

施杰走时已经接近午饭时间。黎靖还坐在那里看书，像棵长在椅子上的树。

我想过去问他怎么还不去吃饭，转念一想又觉得不太好，这行为简直就是赶客。常来我们店的客人多半都会逗留几小时到大半天，这里本就是个给人看书、喝咖啡、朋友小聚聊天的地方。

客人去不去吃饭我不好干涉，但黎靖是否应该归在“朋友”的类别里？提醒朋友吃午饭，至少比半夜给朋友发短信更正常吧？

我前思后想犹犹豫豫，黎靖一抬头便接住了我的目光。

他朝我笑了笑，看不清这笑容里有几分是礼貌几分是友情，唯一能肯定的是，他似乎乐意被打扰。

于是我走过去问他：“你不去吃饭吗？”

“等你的推荐。”他合上书，站起来。

长在椅子上的树就这么把自己连根拔起，跟着人类去太阳下进行光合作用了。

004

北京的暮春很少有雾。

从山顶往下俯瞰，整座城市都被包裹在一层略带橙色的薄薄的沙尘中。视线所及之处，如盖着薄纱般朦胧却又通透，而鼻腔吸入的空气则带着隐约的泥土味道和草香；头顶着灰蓝色的天空，风若有若无地拂过耳边。

手机在这时候突然响起，确实是有点杀风景。是施杰发来的短信："试译章节校对完成了，马上给你快递过去？"我简单地回复了个"好"，再抬起头来，只见站在一旁的黎靖正凝视着某个目标不明确的远方，似在专注地看风景。

这是我第一次爬香山，在跟黎靖认识两周后。

这两周里，我们几乎隔天就会见面，莫名其妙地就熟了起来。正因为彼此都没有要进一步发展的意思，反而迅速脱离初识时的尴尬，变成了很谈得来的朋友。说君子之交淡如水有点夸张，但我们的相处模式的确轻松得令人意外。如果昨天他请我看电影，那么今天吃饭我要付账他也欣然接受；如果哪天他想看画展而我想看电影，我们会毫无争议地各自做喜欢的事，甚至很享受偶尔约定好的独自活动。

这些天，我们去他执教的大学校园里骑自行车，带对方去各自喜欢的餐厅吃饭，一起看电影，或者只是散步聊天，相处愉快却互不牵挂，不是情侣却有点胜似情侣的意思。

这种关系太奇怪了。两个陌生人不经磨合便进入了老朋友的合拍状态，彼此不防备不猜测也不期待，比知己好友交情要淡，又比普通朋友关系要特别。

比这更奇怪的是，我们都对此感觉很舒服，并不打算作任何改变。

在认识第二个黎靖之后，我隐约感觉到自己并非不需要男人，只是"需要"的程度变了。很多时候，恋人和好朋友间的距离不过是一张床，上了这张床赔进去的是未知的未来，不上这张床却少了很多负担。

施杰公司那部准备竞争简体中文出版权的西班牙小说试译章节我完成得很快，在一个与黎靖面对面坐着的下午。坐在书店的木桌边，他看书备课，我做翻译，我们面对面，桌上的电脑背对背。完成工作后，我们两人和小章一起坐在店里吃外卖便当——那时只觉得再美好的生活也不过如此：不在拥有得多，而在需要得少。那一刻，玻璃窗明亮、音乐悠扬、胃里饱满温暖。

"有事？"黎靖听见我的手机响，转过头问我。

"没事，是施杰告诉我上次翻译的章节校对完了，发回来给我再修整。"

"很好啊。什么时候能知道结果？"他指的是出版公司争取中文版权的结果。

"月底吧。前提是我这周能准时修改完交回去。要是真的争取到了，请你吃重芝士！"我愉快地深吸一口北京难得一遇的清新空气。

他闻言笑道："你倒是省事，就在自己店里请我吃蛋糕。"

"别嫌弃了，三十八一块呢！唐唐没事儿都老来买。"

他听了更是笑得不行，问："照你的逻辑，唐唐来买是因为它三十八一块？"

"唐唐爱吃是因为它好吃，我请你是因为它三十八一块。"我纠正他。

"为什么要请我吃三十八一块的蛋糕？"

"我们店里同样体积的蛋糕它最贵，哈哈！"

"我要是你，我就请自己吃同样价格中体积最大的。"

我作人生导师状对他循循善诱："咳，大家这么熟，别太看重表面。"

他不假思索地回答我："大家这么熟，别太看重价钱……"

话音还没落，他抬起手碰了碰鼻翼，抬头看看天又再看看我。此时，我也感觉到有水滴无声地落在耳边。

居然下雨了！

周围除了树还是树，只有索道站在百米之外遥望着我们。我拍了他一下，自己先抬脚往索道奔去："走啊，坐索道下去！"

身后的黎靖伸出右手遮住我的头顶，大而稀疏的雨点一颗颗在地上砸下了湿润的轮廓，我们在云层的注视下钻进索道站，坐上了高悬在半空中的双人椅。头顶的铁索发出轻微而规律的摩擦声，雨点如米粒般漫无目的地洒下来，铁索上其他空荡荡的吊椅瞬间将我们包围在这座城市最接近雨的地方。

我们像铁轨上唯一的两颗蘑菇，在钢铁、树木、泥土与石头之间旁若无人地存在着。

这一刻，整座城市从身边消失了，只剩下耳边的雨声、树叶的低语和彼此额头上的水珠。

我们悬在半空中，朝脚底下这座湿漉漉的城市缓缓降落。我从未对任何情景有过如此精细的记忆，仿佛时间也在我们身旁徐徐地滑行，眼前画面一帧一帧，落在脑海里清晰的刻度尺上。地面上的时光是连贯的，你感觉不到时钟的指针一格一格划过自己的皮肤；而在这半空中度过的每一秒都像不停连拍的胶片，在瞬间里创造着某种永恒。

我兴奋地抓紧扶手，俯身注视脚下的世界。

在树与泥土的间隙之中，无法通行的灌木与草丛里开着几丛颜色杂乱的花。它们不修边幅地开着，在有限的空间里将彼此挤成杂草的姿态。没有谁会乐意将它们插进花瓶，线条优雅的花瓶根本困不住如此肆意疯长的生命。我拍拍黎靖，示意他看那些花。

他额发上的水珠轻轻地顺着脸颊滚落，绕过微笑的嘴角，纷纷跌进衣领。

"沙子、时间，还有雨中的树，以及我为之活着的活生生的一切，无须走那么远我就能看见它们，我看见在你的生命里有着活生生的一切。"他轻声背诵。

是聂鲁达的十四行诗。

"你也喜欢聂鲁达？"我问。在这茫茫的雨中，我们这唯一的两颗蘑菇恰巧喜欢同一种味道。

“所以我们才这么熟。”

“所以你才留意到我看《邮差》？”

“嗯，我看过好几遍，斯卡尔梅达写的聂鲁达特别真实。”

“嘿，那你一定要看那部聂鲁达的传记电影……”

……

雨声越来越大，交谈声瞬间就被吞没。我们不得不提高了音量，情绪也微妙地高涨起来。

我第一次如此真切地感觉到：整个世界的雨便是海，当你置身其中，真实的生活瞬间退去，你再也看不到边界，如同一场巨大的魔法。

刚刚登山途中见到的人并不多，可在山下打车的队伍壮观得超乎想象。我们两人头顶着黎靖的外套，等了将近十分钟才湿淋淋地坐进车里。

他抖了抖外套上的水，司机师傅看着后视镜直乐：“衣服能挡雨吗？”

“是噢，我们下山的时候都淋湿了，干吗到了山下还把衣服顶头上？”我看着他那件已经快要滴出水来的外套，跟着醒悟过来，刚才的挡雨行为确实有点多余。

黎靖倒是不以为意：“心理作用吧，总觉得挡点儿比不挡强。”

刚才索道和山路上都没有别人，我们反而可以毫不在意地享受这场雨；等到了山下见到黑压压的人群都在努力为自己找遮挡物，我们身在其中也不自觉地开始进行同一个动作。在这座飞速运转的城市里，大概每个人心底都藏着一条最基本的守则：“不想被当做异类。”于是我们随波逐流，从无关紧要的小事开始，慢慢大至重要的选择，最终被同化在人群中。

早在很久之前，我就已经不再像愤青一样质疑我所意识到的一切。只是从半空中回到地面之后，我坚信我们刚才分享的不是一场雨，而是成年人的世界里少有的、高纯度的自由。

出租车驶经一家便利店，黎靖让师傅停车稍等两分钟，便推开了车门外白茫茫的雨幕。当他再回来时，手上拿了两条毛巾和两罐可乐。

“路上差不多还有一小时，先把头发擦干。”他递给我一条毛巾，接着把一罐可乐塞进我包里，“可乐拿回家煮姜。你家有姜吧？”

“有。谢谢。”我接过毛巾擦头发，干燥柔软的触感顿时让皮肤轻松下来。

司机师傅猛然回过头，诧异地问：“你们俩各住各的啊？”

“我们——”我一时不知道该怎么跟陌生人解释我们之间的关系，解释起来似乎更让人疑惑，而默认又不太妥。

但，我们看上去真那么像情侣吗？

黎靖为了省事信口胡诌：“是，还没结婚。”

“咳，现在的小情侣不结婚也住一起了，你们这样的少啊。”师傅还聊起劲了，“北京生活成本多高啊！就算自己有房住，工作压力也大，年轻人处个朋友都忙得没时间见面，唉！”

“我们住得近。”我这回接上了。

“哦，那是挺好的。来爬个山没想到下雨了吧？”

我冲师傅摆了个傻笑，毛巾盖在头上有一下没一下地揉着，接着闭上眼睛装死。黎靖漫不经心地看着车窗外，这场北京罕有的雨已经将窗外的景物切割成一粒一粒。

狭小的车厢终于安静下来。

直到回想起刚才钻进车里的情景，我才恍然大悟——上车时他拉着我的手。奇怪的是，我想起这一幕时的心情平静得超乎寻常，没有惊讶，没有意外，没有紧张，没有任何异样的感觉，就像是在回想自己早晨刷牙的姿势一样平常。他跟我一样，几乎没有意识到我们在上车时曾是手牵着手，姿态如同恋人。

出租车先将我送到再往他家驶去，我顶着雨奔进楼道。进电梯时习惯性地想擦擦身上的水，这才发觉刚才车上那条毛巾真被我带了回来。

电梯门边的数字键一格格地往上跳，终于“叮”的一声到了。我边走边从包里摸出钥匙来，抬起头，见门口站着一个我从未见过的男人。

今天我没约人，除了施杰说过要送快递来。但这人的样子根本不像来送快递的。他见到湿淋淋的我也吃了一惊，迟疑地问：“请问，唐小雅是住这里吗？”

原来他要找的是唐唐。前阵子刚走了个把迈巴赫停在楼下蹲点的，如今来了个守在门口的？他们应该不会太熟，可能是久未联络的旧朋友之类，否则肯定知道这个时候她在公司。

唐唐没回来，我也不认识他，实在拿不准到底要不要邀请他进屋等。

此刻，我适时地打了个喷嚏。

陌生人见状立刻表示歉意：“不好意思，看来我找错地方了。”说着，他准备走。

“唐小雅现在不在。”我叫住了他，“她今天可能又要加班，比较晚回来。要不，你留个电话，我让她打给你？”

“好，谢谢。”他脸上闪过一丝惊喜的神色，拿出一张名片递给我。

我又打了个喷嚏。

“你快进屋去休息吧，我不打扰了。谢谢啊。”他再次道了谢，这才离开。

·

睡得迷迷糊糊时，我感觉到一双咸猪手在我身上摸来摸去，还好那速度和力度不像劫色倒更像劫财。确定了不是在做梦，我顿感一阵惊恐，可是头很重，花了好大力气才睁开眼睛。

“喂喂，你发烧了知道不？我弄了点姜茶，快起来喝！”唐唐在床边嚷嚷。

低头一看，身上汗湿的睡衣已经被唐唐剥了，她正在给我裹浴巾。闹了半天咸猪手是她。

“出汗了就不烧了，没事。”我一开口，听到自己浓重的鼻音都有点吃惊。

“再喝点保险。你从哪儿淋雨回来啊？要不是你手机响个不停又没人接，我还以为你在睡觉，发现不了你这副样子呢。”她折腾完了，给我盖上被子。

手机响过？万一是爸妈，知道我生了点小病也得担心半天：“谁来电话？不是我妈吧？”

“没有，是你那个跟前男友同名的新欢。”唐唐这句话简直是精辟万分，既透露了谁来过电话，又表达了她对我和黎靖目前关系的好奇。

“噢，那我一会儿回个电话。对了，今天有人来找你，你不在家，我让他留了电话。”我想起了名片的事。

唐唐眼也不眨，神色淡定地回答：“知道，看到你桌上摆着名片。刚费了我小半罐洗手液。”

“啊？名片不脏啊！”

唐唐面带无奈地一摊手：“你拿回来的时候是不脏，我把它从企鹅君肚子里掏出来就够脏了。”

“……等等，你是说，你用掏过企鹅的手扒了我的衣服？！”我顿时觉得我又要出汗了，“你扔的时候就没看看是什么？非得扔完了再掏。”

“淡定吧你，我洗了手才来扒你的。”唐唐面带鄙夷地扔下这句话，转身去厨房给我端姜茶。

她的背影转过房间门口，只剩下拖鞋与地面之间轻软的摩擦声。我裹着被子坐起来，枕头垫在背后，那种绵软的感觉甚至让人认为生病其实也不坏。房间没来得及整理，湿乎乎的手袋躺在地板上，脏衣篮里堆着的那团衣服也像被水泡过一样，早晨刚换过垃圾袋的垃圾桶已经被擦过鼻涕的纸巾堆满了小半……不对，这才是我房间的垃圾桶，企鹅是唐唐房间的；而名片拿回来时摆在我书桌上。如果她是错将名片扔了又捡回来，那她刚才该掏的垃圾桶绝不会是企鹅。她是拿到了自己房间里才扔，扔了又反悔再掏出来的。

照这么看，唐唐跟名片的主人关系应该不简单。

“发什么呆呢，喝吧。”她保持着飘进屋的速度一屁股坐到床上，把手里的碗递给我。

碗里的姜茶还冒着热气。我心不在焉地用勺子搅着，问：“唐唐，留名片的那人是谁啊？”

“企鹅他爹。”唐唐挪了挪屁股，把腿伸进被子，背靠在我空出来的半个枕头上。

“难怪你这么矛盾，想扔了又舍不得。”

“唉，我真不知道要不要跟他见见。”唐唐居然神色落寞地叹了口气。我似乎从没见过她这种表情，记忆中最接近的一次还是去年房东来要求涨房租时。看来，初恋情人对她的杀伤力远远大于房东。而“房东”和“房租”这两种物体绝对是我们之间谈过的最伤感的话题。

见我面带难色地看着她，她不知道该怎么回答如此慎重的问题。她挠了挠头：“要不，不见了？”

“唉，都费了半瓶洗手液，还是给人家回个电话吧。”

“我回了。他说约我见面。”唐唐行动还挺快，早已跳过了要不要打电话这个问题，直接进入要不要赴约的纠结。

“见面怕什么，去吧。”我说着，一口喝光了碗里的姜茶，侧过身把空碗搁在床头柜上。

唐唐还是一脸惆怅：“我们都分手三年多了。我以前是觉得他肯定会回来找我，但现在已经过去这么久了。我又不是银行，他存在这儿的感情爱取走就随时取走，爱存着就存着，还能有利息，还除了他谁也不能动！”

“唐唐，这一点你要明白，你去赴约绝对不是为了他。”我微微转过身正面对她，

“别管他为什么想见你，对你而言，去见他只是为了解决你自己的疑问。那些没有答案的问题压在你身上这么久，不去解决，你没法重新开始。”

“这我也知道。但是，去面对面互相把当年的事情都问清楚之后呢？之后我就能对男人这种动物增加点信任感吗？”唐唐仰起头，依然犹豫不决。

这一刻，我忽然清楚地意识到：唐唐不是在逃避过去某段失败的感情，而是害怕自己还对前男友存有感情。并且，是一种对他还有感情却又不敢信任他的矛盾心情。

她怕他还想着她，她更怕他已经不想她了。

她一直想摆脱这段感情的遗留问题，但更怕彻底将它画上句号。

总之，她没忘记过他。如此看来，她对追求者的种种挑剔都只是因为无感。他是一双她一见到就想穿回家的鞋，只有当这双鞋尺码不合脚时，她才会退而求其次在橱窗前挑挑拣拣。其他的鞋无论高跟或平跟、冷色或暖色、漆皮或麂皮……都不是她想要的。她只不过是想带一双鞋回家，当最喜欢的鞋缺席，其他鞋都只是等着被挑剔的候补。即使买了一双候补，回到家也是不情不愿地扔进鞋柜，鲜少再去穿它。

大部分女人都是如此：可以妥协，却绝不甘心。

我不希望唐唐妥协之后不甘心一辈子。

“去吧。如果你清楚自己不会甘心跟别人在一起，那就去重新了解他；如果能证明他不值得你耿耿于怀这么多年，那现在彻底放下也不迟。”

“嗯。”唐唐发出一个单音节，倒头就枕在我的肩膀上。片刻，她忽然想起了些什么，问我，“你老实说，你跟黎靖在一起是不是也是同样的原因？”

“我？”我承认自己对这个问题有些吃惊，“我不是。我们没有在一起，而且，我想他跟我一样，纯粹是需要一个不会让他回忆起过去的朋友。”

除此之外，我对过去从来不曾念念不忘。只是那些往事像一团雾紧紧包裹着我的某段人生，如果将它们从脑海中抹去，我也完全遗失了某一部分的自己。时间虽然从不倒退，但它永远是完整的。我受回忆困扰，仅仅因为它们已成为我人生的某一段，无法抛弃，也无从否认。

失去记忆也许能获得轻松，但同时也带来了残缺。想要活得完整就必须容忍往事的存在，只是我还没找到合适的方式与它们和解。

唐唐回房间休息后，我从枕头后翻出手机来给老妈发短信。今天我们还没通过电话，免得她打来听到我的鼻音又要担心。

以前在家住时爸妈都把我当男孩，从不多担心紧张；现在离了家反而每天都要通过电话才能安心。奇怪的是，我的感觉也自然而然地很同步。或许，只要自己关心的人在身边，即使不多交流也有幸福感；离得远了才会更多地想保持彼此间的亲密关联。

手机屏幕上闪着三个未接来电提示，全都是黎靖。

发完短信给他回电话，响了才一声他就接起来，劈头就问："你没感冒吧？"他的声音听起来倒是和平时一样，没有任何异常。

"没事，下午是睡得太死才没听见电话响。"

"都变声了还没事呢？"

"哎，"我正要回答，忽然感觉到鼻子又像被软木塞堵严实了，于是只好抽出一张纸进行了一遍擤鼻涕全过程，才能对着电话说完下半句，"我们一起淋的雨，你怎么会一点事儿没有啊？"

听到我跟感冒搏斗的现场直播，他还得意起来了："我身体好。你平时都不锻炼吧？"

"哪儿啊，我天天都走着上班。"

"你家到书店走路才十几分钟，那不算锻炼。"

"怎么才算？"

“爬山啊。”

听他不假思索说出这么个答案，我忍不住笑起来：“还爬山？”

他也笑了：“下回我带伞。”

“饶了我吧，非要锻炼的话，我宁愿绕着小区跑圈儿。”

“还是别，你们小区里可以行车，一个人跑步不是太安全。”

我不过是随便说说，他倒认真地提起建议来，很有种把我当做未成年人来关怀提醒的意思。

“你平时也是这么管女儿的？”

他似乎有点意外我突然这么问，停了大约一秒才回答：“以前是什么都管着她，现在她不跟我一起住，想管也很少有机会了。”

“她跟妈妈住一起？”我忍不住接着问。

“我是想她跟我，但她想跟她妈妈。也对，一个女孩在妈身边长大始终要好一点。八岁说小也不小了，过不了几年就是青春期，万一她有什么事不方便跟我说，自己又不会处理，很容易心理或者行为出现偏差。只要女儿过得好，我能经常去看她就很不错了。”

这似乎是他第一次主动谈起自己的私事。

“你这个爸爸当得也算是伟大了。对了，上次听你说要给她买‘苹果’，买了吗？”我歪着头夹住手机，腾出手来放平身后的枕头，整个人又钻进了被子里。

我想我们或许会一直聊到睡着。

“买了，可是还在我家搁着。”他笑了笑，“她妈不让她玩这个。”

听他说到这里好像有点无奈，我岔开话题：“反正搁着也是搁着，不如你自己先玩。玩切瓜吧，适合你。”

“怎么不推荐植物大战僵尸？”他还记得江北机场看见我抱着电脑狠打僵尸那一幕呢。

“喂，我是好心安抚你受伤的心灵，玩不玩就随你了。”

“好吧，既然你都推荐了，我就试试。”

“那你切瓜去吧，排毒减压。”我翻了个身侧卧着防止鼻塞，左脸颊贴着枕头，右脸颊贴着电话。床头灯散发着温暖的柠檬色光线，身上的被子轻而柔软，因为感冒而变得迟钝的大脑此刻产生了一种奇妙的感官延迟——我所能感知到的这些细微事物似乎比平时更缓慢、更微妙、更生动。

就连话筒那端黎靖的声音也像柔和地被放大、变清晰：“不急，你要不要早点休息？”

“嗯，我还是早点睡吧，不然明天一天都得抱着纸巾过。”

“那你好好休息，晚安。”

“晚安。”

睡意席卷上来，我甚至忘了起来关灯。

在时间急速而盲目的流动中，有一些东西总是无法被消解，比如往事。

如果足够聪明，便能学会全身而退；而始终学不会这四个字的我，别无选择只能笨拙地负重前行。

02
[往事微温]

005

这场感冒延续了将近十天。好在大部分工作时间都比较闲，没有客人时还能抱着电脑做做翻译。

施杰收到公司比稿中选的结果后激动得连电话都不打，抱着一大束花飞车冲到店里，来给我送新鲜出炉的合约，临走时还在街边收获了一张罚单。

看他那顶价格不菲的黑色礼帽下面爬满小汗珠的额头，严重堵塞的鼻子让我想笑都笑不出声，差点憋坏。

末了我送他出门口，他从雨刮器下抽出那张新鲜的罚单，摇摇头："唉，一不小心又是二百。"

"不只，加上花有三四百了吧？"我笑他乐极生悲。

施杰顿时一愣："我那花……"刚说三个字就立刻打住了，典型的欲言又止。

"花挺好看的。怎么了？"

"那花，我是说，你觉得啊——那花看着真像买的？"他挠挠头。

我小小吃了一惊："不然哪来的？"

"我一枝一枝摘下来的！绝对不是花店里的那些温室花，全部产自我家花园。"

"我说这些花怎么看着有点不一样呢。"刚才那束香雪兰的确是有点与众不同：花瓣没有被洒上水滴，枝叶也没被修得一干二净，不似花店那些笔挺挺的花朵。卖相并不那么美，但一朵朵都开得生机勃勃。

施杰笑了起来："都是我妈没事儿在院子里种的。还有香槟玫瑰和月季，等开花了再给你摘点儿。隔壁邻居看到我们家月季，还以为是粉玫瑰呢，哈哈。"

在寸土寸金的帝都能有屋前有花园住的，看来眼前这位青年才俊毫无疑问是个富二代。我对富二代没有多少好感，好在施杰看上去还算是个努力工作的富二代。

"谢谢。一会儿你走了我就把花插好，说不定还能养活呢。"

"香雪兰怕干又怕涝，我妈把它们搁屋里伺候了一冬天，前俩月才从盆里移到地上的。而且还没根，你就别想着水培了。"他从兜里掏出车钥匙，开了锁，转头又补充，"大不了这花谢了我再给你摘点别的。"

看他坐进车里关好门，我挥了挥手："不用那么麻烦，今天谢谢你了。路上小心。"

中午与唐唐相约吃饭提起施杰家的花园，她嗤之以鼻："淡定吧你，住别墅可苦逼了，进个城都得堵半天。而且花园有什么了不起的！果园他有吗？"

唐唐家在三河，家里果园菜园一大片，光玉米地就有好几亩。他们家在领地中央建了栋小别墅，名副其实的地主。

"姐，这儿可是帝都。"我夹了一片木耳放进嘴里。

唐唐吐掉果汁吸管，腾出嘴来悠然发言："北京从市区到市郊折腾一趟的时间早够我回老家了。就这交通状况，估计还不如我回老家快呢。"

"唐唐，你家果园都有什么啊？"我长这么大还没亲眼见过果园呢。

"梨啊、桃啊、杏啊、李子什么的。除了水果之外，还有小麦、花生、棉花、玉米、豆子……"

"你简直是地主婆。"我这句话绝对发自真心。

哪知道唐唐摇了摇头，甚是得意地反驳："我就是地主，不是婆。"

"唉，算了，本来想着施杰还行，能介绍给你，看来你不感兴趣。"我放弃了向她推销施杰的念头，埋头喝我的果醋。

"那你自己要不要考虑考虑？比你那个离婚男人年轻吧？而且还没孩子。"唐唐反而推到我身上来。

"还是别了，我又不是地主，肯定镇不住富二代。"我说着忽然想起一件重要的事来，"喂，你跟企鹅哥见面是什么情况？"

"见面不就是见面呗。"唐唐一脸退避三舍的表情，拿着那支吸管随手捣啊捣，杯子里的柠檬片都快被捣出渣了。

我给她夹了个虾仁："那就退朝吧，什么时候想起下文再如实禀报。"

刚刚夹起来，唐唐就一口从我筷子上把那颗虾仁咬走，含含糊糊地吐出四个字："谢主隆恩！"

饭吃得差不多了，我按响桌上的服务铃："小唐子啊，朕也得回御书房了，跪安吧。”

唐唐一口果汁差点喷出来：“呸，御书房是给你接客用的吗？”

我正要回嘴，忽见一边站着来埋单的服务员憋笑憋得脸都要抽了。

走出餐厅大门，唐唐满足地摸摸肚子：“饱死姐了。这家店还不错嘛，中午二人套餐四十九，能吃成这样。喂，明天还来吧？”

“只要你不嫌远。”我笑答。从唐唐工作的地方走过来要十几分钟，她以往天天都在楼里吃饭，这是头一回中午跑来找我，居然还说明天再来。

“吃饱了走路回去还能减减肥，挺好的。”唐唐不假思索地作出这个英明的结论。

路边的人行红绿灯上红色小人一闪一闪，我们站在斑马线尽头，等着面前川流而至的车辆被信号灯截停在路中央。才不过十几秒钟，等待过马路的人群像忽然发出芽的盆栽一般出现在四周。此时，每两个陌生人之间的平均距离不到二十厘米，有人目光茫然，有人若有所思，总之他们目不斜视，只盯着自己要去的方向。也有跟我们一样两三人相约一起吃饭归来的，他们旁若无人地聊天，亦不去关注其他的一切。

在这越来越拥挤的城市，每个人拥有的世界依然只是自己所认知的那一部分。所有人都只感觉到自己的空间被挤得越来越小，就像完整的街道被无数行人分割成了一个巨大的蜂巢。

马路对面就是我工作的书店，唐唐跟我在门口分开。

临进门时，她忽然从背后叫住我：“喂，明天一起吃晚饭吧？”

“我们刚刚约了明天午饭，现在又约晚饭？”我纳闷她多此一举。

唐唐居然有点不好意思，手不自觉地摸了摸鼻子：“呃，我吃饭的时候一直想跟你说来着，但是聊着聊着又忘了。怎么样，来不来嘛？”

“好啊，反正也没人约我。”我顺口答道。

“还有……带个朋友一起来吧。富二代还是离婚男人都随便你。”

“朋友？”我似乎有点弄明白唐唐为什么不好意思了，“你不是要跟企鹅吃晚饭，顺便拉上我吧？”

意料之中，唐唐没有否认：“又不是只请他一个人，还有你跟你朋友嘛。”

“好，就当帮你考察一下企鹅！”我一口答应。

可是唐唐前脚走，后脚我就后悔了：她让我带朋友，这明显看起来就是个四人约会。我不带就落单，带了又有种不言自明的意思。到底要不要问问黎靖？我们两人之间关系虽近，但如果要带出去与朋友聚会，不免又有暗示之嫌。

这个问题还没彻底消化，推开店门，就看到黎靖又一本书、一杯咖啡地坐在了窗边的老位置上。

李姐出去吃饭还没回来，小章正跟一个来熟了的顾客起劲地聊着漫画书。

对，唐唐只说带朋友去，我还有搬救兵的余地。

趁那顾客低头翻手里刚挑好的漫画，我凑过去打岔：“欸，小章，你明天晚上有事没？”

“没事，怎么啦？你要有事我明天可以在这儿看着，没问题。”

“不是，唐唐明天约我吃晚饭，你也去吧？反正你们俩也挺熟的。”

他用一种探索真相的眼神盯着我几秒钟，才问：“你——是想让我冒充你男朋友呢，还是冒充唐唐的男朋友？”

我大惊：“我表现得这么明显？”

他点头：“这不废话嘛。看你那样子明显有阴谋。”

“唉，那意思就是不去喽？”阴谋败露的我叹了口气。

小章这家伙还不忘踩上两脚：“我不行，我这么嫩，配你们俩谁都有点夸张。那边那个还可以。”他偷偷指了指正在看书的黎靖。

我都懒得计较他嫌我们年纪大，泄了气地趴在收银台后：“能约他我找你干吗？”

“干吗不约啊？怕人误会？管他呢，问问又不会掉块肉。要是他答应了，那肯定是对你有意思。”小章低声在我耳边鼓动。

我眯起眼睛作皮笑肉不笑状：“是哦，问问又不会掉块肉。”

“就是啊。”他一脸正经。

“是你个头。”我懒得理他，站起来磨磨蹭蹭地去整理书柜。

小章见我往里走，还不忘在身后叫唤：“丁姐，顺手帮我把每月活动海报更新一下呗？”

每个月店里都会有几场读书沙龙、签售、主题展览等读者交流活动。每月有一张活动预告，说是“海报”，其实就是一块包着木框嵌在墙里的墨绿色小黑板，文字用粉笔写，有宣传图片则用磁性贴将图片粘在黑板上。不像很多书店都喜欢在门口竖起展架，我们店的小黑板位置不太显眼，而且朴素得根本不像活动海报。尽管如此，但每场活动都人满为患。

对这一点我始终存有好奇，照理说表象能决定人对事物的第一印象，原来也不尽然。

这个月中旬将有一次旧书和旧物的交换活动。布置着黑板，我想起家里那一纸箱上段感情的遗留物件。当年离开重庆时确实曾有过不舍，因此带走了那些年那个人曾送我的礼物：重到一枚钻戒、轻到一双毛绒手套。我已记不确切当时收拾行李的心情，只记得自己带走了半箱子往事，搁下了与他的未来。

两年过去，那些东西一直躺在床底下的纸盒里，我再也没有翻过。

早知过往一切都会如雾散去，唯留下几丝水汽在记忆里；只是逃离时还不忘吃力地拖走那只沉重的箱子，曾以为箱内的回忆会跟着我一辈子。其实，它们早已消失不见。

不如趁这次给它们找新主人吧，让它们也能重新再活一次，像从未承载过任何回忆一般。

布置完黑板，整个人莫名其妙地感到一阵轻松。

我端过一块重芝士蛋糕，走到黎靖坐的桌边，放下碟子："给你五分钟时间恭喜我。"

他抬起头看看那块蛋糕，笑了："争取到了？恭喜你。"

我在他对面坐下。他顺手合上正在翻的书，平整的袖口妥帖地包裹着手腕，不见上次那对银色袖扣，今天是一对黑色的。他手边的这本书居然是鲁尔福的《佩德罗·巴拉莫》。

我指了指他的书："这种书要阴天或者晚上看。"

"你不喜欢？"他反问。

"谁说的？这是我看过的最奇妙的小说。只有阴天看才最有氛围，你不觉得吗？"

"我倒认为天气这么好的时候正合适，可以减少一点阴霾的感觉。"

"少了这一点感觉，鲁尔福会不高兴的。"

"幸好他已经不在世了。"黎靖笑道。

少顷，他看着蛋糕碟问："只有一把勺子？"

"说好请你吃，当然只有一把勺子。"

"我不介意跟你分享。"

"你是说分享蛋糕还是分享勺子？"

"除非你们店不介意我把勺子锯成两截。"他的嘴角弯成好看的弧线。

"除非你可以吃半截勺子。"我也跟着假设。

"不吃勺子也行，一起吃晚饭？"

“晚饭没问题，不过，改明天怎么样？”

“今天有事？”

“没事，”我决定邀请他明天参加和唐唐以及企鹅的晚餐，“是唐唐明天要跟她前男友一起吃晚饭，但又不想单独赴约，所以叫上了我。我怕尴尬，所以再叫上你，有没有问题？”

“你都开口了，我肯定不能拒绝。”他答得轻松，似乎并未多想。

“那就谢谢你了，让我不用一个人当电灯泡。”

谁知他又再邀请了我一遍：“别说得这么严重。如果非要谢我，今天就陪我吃晚饭吧。”

我忽然好奇起来，探究地看着他，问：“今天到底有什么特别？”

“也没什么特别，就是不想一个人吃饭。”他笑了笑。

“想不到你也有觉得孤单的时候。”我笑他。

他答得气定神闲：“有这么合适的饭友，浪费了多可惜。”

“饭友，”我差点笑出声，“在黎老师的朋友分类里居然有饭友？”

平常聊天时，我偶尔会戏谑地叫他几声“老师”。他每每听到都千篇一律地一笑置之，今天却一本正经地答：“没有饭友的老师不是好老师。还有——”他说了半截故意停住。

“还有什么？”

“没有饭友的翻译也不是好翻译。”他今天是成心跟我贫。

我接过他的话：“我不用当好翻译，当个卖书的就很好。”

“你为什么会决定不做翻译来书店工作？”他突然问。

“这个有点复杂。总之以前工作压力太大，现在轻松多了。”我并不想跟他探讨自己过去的经历，包括职业和生活。

眼前这个叫黎靖的“饭友”每天对着一帮学生，观人何其敏锐，立刻体会出了我话里回避的意思。

他轻松地转了话题："但愿你今天不是十点下班。"他这么一说，似乎今天的晚餐不仅仅是简单地吃个饭、吃完还可以回来工作那种。

"算你运气，八点。我建议你下午茶这顿吃饱点，不然一定会等得很饿。"

他又笑了笑："谢谢你的蛋糕。八点门口见。"

直到大约半小时后他埋单离开，我才完全理解"门口见"的意思。刚才他只是来约我吃晚饭，等到了约定时间后再去而复返。约我吃饭这么简单的事一个电话或几条短信就能完成，莫非小章煮的咖啡他真这么爱喝？

空了的木桌上，碟子里摆着还剩下的小半块芝士蛋糕。

刚刚入夜的暮春还有几分冷。玻璃门透出街灯清晰的轮廓，嘈杂的噪声被关在门外，从门里看出去的夜景闪着生动却不真实的光泽。

我穿上外套离开书店，看到黎靖正从马路另一边迎面走来。他手上没有提电脑包，看样子是刚从家里出来。八点，交通高峰时段差不多已经过去，路上行色匆匆的归人少了，整座城市的节奏开始慢下来，街边的橱窗都亮起灯光。

"饿了吗？"他问。

"刚才还没有，见到要请我吃饭的人就饿了。"我答。

"走吧。介不介意我们走着去？"

"不走去爬山就行。"

他很自然地顺手接过我的手袋："十分钟后就到。你在笑什么？"

"笑你自己没提包的时候就会帮我提包。"

"不然手空着也是浪费。"他也跟着笑起来。

他带我往他家的方向走，不出十分钟，已经进了某幢不新也不旧的小高层公寓。电梯在十层停下，黎靖拿出钥匙开了左边那套公寓的门。

“请进。”他推开门，侧着身让我先进，“放心，屋里绝对不乱。”

我站在门框边看着他。

“怎么了？怕我做的饭难吃？”他问。

“我好像闻到了什么香味。”确实有股混合着果香的味道隐约飘出来。

香味很像在烤着比萨，却又闻不到饼底的存在。

黎靖弯腰从鞋柜里拿出一双拖鞋给我。是一双多罗猫图案的棉拖，虽然不是新的却很干净，似乎洗干净后还没有人穿过。

拖鞋很合脚，底也很软。我脚指头舒服地动了动。

他低头看了看，笑道：“我女儿的鞋。”

“你女儿好像才八岁？”我穿 35 号鞋，就算在成年人里偏小，但是八岁小女孩也不能穿这么大吧？

“所以我买太大了。”他不紧不慢地说完了下半句。

“大了她都肯穿？”

“她没穿过。”黎靖脸上又浮现出那种若无其事的装饰性的微笑。

我脚上这双鞋明显是洗过的。如果没有人穿，应该是新的才对。我低头摆好自己换下的鞋，脑海中闪过签售那天匆忙间留下的对云清的印象。她瘦瘦小小，跟我穿同样大小的鞋也不奇怪。

看来，这间八十来平方米的公寓里处处都是他的记忆。

我装作不再关注拖鞋的话题，问：“你出门前烤过什么？比萨？”

黎靖把我让进客厅，在餐桌边拉开一张椅子示意我坐下：“马上真相大白。”说完，自己转身进了厨房。

片刻，他端出了一个平底锅那么大的圆形盘子，浓郁的香味随之扑面而来。我帮他摆好桌上的隔热垫，盘底稳稳地落在桌面上，发出一声轻微而满足的钝响。

噢，原来是一锅海鲜焗饭。芝士恰到好处得有点微焦，蘑菇西芹洋葱虾仁和米饭都被番茄染上了一层薄薄的红色。

他脱下手上的微波炉手套——居然是粉色格子花纹，显然是这间屋子曾经的女主人的旧物——拿起了手边的开瓶器。

此时我才留意到，桌上除了餐具之外还摆了两只细长的高脚杯，桌侧有一个装满冰的不锈钢小桶，一截深褐色瓶颈斜斜地伸出来，看不清楚瓶中液体的颜色，只知道是透明的。

“是白葡萄酒还是香槟？”我问。

“白葡萄酒果味比较重，适合海鲜焗饭。”他轻巧地拔出软木塞，倒进我面前的杯中，“最常见的霞多丽，你应该喝得惯。”

我握住杯脚，杯里淡琥珀色的液体卷积着微小的气泡，缓缓上升、轻轻破裂，果香味笼罩在我的鼻尖：“挺好的，我很喜欢。刚刚你说白葡萄酒的时候，我确实有点怕会是一瓶果香大杂烩……”

“——白苏维翁？我才不会买那么难喝的酒。”他迅速接上了话，我们一起笑起来。

抬起手，果味浓厚、带点微酸的酒如初夏黄昏的气息般静静坠入我的咽喉。

“看你的样子好像滴酒不沾，没想到你也喜欢白葡萄酒。”他说，“再说，多数女孩子都喜欢喝红酒或者香槟。”

“喜欢红酒的多是多，但咱们的爱好也不算稀有。”我对他举举杯。

我的胃已经很久没有接触过一滴酒精了。自从离开重庆来到北京，我如同另一个与以往的自己截然不同的陌生人，过着另一种截然不同的生活。改变种种习惯都并非强迫，而是不知不觉、自然发生的。今天忽然感觉到，不论我是否愿意承认，过去的生活从来不曾消失，每一个片段都完完整整。它存在于某处，只是未曾惊醒。

坐在对面的黎靖说起了他过去的片段：“有一次同学聚会，我们喝了一瓶智利产的白苏维翁，牌子早已忘记了，只记得那是我喝过的最难喝的一瓶酒。酒倒在杯子里绿得非常漂亮，但一入口就发觉它酸得实在霸道……”

“所以它名副其实。‘Sauvignon’的词源是法语‘Sauvage’，大概意思就是野蛮、放纵之类的。最讨厌的是喝着还有点辣，我是不懂欣赏它了。不客气地说还真有点儿葡萄酒兑二锅头的意思。说起来，倒是很像你们男人都喜欢的漂亮坏女人。”

“我不喜欢坏女人，所以我不爱喝猫尿味儿的酒。”他笑道。随之往我面前的碟子里盛了一勺海鲜焗饭：“试试水平怎么样。”

“看上去挺好吃。”我握着勺子，突然想起一件重要的事，又把勺子放下，转身从手袋里拿出一张CD递给他，“应不应该说生日快乐？”

那是一张安德烈·波切利的《托斯卡纳的天空》，我下班前从店里买来当礼物的。

“你怎么知道今天是我的生日？”他面带诧异地接过我递过去的礼物，表情顿时变成了惊喜，“这也是猜的？”

“如果不是你的生日，我想不到你不愿意一个人吃晚饭的理由。”

“那礼物呢？你不会是刚巧猜中我喜欢什么吧？”他接着问。

“我没有猜，只是挑了张我喜欢的CD送你。”我答他。盘子里躺着色泽鲜艳的海鲜焗饭，我吃了一口，饱满的果香和浓醇的芝士味道裹着蔬菜海鲜和米饭，温暖地落进胃里。真是好吃。

他也拿起勺子：“这么巧，我也是做了我喜欢吃的东西请你来吃。”

CD封套上，安德烈·波切利托着腮面露微笑，背景里斑驳的旧墙、深绿色的门，安静悠然得如同真实的梦境。

006

黎靖家离我家有两三公里，刚好是打车不用跳表的距离。晚饭后，他提议散步送我回家。或许是吃得太饱，又或许是气氛太好，我们都不想让隔着车门匆忙挥手道别的画面变成今天这顿晚餐的结尾。

外面的街一到夜里就喧闹起来，不过一扇大门的距离，里面是安静的林荫小径，外面是店铺林立的商业街和购物广场。一个个路人的背影在我们前面分开又重叠，每日下班时间后整条街都热闹得如同节日。很久没感受过这种氛围，我也乐得无目的地慢慢逛街。一路从街边小店逛到商场，钻进平时从不逛的香薰用品店挑起烛台来。

黎靖拿起一个花瓣状的白瓷香薰座递给我看，店员立即殷勤地凑过来推荐可搭配的精油。

就在这时，我听见身后有人略带犹疑地叫我："Bridget？"是个很熟悉的女声。

两年没听人这样叫过我，我下意识地回过头。

站在面前的是个身材高挑、明眸皓齿的美女，一身质地精良的条纹针织长裙，棕色长卷发慵懒地垂在肩头，一条细细的项链贴在雪白的颈边。Missoni 的横条纹绝不是一般人能驾驭得了的，穿不好难免会生出几分乡土感；而她穿得优雅高贵，一身名媛气扑面而来。

"谢慧仪。"我准确地叫出了她的名字。

她是我的旧同事，已经两年多没见。想不到，她也来了北京。

她嫣然一笑，亲热熟络的口吻似乎早已变得公式化："Bridget，刚才我还怕认错，原来真是你。几年没见了，最近怎么样？在哪家公司？这么久也不跟我联系。"说着已经从她的米色编织手袋里掏出了一张名片，双手递给我。

精致的名片上没有一个中文字，字体最大的一行印着"Elaine Tse"。连姓氏都不是汉语拼音，更像粤语读音。不用细看，她想必是跳槽到了某家在业内更声名显赫的公司，多半是港资。

我想到自己的生活早已与他们不同，日后也鲜少再有交集，便坦然答道：“我在一家书店。”

“你开了家书店？”谢慧仪刻意强调出惊喜的意味。

“没有，只是个小店员。”我笑笑。

她居然有一瞬间面露尴尬，仿佛不知道该如何聊下去。也许在她看来，昔日同事如今沦为卖书小妹是件挺丢脸的事，她是在真心替我感到难为情。我并未觉得有何不妥，做报酬高的工作并不代表做人更体面，而像她这样在职场从未走过下坡的人无法体会。

她似乎有些后悔轻易露出尴尬的表情，于是立即转移了话题，友善地冲黎靖笑了笑，问我：“你朋友？”

“嗯。我朋友，姓黎。”我简单地将他介绍给谢慧仪。

他们两人点头，微笑问候，看来这次偶遇差不多是时候结束了。她与我谈不上好朋友，只能算曾经比较熟，熟到可以在她出差时帮她去家里照顾小猫的程度。当年一起逛街一起下午茶常常聊个不停，如今见了面早已不知道该谈些什么。

——对她而言，我已“沦落”至此；对我而言，她属于一个我早已告别的世界。

她终于真诚地拉着我的手说起这次见面的结束语：“有空记得打电话给我！”

“一定。”我礼仪性地笑了笑。

“要不现在拨一下我的电话，我就有你的号码了。”她对朋友的热情比起当年还是丝毫不减。并且，她这个要求明显是在表明态度：刚才她所说的一切并非客气寒暄，无论境况如何，她始终把我当成朋友。

我照着名片上的电话拨过去。她的手机响了一声，铃声居然没换，还是那首“Casablanca”。这一点旧日回忆的痕迹，让我们相视而笑了几秒。

“对了，上个星期跟黎靖通过电话，他还问起你。那时候我还不知道你来了北京。他跟你联系了吗？”她忽然说起这件事，突兀得像将冰块扔进了热汤里。

我摇摇头：“没有。我们早就没有联系了。”

她欲言又止地看我一眼，最终又把她早已展示得纯熟的迷人微笑挂在脸上：“那我上楼去逛逛，不打扰你们了。下次再约。”

“好，再见。”我也面带温和的笑容跟她告别。

香薰用品店的店员站在旁边，眼神殷切地看着我们俩，似在无声地询问还要不要那个香薰座。我跟她道了谢，走出店外。

眼前生动的夜渐渐拉远，成为一片模糊的光，我们谁也没有说话，沉默地并肩走了很长一段路。我的头顶刚及黎靖的下巴，只要不刻意抬头，便看不到他的表情。

只听他忽然开口，说了突兀的两个字：“谢谢。”

“谢什么？”我心不在焉地问。或许他刚刚从我的旧同事嘴里听见了和他一模一样的名字，这句谢谢只为我刚才在介绍时没有说出他的名字，免惹人多问。

可他给了我另一个答案：“谢谢你的礼物，其实今天不是我的生日。”

不是生日，莫非是结婚纪念日？他的表情承认了我未说出口的猜测。或者这句道谢正是表明他的态度——他也不会多问我那个“跟他同名的朋友”，暗示我们彼此间有着尊重隐私、互不询问往事的默契。

其实很多事早已心照不宣，说与不说没有多大分别。

于是，我说：“跟你同名的那个黎靖，以前跟我关系很亲密。”能够向他坦白憋在心里已久的这句话感觉很轻松。只是在话说出口时我自己都有点吃惊：到底还是不愿意用“前男友”这个词来形容那人和我的关联。

黎靖没有说话，伸出右手环抱住我的肩。

他手掌的温度隔着薄薄的外衣渗入我右肩的皮肤，我下意识地微微缩了缩，让自己更舒服地蜷在他的手臂中。我们都清楚，这一瞬的温暖无关暧昧，只因真心。

没有任何多余的情感在我们的肢体触碰之间萌生，我们无法谅解自己的回忆，却在同一瞬间谅解了对方。谁都有过无法释怀的人或事，无论你是否愿意记住，它们一直都存在。除非记忆变成一张白纸，不然没有谁能够真正彻底“重新开始”。记忆是行李，随着生命里程数的增加，它只会越来越重。所以，当你决定开始一段新的生活、遇见一个新的人，就能像从未活过那样去生存、像从未爱过那样去爱吗？

我们并未丧失爱的勇气和能力，只是不再盲目，开始越发了解自己。有一句成语，叫久病成医。这一刻的温暖，是因为我们从对方身上看到了自己。

在浓雾中的机场遇见他之后，我曾以为我们之间会有些事发生；到今天终于感觉到，我们之间最好的关系就在现在，已不需要再发生任何事。

爱这种情感所能带来的除了美好还有焦灼、忐忑甚至恐惧，既然我们只想要美好的部分，便留住现在的距离，不用再靠近。

“我很喜欢你。”黎靖平静地说。

他忽然这么直接坦白，我有些愕然：“谢谢。”

“我会常常想见到你，跟你分享一些无法跟别人分享的乐趣。但我并不要求你答应我些什么，所以千万不要有负担……你怎么了？”他见我忽然长长地呼了一口气，问。

我不好意思地歪过头看了看他：“刚才我真紧张，以为你接下来会说‘不如我们干脆结个婚’，幸好你没有。”

“我不知道应该怎样定义我们的关系，有时候也觉得有点困扰，”他直视着前方的某处，缓缓说出了后半句，“但可以确定这不算是恋爱。”

“怎样判断算不算恋爱？”我问。

“恋爱会有负面情绪。会焦虑、妒忌、猜疑、紧张、有独占欲，也会兴奋、激动，甚至暂时失去判断力，会乐此不疲地互相侵略。而我跟你在一起很开心，这种开心简单平静，没有任何负面情绪。”他说出的几乎就是我想说的全部。

这是我们第一次如此坦诚地探讨彼此的关系。

我轻拍他握住我右肩的手："我跟你一样，并不想更进一步，增添不必要的负面情绪。其实最好的就在现在，我们已经有了。"

"这种关系对我来说，绝不是上一段感情失败之后的备胎，而是一种很单纯的好感。假如有一天这种感觉变成了其他的感情，我一定会告诉你。现在我确定了，你跟我想的一样。"

"还好你不会因为我们这么默契就决定干脆跟我结婚算了。"

"这样也是不错的选择，"他笑了笑，"但你心里那个位置不是留给'将就'的，对吗？就像买不到喜欢的鞋，就买舒服的鞋。"

我惊讶地脱口而出："你也用鞋比喻感情？"

"又跟你想的一样？"他反问。

"改天我要找个笔记本，记下我们到底有多少地方是一样的——"

"嘘。"他轻声温和地打断我。

有音乐声穿透路边的橱窗经过我们的耳朵，是个平静温润的女声："原来我非不快乐 / 只我一人未发觉 / 如能忘掉渴望 / 岁月长衣裳薄……"

岁月长，衣裳薄。这句词在这样的夜色里听来确有几分焉知非福的禅意。

循着音乐声看去，那是一家小小的外卖果汁和咖啡的店。明亮的绿色和柠檬黄橱窗，一个眉目和善的女孩穿着制服站在橱窗后。去喝杯咖啡也不错，我想着。

黎靖如会读心般转过头对我说："我去买咖啡，你等等。"说着松开环抱住我肩膀的右手，朝那家明亮的小店走过去。

他的灰色针织衫在街灯下散发出一种雾般的柔软。这是我第一次仔细凝视他的背影，挺直、颀长，却是一种不抢眼的柔和的存在。片刻，他端着两只纸杯走向我，就像迎面看见另一个自己。

他递过来其中一杯，"炭烧咖啡"。剩下那杯一定是他的美式。

"谢谢。"手中的纸杯壁很厚，只透过几丝微温。在春末夏初的夜，这样的温度舒服平静。

"还不错，不过不如你们店里的咖啡好喝。"他喝了一口，说。

"小章听见会很高兴的。"

"那个天天戴黑镜框的小男孩就是小章？"

"他还算小男孩？你多大？"原来我真的从没问过他的年龄。

"三十六。现在他算小男孩了吧？"黎靖答。

那他岂不是二十八就有了女儿？为免又提起他的上一段婚姻，我没有问出口。况且这些问题对我来说并不重要，知道与不知道都一样与他相处；想问，仅仅是好奇心作祟。

"如果你不介意，可以跟我说说以前的事。"他接着说。

声音虽轻，却一字不漏地掉进了我的耳朵。

"以后吧，现在都快到家了。"我不假思索地给了他这个答案。退避是一种本能，更让我发觉自己仍然没有准备好与另一个人分享往事。

"什么时候都行，只要你想说。"

他的脸在夜色里轮廓分外清晰，平日里那种雾的感觉不知不觉地散去，我感到从没有像现在一样了解他。尽管不知道彼此的过去，尽管我们都不清楚是否会与对方葆有长时间的友谊，但同样确定一件事：我们了解对方，不是相互知悉生活琐事、爱好习惯的那种了解，而是无须磨合就心存默契的奇妙感觉。

夜晚十点二十分的街边依然有不少行人。我忽然兴起，向他提起曾看过的一个有趣的猜想："我曾经看过一篇文章，说每十万人里就有一个读心者。当你走在街上时，如果想知道人群中谁会读心，只要不停地在自己心里默念'你背上有蜘蛛'，看谁忽然回头就是谁。"

他笑了起来："如果我有这项功能，上街的时候也不会打开。不然，能听到满街人说话得有多吵？就算你在心里咆哮我背上有蜘蛛，我也听不完全。”

“要不试试看？到前面红绿灯，我们一起开始想。”我提议。

“为什么要一起想？”

“这种事一个人做很没意思的，就算看到有人中招，我都找不到人分享。一起嘛，想想又不会怀孕。”我怂恿他加入这个有点无聊的游戏。

“就算不想也不会怀孕吧。”他答。

心血来潮做这种事就是一鼓作气，再而衰、三而竭，于是我二话不说将他拉到路边站好，“红灯了红灯了，快开始！”

我专心致志地在心里念叨着蜘蛛，站在一旁的黎靖居然没笑，好像也在想着什么事情。

身边等待过马路的几个行人要么聊着天，要么各怀心事的沉默，根本没有人留意到身边还有那么一只不存在的“蜘蛛”。在忙碌的都市里，一张工作后表情涣散的疲惫的脸，恐怕就连一百只蜘蛛都唤不醒。

转眼，信号灯绿了。灯面上那个满身绿光的小人甩开腿原地迈动着滑稽的步伐，示意行人过街。

黎靖悠然开口：“没有啊。”

“才这么几个人，没有也正常。改天人多的时候再来，肯定有！”我虽知这多半都是无稽之谈，仍然为游戏过程这么无趣而觉得有点沮丧。

“不，”他一本正经地说，“我是在回答你的召唤，我背上没有蜘蛛。”

街灯照在他的脸上，他的表情像刚刚猜中了我手里那张纸牌的魔术师。

这种神情似曾相识。不，不是从他脸上见到，而是另一个人。回忆悄无声息地苏醒，眼前这张脸和记忆中那张脸有史以来第一次在我面前重叠。

那是与另一个黎靖有关的记忆。

我二十四岁生日那天，照例工作到深夜才回家。平时的工作大多是小场合，那天居然碰上难得一遇的正式会议。通常一场长长的会议下来，窝在工作厢里的同传译员都累得像刚跑过几千米。从楼下看上去，家里一片漆黑没有亮灯。黎靖想必是睡了。疲惫的身躯顶着一片空白的大脑上楼进屋，发现室门紧闭着，还从里面锁上了。

那一瞬间，我连敲门的心情都没有，只想着不如在书房凑合睡一夜省心。

就在我放下包直起身的那一刻，门开了。黎靖探出头，睡眼惺忪地打了个呵欠："这么晚啊？进来睡吧。"

"洗澡。"我昏昏欲睡地答了两个字，拖着脚步挪进房间拿衣服。

一进门，刚才还半睡不醒的黎靖忽然身手敏捷地在我身后关上了门。整个卧室的天花板和墙壁上仿佛缀满星辰，形状不一的、小小的一颗颗安静地散发出荧荧微光——眼前的景象令我惊讶得说不出话。原来，他准备了满屋的星星等我回家。

我伸手去摸，只摸到墙面光滑如昔，什么也没有："你是怎么——"

"你先说好不好看。"他声音里充满笑意。

我拼命点头。刚刚摸过墙的手指上居然也沾上了微弱的星光。

满屋的星光笼罩着漆黑的午夜，像突如其来的梦境。

我记得那时他的表情，有种胸有成竹的喜悦感，更多的是魔术师般的骄傲神色。在微弱的荧光中，我凝视那张熟悉的脸，第一次感受到他是魔术师，更是造梦者。那一幕我永远不会忘记，哪怕像今天这样抛弃曾经的一切重新活过。那时的心情、他的表情就像不会退色的底片，始终印在我脑海中。

后来魔术师揭晓了答案，满屋星光来自几十支荧光棒。

再后来，我无数次躺在那间卧室里想象，那天他是如何将一支支荧光棒折亮、剪开，把星光一点一点染在天花板上、墙上。他一定不自觉地微微皱着眉，就像平时专注地做某件事时一样；或许脸上不时会带有微笑，因为他也会边忙边想象我见到满屋星光时的反应……

荧光星星再美，也只能保持一夜的光亮，时过境迁后，它们便会变成淡淡的水痕，直至消失无踪。

而当时，我并不知道。

曾在某本书上看到过一句话：爱就是身在孤独中仍然能感受到快乐。此刻，我也不确定，那些美好的回忆是否仍将快乐留存在我心里；我更不确定，偶尔回忆起这些情节，是否仍带着爱。

如果那些感觉始终不曾退色或消失，我又能如何重新开始？

原来人在相爱时会为自己筑起一道墙，将彼此的美好回忆包围在内，而离开时你拆不掉那道墙，只能背对它朝另一个方向走。无论走多远，只要想折返，依然能见到往日留下的遗迹。从上一段感情发生的现场逃离后，我已经往北走了一千公里，难道这段距离还不够远得让我回头看不见它？

在时间急速而盲目的流动中，有一些东西总是无法被消解，比如往事。

如果足够聪明，便能学会全身而退；而始终学不会这四个字的我，别无选择，只能笨拙地负重前行。

夜晚的微风里，手中这杯咖啡仍有微温。侧过头看去，他的侧影、安静的夜、这夜晚发生的一切琐事细节，反而远得像数年之前。

007

黎靖送我到楼下，临告别时，出人意料地送了我一颗巧克力当回礼。那巧克力装在透明的小盒子里，只有三分之一个手掌那么大，甚是可爱。盒子上印着跟咖啡杯上同样的店标，是他刚才买咖啡时准备的。

“谢谢。”我是真心喜爱这颗小巧克力。

“纯度比较高，可能有点苦，不过吃了不会胖，所以晚上吃也没关系。”他笑笑，算是道别。

原来他也这么细心，真可以跟唐唐并列为闺蜜了。一颗巧克力的力量有时候比想象中要大，我开始觉得，现实总比回忆要近，只要愿意去看到它。

无论如何，能够跟他坦率地谈论彼此间的关系，无疑是一件轻松愉快的事。

——而且，剥开种种说辞的表象，最本质的一点是：我们可以相处得比朋友亲密，又不用担负恋人的责任。虽然这本质听起来挺虚伪，就像两个爱吃东西又不愿意埋单的无赖保持着默契互相蹭饭；但，至少彼此想法一致，没有人受到伤害。

再说，一段正式的恋情与我们现在比起来除了多一层更虚伪的外衣，本质有何区别？

我不清楚这样想是对是错。但我们都清楚：在负不起责任时，量力而为也算是一种负责任。

出了电梯走到门口，钥匙还没从包里掏出来，就听到屋里有两个声音热闹得像二重唱。其中一个清脆点的是唐唐，另一个铿锵有力中气十足，听着很像房东阿姨。

我赶紧找出钥匙开门进屋，只见房东阿姨作气宇轩昂状傲然坐在沙发正中央，唐唐站在一边，双手胸前交叠，一副“随你怎么着”的表情。

——这是演的哪一出？我进屋时，她们已经迅速进入了沉默对峙阶段，两人的架势活像皇太后怒审小奸妃。

我赶紧扔下包站到唐唐身边，开口向皇太后询问战况：“陆阿姨，这么晚了来，有事？”

刚才还雄赳赳气昂昂的唐唐一见到来了战友，顿时像小奸妃见到了皇上——

抓住我的手臂，我见犹怜地哼哼："丁丁，阿姨说到期续签的时候要涨房租，涨到三千二。"

"啊？"我惊恐交加地大吼一声，"三千二？"这四环内的小两居室现在的房租是二千六，我们两人还算是能应付；一下子涨六百，不是房东疯了就是房价疯了。半小时前我刚体验过的种种闲着没事儿装文艺的情调，顿时被这个事实活活震碎了，碎得渣都不剩。一杯外卖咖啡十块钱，抱着它能散步约会谈人生、谈理想、谈未来，甚至谈谈咖啡豆的产地；而一个月房租涨到三千二，我们只能跟银行谈谈信用卡的透支额度。突然发觉，很多美好的时刻其实得来都很廉价，这样想来，人生倒是幸福多过忧虑——即使穷得租不起房子，仍然可以消费得起那些美好的片刻。

房东瞥我一眼，用客气礼貌的态度毫不留情地宣布："姑娘，我这也是没办法。看看这周围的房租都涨成什么样儿了？我是喜欢你们俩姑娘，所以住了两年才涨过一次，我这房子租的价钱现在已经是这一片垫底的了。"

"不会吧？昨天下班回来路过小区外边的地产公司，门口标着不少比这便宜的房子呢。"我说的是实话。这里固然交通便利设施齐全楼层又合适，也没理由向房租最贵的单位看齐吧。

"便宜的房子是有，可是能有我这儿这么好的条件吗？！你们俩住了这么久肯定明白，我这儿连衣柜都是实木的……"房东面露不悦，提高声音，开始细数这套房子的种种好处，而她数出的第一件居然是衣柜。

"阿姨，我们都知道这儿好，都还想一直住，不然干吗跟您说半天呢？"此时，唐唐拉拉我的手臂，飞快地朝我使了个眼色。

短暂的眉来眼去间我恍然大悟：唐唐跟房东肯定刚打完一场硝烟弥漫的硬仗，既然打不过，是时候装可怜了。

果然，唐唐一称赞房子好，房东语气也软下来："我也知道你们俩小姑娘自己在北京生活不容易，你们想住得舒服点儿，我理解。可我也有我的难处，现在什么都涨，一月二千六能干什么呀？你们出来工作挣钱了，家里没负担了，我家还有孩子在上大学呢！不然，当初我也不会把地段这么好的房子拿来出租，自己住多舒服啊！”

听她说完，我在心里默默地将房东一家问候了个遍。客观地说，我们的房租虽不算贵，但也绝不算便宜。她连“不涨租就养不起家”这种理由都拿出来了，莫非我们俩硬仗打不过，连装可怜都装不过她？房东这种生物难缠归难缠，不过看情形她不像找到了出价更高的租客。她没表露过半点“租不起就走”的意思，似乎此行的唯一目的就是让自己家房子跟上涨价的趋势。

我正琢磨着该怎么接话，唐唐一屁股坐到房东阿姨身边，温柔地开始进行说服工作：“阿姨，您再怎么说家也在北京，不用考虑没地方住。我们俩要是交不起房租，就只能收拾行李滚蛋了，您以后的房客能有我们俩这么爱惜房子吗？您看这沙发垫，”她说着一把揪住房东屁股底下那块布，揪得房东差点翻滚下地，“纯手工的，买得可贵了；还有那个桌布、窗帘、灯罩，每件东西都是很用心挑的。我们从搬进来那天起，就把这儿当成自己家在收拾，除了我们谁还会对这儿这么有感情？就因为租不起，就得搬走，您也得理解一下我们的心情啊。”

房东刚被唐唐弄得挪了挪屁股，我审时度势地迅速坐到了房东的另一侧，摆出一张真诚又悲苦的脸：“阿姨，涨到三千二，我们真的租不起。虽然我们都很舍不得搬，但是……没几天房子就到期了，要不，您提前留意一下有谁接着租？”

唐唐面带忧伤地补充：“要是到期了，我们还没找着房子，您看能不能再宽限个一两天？”

见我们俩已经认命地做好搬走的心理准备，房东果然有点慌了：“你们说什么呢？谁说让你们搬走了呀？哎哟姑娘们，你们以为我喜欢折腾来折腾去换人租房子啊？这大家都有难处，得互相理解呀。”

唐唐睁着无辜的双眼可怜巴巴地望向房东：“要是理解得起，我一定完全理解您。您看您对我们这么好，搬进来的时候还给我们买新冰箱，我要是有这个经济能力，您涨多少我都租。”

我被唐唐精湛的演技感动了，在一边拼命点头。

房东终于没辙了，沮丧地问：“那你说多少合适？”

我刚要张嘴砍去一大半，唐唐又抢先了：“您别问我啊，问我肯定是一点儿都不涨最合适。”她羞赧中略带撒娇的语气、柔弱无害的眼神瞬间让这句话的说服力凭空暴增。

“唉——”房东长叹一声，似是在宣告涨租行动首战败阵，“说起来你们都在北京无依无靠的，两个小姑娘也不容易。再说我还是真挺喜欢你们，要不就三千吧。”

“真不能不加？”唐唐为难地咬着嘴唇，问。她要是再继续卖萌，估计我都把持不住了。

“这真没办法，你们有困难我知道，可我也不是吃饱了撑的非要涨价，我也有我的难处。”房东虽立场坚定，语气却开始有了微妙的变化：从刚开始的义正词严渐渐转变成连哄带安抚。

“那要不……两千七？”我见气氛融洽，斗胆抛出了这个很可能让房东飞速翻脸从沙发上跳起来的数字。

“这……”房东果然一口气憋得说不出话，好几秒钟才接上下半句，“这跟没涨一样嘛。姑娘们啊，我不为难你们，你们也别为难我啊！”

“那就二千七百五。”唐唐明确地摆出一副准备软磨硬泡的耍赖架势。

房东的身躯抖了一抖。

接下来，在我们三人展开了一场关于“如何在不伤害彼此感情的范围内涨房租”的短暂探讨。几分钟后，房东面色微愠地拿着一份新签的合约离开，合约上写的房租是二千八。

我们两人贴在门边，直到听见电梯发出“叮”的一声将房东从门口带走，这才跳进沙发笑作一团。我们卖力地笑了好半天，有一半是轻松，有一半是觉得荒诞。

笑累了躺在沙发靠背上，唐唐伸出一根手指戳了戳我："喂，我们不应该这么粗暴地对待这么'昂贵'的'纯手工'垫子啊。"

"可不是，垫子五十九一个，运费还要十块钱。"我摸了摸屁股底下那个网购来的蕾丝拼布沙发垫。

"哎，你说，明年这种情节会不会再重演？"唐唐问。

"如果会的话，明年真不能再用搬走这一招了。"我答。

"哼，明年房东应该也不会再使出孩子上大学这一招了吧。"她说。

"说不定明年得给孩子安排工作，或者送去国外深造呢。"

"喂，起来起来，"唐唐忽然坐直身体，煞有介事地也把我拍了起来，"姐们儿，要有点志气，明年谁还跟房东大婶斗智斗勇啊？明年这个时候一定嫁出去！"

"要嫁不出去呢？"我挠了挠头。

"那就挣钱买房子！"她这句话说得掷地有声。

我顺手拎过茶几上一罐开了的可乐，对她一举："梦想成真！"

"梦想成真！"她接过来，仰脖咕咚就是一口，完了再递给我，"我喝过的，别嫌弃。"

我也像她那样仰起头，那一口可乐冰凉而生动，微小而饱满的气泡在唇齿间不知疲倦地爆破，舒缓的凉意就这样毫无预兆地冲进咽喉，扩散到整个身体。

这一刻，脑海中什么企鹅、星星、魔术师之类的词汇都不复存在，只有可乐中的小气泡清脆的爆破声。当你为了生活下去而奋力跟各种荒诞的小事斗争时，所有情绪、往事和不切实际的假想全部自动退避，内心只剩下一股单纯原始的力量。正因为如此，那些并不昂贵的美好片刻才如此真实，如此珍贵：它们总是存在于拥挤的现实的夹缝中，无论日后是否还有机会再想起。光阴速朽，它们却已是永恒。

身边的唐唐正握着遥控器，准备给这个夜晚的尾声再添加几十分钟不用大脑的肥皂剧。电视屏幕上正房和小三斗得火热，唐唐和我躺在沙发里终于昏昏欲睡。

次日清晨醒来，悚然发现看见的并不是自己的房间——这间房还挺眼熟，那个五指形的单人沙发不是唐唐的吗？沙发边还立着一个企鹅垃圾桶。对，昨夜看完电视是跟她一起躺床上聊天来着，聊着聊着就这么睡着了。扭头一看，身边果然躺着睡姿诡异的唐唐。

她一手搭在头顶，另一手放在自己肚子上；一条腿弯一条腿直，整个姿势活像半截 R 加上半截 P。

书桌上的闹钟指向九点四十。

我推推睡得正香的唐唐："喂，小唐子，起来早朝了！"

她迷糊地哼哼了两声，微微睁开眼，看见我却立刻精神百倍地弹了起来："啊！朕昨夜宠幸你了？！没怀龙种吧？"

"呸，小太监还想播种？起来吧，都九点四十了！"

"啊？闹钟没响？"她睡眼惺忪地抓了抓头，跪在床上伸长了身体去摸闹钟，"哎哟皇后娘娘，今天是星期六！"

原来今天要上班的只有我没有她。习惯了书店里每月轮着休息四天，一不留神就混淆了星期几的概念。

"那你昨天还约我今天吃午饭又吃晚饭？"我问。

"我没买菜啊。"她打了个呵欠，"你上班去吧，我再睡会儿。"

说完，她又一头栽到枕头上，不省人事了。我梳洗换衣出门上班，走到街上才惊觉一夜间整座城市就跳进了盛夏，阳光突如其来地变成一种坚硬又饱满的力量，晃得我眯起了眼睛。周末的上午十点十分，路边挤满了黑压压的人群，有人已经戴上了太阳镜。

我想起包里那颗巧克力。

小心地撕掉盒子上的标签，将带着温度的巧克力放进嘴里。它浓醇的香味中带点酸涩也带点苦，悄无声息地融化在了舌尖。那漂亮的透明小盒子丢掉有点可惜，我决定把它留在书店里，代替收银台后的订书针小纸盒。

书店的玻璃门顶端闪耀着一块光斑，哪怕站在一米之外也不容易看清楚店内的一切。

今天周末，李姐也来了。店长的工作日是周一到周五，但李姐家住得近，只要她周末出门，就习惯顺路来店里看我们。看样子她来了有一会儿了，正在窗边一幅幅地整理新换的白色蕾丝窗帘。阳光透过蕾丝细碎地铺进店里，盛夏的燥热顿时化整为零。细看，那些憨态可掬的碎花布艺窗帘扣居然每一个都不同：有兔子、心形、糖果、字母……

“真好看。”我捏了捏面前那只酒杯底大小的布兔子。

李姐退后两步看看刚才的劳动成果，对我笑了笑：“开始我还担心不同样的会显得太杂，现在看起来还不错。”

“李姐，你怎么总能买到这些可爱的玩意儿啊？”我问。

“咳，那地方很好找，你要喜欢，改天带你去买。”李姐说着，满意地再次从左到右把每扇窗子打量了一遍，转过头来问我，“你吃早餐了吗？我今儿早上煎了一锅素饺子，全带来了。”

“每次你周末来店里，都有好吃的。”我也笑。

“出息！小章刚说了这话呢，你来又说一遍。你们俩就这点追求？”说到吃，她扭头示意我看那边。

收银台后边，两根筷子夹着一个煎饺正在朝我们小幅度挥动，握着筷子的手不用看都知道属于小章。这家伙一直在埋头苦吃，李姐跟我说话的时候他一声不吭，只顾沉醉在跟饺子发生关系的幸福感中。

他好歹抬起了头，好不容易腾出嘴来含含糊糊地说：“丁姐，来吃吧，给你弄了个叉子。”

见他人前风度翩翩装美少年，店门没开就敢原形毕露，我忍不住要挤对他：“你行不行啊，脖子那么细，吃太快了当心噎着！”

“咳，让你见识见识哥的速度！”小章将刚刚朝我们挥舞过的那只煎饺整个儿塞进嘴里，不出五秒钟，他鼓起来的腮帮子又回复了正常，还一脸享受。

如此场面看得我们赞叹不已：这货的嘴绝对是台绞肉机。哦，不对，李姐刚说过这是素饺子。

“喂，再不来吃可没了！”小章意犹未尽地呼唤我加入。

我过去，只见白瓷盘里一圈圈码着数十只金黄色的皮薄馅儿大的饺子——盘子已经空了大半，小章心满意足地放下筷子进去洗脸了。我尝了一个，皮外边脆里边柔韧、粉丝柔软滑弹、白菜有股天然的鲜甜，还加了不少切碎的香菇，难怪小章吃得那么起劲。

此时，李姐拎起包戴上太阳镜，手里抱着一沓文件，推开了门：“我出去开会，今天不回来了。你多吃几个，还有一会儿才到中午呢！”

看着李姐的背影消失在店门外，小章静悄悄地从洗手间回来，学着我摆出了个整齐统一的右手托腮动作，感叹：“李姐真是美少妇厨神。”

我扭过头：“还有呢，你还要不要？”盘里还剩下最后三个煎饺。

“你不能这样，我刚刚才把一身饺子味儿洗干净！”小章愤而抢过我手上的叉子，“再来两个。”

“一共就三个，你就吃了呗，反正我饱了。”

“别啊，我吃不下三个。”小章立即开启蔬菜搅拌机功能，瞬间消灭了两个，又把叉子递给我。

还真没见过这么麻烦的男人，跟小姑娘似的。我吃掉白盘子里最后一个黄澄澄、孤零零的煎饺，非常真诚地向他提出了一个在心中深藏已久的疑问：“小章，我知道你现在没女朋友。但是，你有男朋友吗？”

“啥？！”他杏眼一瞪，几乎要从架在鼻梁上的黑镜框里掉出来，“我说丁霏大姐，就算我昨天拒绝了你的约会，那也只代表我不喜欢让老牛吃嫩草，不代表我不喜欢女人！”

我被他说得一哆嗦：“那，嫩草同志啊，愿你早日找到合适的乳牛。”

“那还用说。”他这回居然没回嘴，代之以地动山摇地“啪”的一声把一个邮包做自由落体状投放在我脚边——我很担心收银台在这场微型地震中倒塌——他笑容可掬地说：“老牛姐，今天一大早就有你一个邮包。”

“嫩草弟，谢谢啊！”我眯起眼睛，给了他个标准的皮笑肉不笑。

邮包里肯定是出版公司递来的书，快递单上有时候写李姐的名字，有时候写我们俩其中一个的名字。小章这家伙公报私仇，拿店里的包裹给我制造地震。这种种迹象表明：要说他还是直男，估计就他自己一个人信。

拆开邮包，里面躺着的果然全是书。奇怪的是，这十本都是不同的书，之前很少见这么发货的。我只好把书都抱到桌上来，翻开后勒口一本本对着电脑输入。

当我抱着这摞书往书架和展台上摆的时候，看见小章正细致地往桌上插花呢。他戴着平时打扫才戴的白手套，捏着一枝枝白玫瑰往花瓶里放；放完还要摆弄摆弄花的角度，再退后几步端详审视，不满意就重新整理。

——这货真是越看越像个小姑娘。

我正在一边偷着乐，店里的电话响了。

“嘿，收到我递给你的书了吗？都是我们公司这两年翻译得比较好的外版书，给你做参考。”听到接电话的是我，施杰开口就问。

“你——递给我的？不是发给咱们店的？”

“当然不是，你见过这么发货的吗？”他反问。

我一时语塞。怎么就没仔细看看快递单上的寄件人？一看到出版公司的地址，就当是店里的书。

他见我在电话这边愣了一两秒，顿时有点明白过来："你不是已经……"

"登记了，而且全上架了。"我将他说了半截的话补充完。

他便毫不客气地对着话筒笑起来："哈哈哈，让你不看清楚就折腾！"

"唉，不跟你说了，我收拾书去。接着还得一条条删除记录。谢谢你啊。"

"这事得怨我，要不我来帮你收拾吧。"他用一种不知是玩笑还是认真的语气回答。

我赶紧修正误解："没，我是说谢谢你送的书。再说，这点活我自己十分钟就做完了。"

"要不我请你吃饭当补偿？"他问。

"不用，你千万别紧张。"我被他这一问弄得不好意思起来。

"那就请我吃饭，当感谢我送你书？"他又问。

我似乎听出来了：他今天找我吃饭是找定了。说是让我请吃饭，到最后肯定他会找个机会先埋单。但如此一说，我就不便推辞。唯一可以不让这顿饭变成他付账的办法，只有邀请他加入我和唐唐的午餐。

于是，我问："等会儿中午我约了室友吃饭，就顺便请你一起，介不介意？"

他痛快地一口答应："行啊，顺便就顺便。你室友长得好看吗？"

"这不废话吗？比我好看多了。"

"那就好，对着俩美女吃饭才有胃口。"施杰就是这种不夸女人会死的人。

"十二点店里见？"

"行，那我挂了啊。赶着去洗澡换衣服，今儿中午绝对不给你们丢人！"

挂上电话，我小小松了一口气。不喜欢被不太熟的朋友请吃饭，这一点我也说不上具体原因。或许是天生的距离感，也或许是对人情负担太敏感。

小章站在门边不停地摇头，这动作的幅度和频率都相当稳定，要是再快一点儿，估计就能赶上嗑药后的症状了。

“嫩草，你干吗呢？”我忍不住打断他的摇头晃脑。

“你的室友啊，她今天不会出现了。”他吐字清晰、慢条斯理，一脸算命大师的神情。还以为他专心为开门作准备，闹了半天，原来刚才在听我跟人通电话呢。

我笑笑，表示懒得理他。

谁知他对此毫不介意，还神神秘秘地凑了过来，脸上仿佛写了“贫僧未卜先知”几个大字：“喂，你猜我刚才在门口看见谁了？”

“唐唐？”不太可能啊，一小时前她还躺在床上、刚刚进入早醒之后的第二轮熟睡呢。

“聪明。我见到你家唐唐跟一个身份不明的男人一起过马路，就从前边那斑马线过去的。你想想，哪有出门约会还回来吃午饭的啊？”小章八卦得眉飞色舞，我仿佛见到上次那位“日本同事”又灵魂附体了。

跟她在一起的男人会不会是企鹅？我不免也有几分好奇。

这便是爱过之后最大的悲哀：不是遗忘，不是失去，而是它总会残留一些东西在你生命里，成为无法磨灭的铁证。

证明你爱过，证明你失去过，证明你可以遗忘却无法删除往事重新再活一次。

过去的已成历史，遗失的也将永存。

而我们能够得到什么？唯有越来越厚的记忆和越来越薄的青春。

03
[时光如镜]

上午十一点半，店里有几个学生模样的客人坐在窗边喝果汁聊天，手边摆着挑好的书，不时摆弄落地窗边的花花草草和那几个惹眼的窗帘扣。这样的情景就是我在书店里所能见到的最有幸福感的时刻之一：几个人，几本书，一壶花茶，喧嚣的都市被隔在一扇门外，里面的时光缓慢到仿佛静止。

我把店里的花草浇了一遍水，回到收银台后看书。

顾客要走了，小章来帮他们拿账单。他还没忘记早上的话题，趴在收银台前边跟我说："你相信我，你家唐唐等会儿肯定不会出现。"

"我要不信呢？"我合上书，抬起头。

"赌一个月扫地！她要是没来，你扫一个月；她要是来了，我扫一个月。"小章下了个这么有吸引力的注，我思觉失调才会不答应。

"行。"

小章朝我伸出手。

我有点纳闷："账单给你了啊。"

"手机拿来。公平起见，不许作弊。"小章简直比女人心眼儿还多，他怎么知道我打算给唐唐发短信？这下可真成了看谁运气好的游戏了。

为了避免作弊的嫌疑，我只好把手机交给小章，还心有不甘地嘱咐："别给姐砸地上了！"

"姐姐，HTC都出到G14了你知道不？你这古董G3就算不砸也该退休了。"他还穷得瑟地把我的手机晃了晃，然后抛进衣兜。真是抛，不是放。

我又一次抚额。

后来，事实证明小章果然有着比女人还准的直觉，唐唐来电话了。我一听见自己的手机铃声在小章的制服兜里响起，仿佛顿时闻到了一个月的灰尘味儿……

原计划的三人午餐又变回了施杰和我两个人。

说实话，跟他一起吃饭气氛还不错——施杰本身就有这种能和世界上任何一个人相处愉快的天赋。他熟门熟路地带我去书店后大楼里的一家地道的泰国餐厅，咖喱味道不错，而冬阴功毫无例外地喝起来像刷锅水。从一进店门开始，他就在扮演主导的角色，如果我要跟他抢着付账，只会增添尴尬。一顿饭的时间长短通常都取决于席间的聊天是否愉快：两人话不投机低头闷吃，算上上菜的时间差也只需要大概半小时就能离开餐桌；而如果聊得热烈，这顿饭很有可能在两小时以上。今天的午餐持续了一小时，施杰的人生经历才刚刚从高中说到大学。我习惯不谈自己的事，他也善于绕开这种尴尬，于是我也算听得挺有乐趣。

饭后他送我回店里，此时一个客人也没有。垃圾桶里的外卖比萨盒子证明小章已经吃过午饭，或许他正在书架后满怀善意地扫着这个月的最后一次地。

施杰环顾店内，随口问："你男朋友今天没来？"

唉，他才在店里见过我几次，现在就连他也以为黎靖是我的男朋友。

既然难以三言两语解释清楚，也没必要对别人解释，于是我反问："谁？"

他的脸上果然出现了一丝惊愕的表情："……那'大不列颠制造'的哥们儿不是你男朋友啊？"他果然是指黎靖。

"哪个啊？"我轻描淡写地问，语气就像在问他今天天气好不好一样。

"你还有好几个？"他故作夸张。

"我一个都没有。"我坦白地答。

他追问："你真没有？"

我确认："真没有。"

他还不死心地多问了一句："那哥们儿真不是？"

"不管你说的是谁，都不是。"

"既然你没有男朋友，要不考虑一下我吧？"他面带微笑，语速如常地扔出了这句话。

十几岁时的恋爱是生涩，连怎么表白都要先绞尽脑汁后鼓足勇气，即使如此，到最后说不出口的概率依然大于 50%；成熟之后恋爱是默契，从彼此相处中就能逐渐感觉到对方的心意，不需要表白就了然于心的概率大于 50%；而太有经验的恋爱就只是一场关于如何取胜的游戏，开局掌握控制权、中局攻城略地、残局以绝对优势迫使对手只能选择握手言和。

施杰刚才那句话就是一个绝佳的开局。

他貌似玩笑却又不失真诚，神情大方磊落，毫无害羞或者局促之感，让你完全摸不透他到底在想些什么。再加上平时相处，他总是礼貌热情但不轻浮，这一句话之后，通常你就会开始不自觉地琢磨他说过的每一句话、做过的每一个动作，一遍又一遍深思这些细节里到底有没有对你包含特别的感情。此时，他已经成功地在你心里占据了一席之地。比起热烈的攻势，这样简洁有力的开局无疑是效果最直接、成本最低的选择。女人的爱情很多时候是由不解和好奇开始，而男人常常是经过深思熟虑再选择追求一个他能看穿的女人。当然他们也会喜欢女人有神秘感，但这种感情仅仅只会持续到完全了解她之前。简言之，“选择”与“爱”这两件事，女人永远混为一谈，但男人的大脑则可以做到泾渭分明。

我也笑了笑，回答他：“你很值得考虑，不过单身也是不错的选择。”

“这么说，我的对手不是一个男人，而是单身主义？”

“少点假想敌，世界更和平。”我走过两步替他拉开门，“谢谢你送的书，谢谢你请我吃午饭。”

“别客气，那改天我再打电话给你。走了，你进去吧。”他配合地走出门口，脸上没有丝毫不快。

“开车小心。”我朝他挥挥手。

身边安静下来，整间屋里只剩下60年代的爵士乐不紧不慢地在空气中流动。平时只要一见到个活人小章就能聊个不停，现在他仍然不声不响地窝在书架之间的某处。

“喂，出来吧，不会杀你灭口的。”我叫他。

小章果然从里边钻了出来，像得到允许般凑过来张口就说：“别考虑了，施杰不适合你。你跟他还不如跟唐唐姐呢。”

我用研究性的眼光又一次将他从上到下打量了一遍："你是……看上施杰了？"

"我呸你一脸花露水！"知心姐姐附体的他愤然反抗，"别看他平时跟我称兄道弟的，谁都清楚我们俩不是一路人。我跟你说，这地球上有两种男人绝对绝对不能要：一是凤凰男，二是富二代。"

"除了这两种，就都能要了？"

"不，这两种是'绝对绝对不能要'。除此之外，还有'绝对不能要'、'考虑要不要'、'也许可以要'、'一定必须要'和'不要就会死'这五种。"

他说得头头是道，我乐了："欸，那你喜欢哪一种啊？"

"你怎么就那么想让我钻进你的圈套啊？"他慢悠悠地端起杯子喝水，再慢悠悠地放下，"反正我是提醒你了，富二代千万不能要，不然有你受的。"

他这个说法未免有点夸张，施杰就算家境还不错，但应该还算不上真正的富二代。

"是，感谢未卜先知、神机妙算的章嫩草大师！"

门边的小风铃响了一声，有客人推门进来了。来的是两个年轻女孩，进店后没有靠近书架，径直找了张靠窗的桌子坐下。小章没工夫回嘴，便白我一眼，转身去吧台拿饮品单。

吧台后墙上木柜子里那一排好看的玻璃罐里装着咖啡豆，遗憾的是，我在这里待了两年多，仍然尝不出豆与豆之间的区别。对我来，五十块钱和五千块钱的咖啡豆喝起来都差不多，只知道它们味道跟速溶不一样。以前陪同客户参加非正式的聚会也不少，在这种场合基本都是吃什么谈什么，于是咖啡成了我最无法理解的话题——搜肠刮肚掏出来的品评赞美之词需要从我嘴里变成另一种语言，手上那杯昂贵的咖啡同样也从我的嘴里落进胃里，但我从未成功地将两者从感官上联系起来。

而小章在这一点上绝对是天赋异禀。任何酒类、咖啡，他只要尝过，就像被存储进记忆体，无论隔多久都能清楚准确地还原，绝不带混淆的。虽然他没什么机会在名媛们面前显示这项高雅的天赋，但每位对着菜单犹豫不决的客人，都是他展现魅力的好机会。

——眼下这两个女孩就正拿不定主意，在询问他的意见。

“想喝香浓一点又不带酸的就曼特宁，喜欢果香的话肯亚咖啡不错。不然看看这一页：想要有巧克力味儿的就是摩卡，但摩卡口感有点酸；想要奶味浓郁就选拿铁。”小章面带亲切又职业性的微笑，声音温柔、语句简洁地作推荐。

“嗯……蓝山咖啡怎么样啊？会不会很苦？”其中一个姑娘从菜单上抬起头来，问。

“要选单品咖啡的话蓝山不错，它是产自牙买加蓝山海拔两千多米上的咖啡豆，口感和香味都比较淡，但是质地非常精细。不过，我个人觉得蓝山比较适合贵妇，像你们这么可爱的女孩儿可以试试日式的炭烧咖啡。像我同事，她就很喜欢喝店里的炭烧。”一见到漂亮小姑娘他就不淡定，卖弄学问之余还不忘把我拉出来当人肉招牌。

果然，那俩姑娘对博学的小章闪着星星眼，迅速点了一杯炭烧、一杯拿铁和一块菜单上大力推荐的提拉米苏。

“炭烧有苦味，比较香醇，搭配巧克力蛋糕会更好；而拿铁口感层次丰富，最好是搭配蓝莓芝士。当然，我只是纯粹建议一下，提拉米苏算是比较百搭的，也很女性化，最佳组合是跟卡布奇诺搭配。”小章笑容可掬地全程扮演着“温柔可爱充满魅力的咖啡师”。

结果自然是咖啡师大获全胜，客人怀着被尊重、被细心体贴对待后的感动之情，改点了一块蓝莓芝士和一块巧克力蛋糕。他体贴尊重漂亮姑娘倒是事实，咱们店蓝山比炭烧要贵出不少。

咖啡机嗡嗡地响起来，我去帮忙替他准备杯垫小勺和托盘。

小章背对着顾客朝我眨眨眼。

我被他眨得一抖，仗着有机器的小噪声和音乐声当背景，以一种低到只在一米范围内能听见的声音问：“干吗非不许人家点产自海拔两千米的贵妇咖啡蓝山？”

"不懂咖啡喝什么蓝山，不怕浪费啊？咱家蓝山是真的，又不是外边那种调的，喝的不心疼，我做的心疼。"他说悄悄话的时候，嘴唇的动作小到几乎可以忽略不计。

"那你不干脆推荐奶茶、果汁什么的？"

"客人想喝咖啡，我的责任就是给推荐个合适的。我总不能说：你就甭喝了，喝了你也不明白。"小章又白我一眼。

"不然周一跟李姐提议，六月活动让你教姑娘们认识咖啡好了。小姑娘们肯定都扑上来围着你。"

"这主意不错，你说还是我说？"他一听姑娘就来劲，也不知道真的假的。

片刻，将咖啡和蛋糕送到客人面前，俩姑娘热情地跟他聊起天来。于是他们主客三人瞬间跟老熟人一样聊得热火朝天，一时兴起还答应下次再来就给她们演示虹吸壶。这种情形我见过数十次，大概小章脑门上就写着"男闺蜜"三个大字，凡是开朗健谈点的顾客没有不爱他的。

我也乐得有闲暇时间坐下来，继续一点点做长篇翻译。

电脑屏幕上浮着一封新邮件提示，来自施杰。

点开邮件看到一张照片，图上香槟色的玫瑰在栅栏后盛开。邮件正文很简短："我家院里的香槟玫瑰开了，拍照给你挑几朵喜欢的，挑好了我摘给你。"

我承认，这一刻的确有一点被重视的温暖感觉。随手拿起手机，未亮的屏幕清楚地照出了我的脸——这张脸从十几岁起就没有太大的变化，相比之下只是少了些许新鲜饱满的气息，多了几分经过时间必然留下的疲态。像我这样平凡无奇的二十七岁的女人，能有哪一点让施杰产生兴趣？

生活不是爱情小说，世上没有那么多无缘无故的爱。即使是所谓的一见钟情，看透彻了也能找出钟情的理由。所以说，一个人对另一个人产生感情必然都有原因，无论自己是否意识到这一点。而我身上最突出的便是平淡无争，或许可以将此理解为他从我这里感受到的并非爱，而是对安定的需求。

在迷人的恋爱对象和朴素的生活伴侣之间，三十刚出头的他也到了会考虑后者的时候。

如此说来，只要多加几分好运气，我这样的平凡人嫁入豪门的概率还真比倾国倾城的女明星们高出一点？我不禁自嘲。

不再在乎对枕边人有几分爱，只求生活平静安定，这也许是大部分人在感情生活里的必经阶段。而我，虽经挫折，却仍抱有幻想。有人越年长就越将爱当成奢侈品，而有人越年长越把爱视为人生的必需品。我也说不清楚，两者中哪一种更容易获得幸福。

整个下午，我才完成了不到三千词。几百页的文档好像一辆永远都数不完有多少个座位的列车，盘踞在电脑里，龟速向前蠕动。

幸好，唐唐没有约会约得乐不思蜀，连晚餐的约定都取消。

晚餐在附近一家装潢很东欧的咖啡厅里。黎靖和我到时，唐唐他们已经坐在那儿了。唐唐身边坐的男人想必就是企鹅——理论上说我是见过企鹅的，只不过那天我湿淋淋的又加上感冒头晕，他当时在门口徘徊，状态也不比我好到哪儿去。所以那一面我几乎没对他留下任何印象，只记得是个陌生男人，身高还算标准，长相完全没记住。

因此，这才算是我真真正正第一次仔细看企鹅。这一眼给我的失望有点超出预计：他看上去就是一个极其平庸且没有特点的男人，留着典型的中关村技术宅男发型，不高不矮不胖不瘦，凭第一印象挑不出哪儿讨人厌，更挑不出哪儿值得唐唐挂念这么多年。好在长得不坏，能依稀看到少年时期美貌的残留痕迹。对于女人来说，这地球上最悲惨的事情莫过于正太长残，尤其还是自己念念不忘的那一个。如果非要在企鹅的外形上找个亮点，就只有他身上那件林肯公园主题T恤了。不得不说，这一点让我在惋惜过正太长残之后，好感度小小回升了几分。

“嘿，这是徐伟聪，这是我室友丁霏，还有她朋友黎靖老师。”唐唐向我们互相介绍，打断了我对企鹅的默默观察。原来企鹅的大名叫徐伟聪。理论上说，我也是看过他名片的，可同样一点印象都没有。他看上去既不“伟”又不“聪”，我在心里无声地为自己的肤浅叹了口气。

她第一次见黎靖，还特别礼貌地在介绍他时加上了“老师”两个字。

“唐唐。”黎靖伸手跟她握了握，毫不见外地打了招呼，接着又跟企鹅握了握。唐唐明显松了口气，她正担心黎靖会在大庭广众之下叫她“唐小雅”，这儿沙发底下空间很小，估计不够她钻。

“看看吃什么吧。”企鹅笑了笑，递过菜单。

嗯，他的声音倒是比外形出色。

“你们看吧，我们俩都看过了。”唐唐赶紧补充。

黎靖接过菜单，翻开后摆到我面前。见我把一页浏览得差不多了，他又帮我翻开下一页。这一系列动作都很自然，我也随意由他照顾。

“你们俩点的什么啊？”我拿不定主意，问唐唐他们。

“我点的波兰鳕鱼，他点的一个什么鸡卷。还有蘑菇汤和沙拉。”唐唐答。

鳕鱼看上去不错，不过意粉又标了推荐的星号……我正对着菜单思索，黎靖说：“那我们俩就要鳕鱼和意粉，分着吃就行了。汤就罗宋汤吧。”

“你又知道我想吃什么？”我吃惊不小。

“这还不简单，你自己盯着这两样的图片来回看了半天。”他一脸的淡定。

企鹅玩笑着感叹：“黎老师对女朋友这么细心，跟你同桌吃饭的男人压力有点大啊。”这句话有一半成分是把我和黎靖当做情侣了，另一半难道是在暗示他跟唐唐的关系进展？

“别，叫我黎靖就行。”黎靖笑了笑，“我也还没成她的男朋友。”

唐唐在一边插嘴：“还没成的意思就是快成了呗！”他们俩今晚倒是一派夫唱

妇随的和谐架势，难不成真是旧情复燃了？

“你快成了还是我快成了？”我把球扔回给她。

她竟然没立刻回嘴，而是跟企鹅对视一眼，双方的脸上都有一丝不易觉察的又骚动又尴尬的情绪。

最善于在尴尬时刻转移话题的黎靖果然看准时机发功了，问企鹅：“听说你刚回北京？还习惯吗？”

“其实我在深圳才是真的不习惯，回来好多了。”不知道企鹅指的是气候还是唐唐。

“活该，谁让你去的？”唐唐果真是不放过任何谴责企鹅当年离她而去这个行为的机会，不管是认真的还是带有玩笑成分。

企鹅显然有些不好意思，只好避重就轻：“都说南方气候比北方舒服，结果一年四季就没有哪一季舒服过。”

“那是你去的地方不对。我们扬州就很舒服。”此时我是真心配合企鹅把话题从他和唐唐的主要矛盾上挪走。

黎靖倒是有点惊讶，问：“你不是家在重庆吗？”

“我没告诉过你？”我也惊讶原来自己从未跟他提起过这一点。

“所以你只是以前在重庆上学，然后在重庆工作？”

“对了一半。在四川上学，就近到重庆工作。”

“既然毕业都换了地方，怎么不干脆回家或者来北京之类的？”他问。

当年我毕业去重庆都是因为一个人，而那个人的名字他再熟悉不过。

我笑笑：“刚巧在重庆找着了工作呗。”

唐唐大手一挥：“你们俩赶紧把要了解的都互相了解了，然后赶紧发展！”

“那行，我们吃完饭就去发展。谁要买个票观摩观摩？熟人八折。”我觉得我这个反应很诚恳，但他们都笑起来。尤其是唐唐，笑得差点捶桌挠墙。

……

009

我必须承认，在这顿饭后，我对企鹅的印象又有了小幅回升。之前觉得他平庸，完全是因为唐唐挑剔的择偶观让我感到企鹅在形象气质上真没有哪条能符合。而事实往往如此：即使条件再苛刻，选谁也只是一个选择；无条件的才是感情。

以及，刚才那一个半小时里企鹅的表现得体又诚实可爱，不木讷也不浮夸。

或许唐唐本身已经够好了，真的不再需要一个像钻戒一样看起来耀眼的恋人，而是一个实实在在的舒服的抱枕。

——问题是，他们俩到底和好了没？我的无限脑补在这个问号面前一一退散了。

晚饭后，企鹅和唐唐自然有他们的节目，而黎靖决定陪我回店里直到十点下班。

我们回到书店时，小章老早已经把吧台收拾干净、换下制服，背着包等着回家了。抬头一看钟，还差几分钟就到八点。

“你撤吧！”我冲小章点点头。

“来了？”他这声招呼明显是跟黎靖打的，貌似已经对他跟我一起出入这件事习惯了，接下来半句才是对我说话，“那我撤了，明天见啊！”

“明天见！”我挥手示意他赶紧闪，他以平日下班时惯常的短跑速度闪出店门。

只剩两小时的班，我也懒得再换制服，跟黎靖坐在一边聊天。又一首背景音乐播完了，几秒空白后，熟悉的前奏响起。接着是佩茜·克莱恩低沉圆润的嗓音：“I fall to pieces each time I see you again...”

我端出来一壶茶：“小章不在，我只能冲个茶包了。别嫌弃茶包，是我的私人珍藏——斯里兰卡红茶。”

“谢谢。”他接过我手上的小壶将茶倒进杯中，白瓷底座里，蜡烛芯亮着温暖的橘色火焰，“这首歌很耳熟。”

“你也喜欢佩茜·克莱恩?”说起20世纪60年代的爵士乐，像我这个年纪的人中，能想到她的并不算多。

“嗯，准确地说是喜欢这首歌，但在外面很少听到了。而且，你绝对想不到我第一次听到它时是什么时候。”

“《吸血鬼猎人巴菲》?”我问。

“不可能又被你猜中，是不是我跟你提过?”他一脸不相信地反问我。

“当然没有，你怎么就没想到这个问题的重点呢?”

“什么重点?”

“我第一次听到它也是在看《巴菲》的时候!”

“1997年你才多大?”他记得还真清楚，《巴菲》是1997年的美剧。

“我没追过首播，是大学时候才看的。”我笑他，“这个问题倒应该问你才对：1997年你都多大了，还看青春剧?”

“二十几岁看这剧不夸张吧?”

“噢，我明白了，所以莎拉·米歇尔·盖拉就是你们那个年代的宅男女神……”

“你不如干脆直说是我的。”他不置可否。

“那到底是不是?你喜欢她那类型的?”

“其实——”他说了两个字，忽然停住了。门口的小风铃被碰撞出轻巧的脆响。

我坐在黎靖对面，背对着门。听到有客人，我转身站起来，只见门边站着一男一女。男的比黎靖年龄小很多，女的是云清。他们俩手牵着手。

云清也看到了黎靖，微笑着点点头算是打招呼。这场面的确有点诡异，他们彼此显然都没预料到会在此时此地猝然碰面。但她进都已经进来了，立刻转身出去似乎更奇怪。

我走上前去迎他们，顺便问需要什么书，我可以帮忙找。

“没事，不用麻烦。我只是路过，进来随便逛逛。”她的声音很轻很软，听上去有种奶茶一样的质感。

“那请随便看看，有需要叫我。”

她还是轻声道谢，接着跟身边的年轻男人一起浏览书架。

我回头看看黎靖，他并没有再看她，只是在默默地喝茶。离婚后再见面，他们既没有视而不见，也并未故意客套，而是表现得像关系疏远的点头之交——与其形容成冷淡，倒不如说是茫然。结束短暂的恋爱和失去长久的婚姻最大的区别在于，前者只带走了你的一部分感情，而后者带走了你的一部分人生。曾亲密如一人的彼此要将对方从自己的未来里抽走，就如同在生命中留下了一截一截中途折断、找不到延续的时光，纵然那些棱角分明的断面会随着时间流逝而变得浑圆、摸不出痛感，但它仍然只是残枝。即使可以重新开始，那些旧的、已经断裂的枝也依旧存在。

他们曾共同生活过的时光、共同拥有过的回忆、彼此人生的关联都只会被切断，而永远不会消失。这便是爱过之后最大的悲哀：不是遗忘，不是失去，而是它总会残留一些东西在你生命里，成为无法磨灭的铁证。证明你爱过，证明你失去过，证明你可以遗忘却无法删除往事重新再活一次。

过去的已成历史，遗失的也将永存。而我们能够得到什么？唯有越来越厚的记忆和越来越薄的青春。

音响里，佩茜·克莱恩还在一遍又一遍地唱着那句歌词：“You walk by and I fall to pieces...”

这么应景的音乐响在耳边，黎靖依旧低头喝着茶。桌上空荡荡的，除了花瓶和茶具之外，什么也没有。

我从最近的书架上随手抽出一本书放到他手边。

“谢谢。”他接过书，连封面都不多看一眼就开始一页一页往下翻。显然这不属于正常现象，但我很庆幸，他此时此刻只是在翻着一本看不进去的书，而不是离开。逃避是人类在受到伤害时本能的第一反应，能够让他们不从现场逃离的理由只有两个：要么是不再在乎，要么便是已经足够成熟。

他的前妻在几分钟后来到收银台，抱了二十多本书。

那些书几乎没有什么关联，小说、诗集、漫画、旅行手册、菜谱……居然还有字帖。我很意外，她是怎么在这么短的时间逛完这么多分类书架的。很明显，这间屋里站着买书的和坐着看书的都心不在焉。噢，在我扫条码的空当，她又从杂志架上取下了两本重量跟砖头差不多的时装杂志。

刷卡付账后，她带着年轻的男友和一大包战利品匆匆离去，甚至没有要求我打包。

目送他们消失在店门外灯光所及的范围之外，我回头看了一眼黎靖。

他也正抬头看我，手上的书又被摆在了一边。

“是薇洛，不是巴菲。”他忽然说。

我被他的举动弄糊涂了：“什么？”

“回答你之前问的问题。我喜欢的不是巴菲那类型，而是薇洛。”

真不知道是他的反射弧长还是我健忘，我诚恳地认为，那些发生在他前妻出现之前的闲聊话题，完全没有继续下去的价值和必要。就算是为了不给我机会问他刚才发生的事，也完全可以挑另一个更有趣的话题。

见我没回答，他又问：“很吃惊吗？”

“还好，我以前一直以为只有女生喜欢薇洛。她又不爱打扮又不善于交际，就是个可爱的小书呆子。”

追了一部整整七季的肥皂剧，就是因为喜欢女主角的小跟班，他真是有点怪。

“如果你是男人就不会这么想了。”他拿着书站起来，想帮我放回去。

“给我就行了，你也不知道地方。”我接过他手上的书，摆回原位。

站在书架边环视这间小屋，仿佛一切又还原成云清没有来过之前的样子。

下班回家的路上，黎靖出人意料地向我说起了他和前妻分开的原因。

“有个读者从外地来找她，他们当晚就在一起了。”他的语气很平静，听不出一丝情绪。

虽然如此，我还是重重地吃了一惊，连接话都有点结巴：“那，那你是怎么，怎么发现的？”

“她坦白地告诉了我，说她想跟那人在一起。你看到了，离婚一年了，他们俩果然还在一起。”他低头看了看地面，马上又抬起来，“这也算是好事吧。”

“对不起，我还是觉得这事挺荒谬的。”跟读者一见钟情发展婚外恋再离婚，这真是我无法想象的情形。通常都是男人最需要被崇拜、被尊敬，女人很少会把自我价值的认同和情感上的依赖这两方面混在一起，一股脑儿摆在自己的伴侣身上。当然，身份和位置并不是感情的障碍，除非感情仅仅是由崇拜与被崇拜而生。将恋爱关系建立在彼此视线的俯仰之间是非常冒险的选择。当你与对方分享同一段人生，彼此间原本美好的差距，很有可能会以一种难堪的方式拉近。

他对我的观点并不介意：“我听到这件事的第一反应也是‘太荒谬了’。可是她说知道自己在做什么就绝对不算荒谬。似乎有点道理，但无论如何都超出了我的理解范围。如果我们之间发生的问题是可以沟通可以解决的，我一定会去做；但这根本是我理解不了的情况，如果盲目地去解决可能后果更糟。”

“我始终觉得，两个人能维持长久的婚姻，根本不是靠的吸引和被吸引、征服和被征服。当一段感情里令人激动的东西消退了之后就去找另一段感情，这是种很幼稚的行为。”我脱口而出后，立刻略微有点后悔，便补充，“这只是我的个人想法，不一定对。不要在意。”

“没关系。其实我正是因为了解她这一点，才明确地感觉到这个问题不可能解决。”

聊到这里，我突然想到一个问题：“那他们，还有你女儿——”

“他们相处得还不错。我女儿不讨厌他。”他指的是女儿和未来的继父。我相信，没有什么会比这一点更让他感觉复杂了：既然女儿有自己的选择，就只能希望她在新家庭过得开心；但被人代替父亲的位置，真的有那么值得开心吗？

我沉默了片刻，完全不知道该说什么。

“你在想象，我是个多糟糕的爸爸？”他笑了笑，问。

“我不觉得你糟糕。”

“以前我也不觉得。现在想想，一个从不生气的老爸有时候也挺糟糕的，说不定让她很有压力。”

“我也不觉得从不生气是缺点。”

“只是那样有点假，对吧？尤其是对一个小孩而言：无论做什么都激怒不了老爸，这个老爸一定不那么在意她。”他说这句话时，语气和语速都平静正常，仿佛从来不曾有过情绪一样。

我想，我终于知道“雾”的感觉从何而来了——原来他一直都是这么冷淡，即使热情，也像是缺乏温度的假象。

我忍不住问他：“你真的没生过气？”

“怎么可能？”他反问。

“那你的脾气都去哪儿了？”

“算是习惯吧。有些东西可以自己消化，就不需要表现出来影响身边的人，总觉得能处理好自己的情绪才算成熟。”

“噢，你的消化系统一定压力很大。”

“谁说的？我从没得过肠胃炎。”他说。

看来刚才的不快他又已经不声不响地消化了，现在又有了说笑的心情。然而，有些事可以一次消化干净，有些并不能。它们会一次又一次卷土重来，即使总会被赶走，也要将你折腾得精疲力竭。

我不是一个善于消化的人，也常常遭到回忆的突袭，但一点也不羡慕黎靖的天赋。独自消化所有的情绪是项太庞大的工程，这种能力无法把你锻炼得坚硬如钢，只会让你越来越孤独。

我忽然有点于心不忍。

我停住脚步，拍拍他："喂，一个人消化比较闷，一起去排毒怎么样？"

"排毒？"他显然误解了这个词汇的含义，表现出些许迟疑。

"来，跟着姐！"我感到自己有那么一瞬间被唐唐附体了，不知道从哪儿来的豪迈精神，拖着他就往前跑去。

幸好他没有问去哪里，只是跟着我一起在路边跑了起来。

我们看着自己的影子被一盏又一盏街灯陆续接管，跑起来的时候，连眼睛所见的灯光、耳朵听到的汽车鸣笛声都有着与平日完全不同的节奏，身边的一切静物都带着连贯的、被拉长的弧线，自己的呼吸越来越清晰，身体渐渐沉重后，又开始渐渐变轻，感受到轻盈的水汽穿透皮肤，缓缓凝结成细微的汗珠，先是燥热而后变凉，一步一步觉察出灰尘停留在身上的力量。

这些微妙的感觉就发生在半小时之间。

当我们气喘吁吁地坐在不知哪条路边的长椅上时，我看着他，他看着我，都不出声地傻笑起来。

我抬起沉甸甸的胳膊吃力地伸了个懒腰："我感觉刚才把一年的运动都做完了！"

"这是下半场。"他说。

"上半场在哪儿？"

"山上。"

是啊，自从上次在雨中狂奔上索道一路淋雨下山以后，我很久都没有这样感觉到浑身疲惫又舒畅。

他把手肘搭在我的肩上，那不客气的姿态仿佛我是他学生时代的兄弟一样。自从认识他以来，我从未见过这样放松的、真实的黎靖。

“排毒吧？”我平了平还没喘过来的气，向他询问感想。

他显然也还只顾着调整呼吸，惜字如金地答我：“还行。”

“这都只能算还行？”

“有瓶水就更好了。”

他这么一说，果然感觉渴得就快自燃了。

放眼望去，方圆几十米都没有类似便利店的地方。说实话，我真不知道我们跑到了哪条街，似乎离住处不远，却又不是我们熟悉的地方。我们背后是一片被高墙围住的住宅，望向马路对面，顺着一扇一扇亮着灯的橱窗看过去，衣服鞋子首饰在玻璃后向我们宣告，想喝水基本没什么希望。

忽然我的肩膀一轻，他把手肘拿开、站了起来：“走吧？”

“走不动。”我赖在长椅上，完全不想考虑找路回家这件事，更别提去路上招手拦车了。

“有水喝还不走？”

这下我起来了：“哪儿有？”

“走吧，我都看到了。”他拉起我往人行天桥上带，累得够戗、又顶着二百度近视眼的我干脆什么也不看了，只管跟在他后面。

穿过马路跟着他进了一间屋，坐下来才意识到那是家酒吧。

我不由得叹了口气——刚跑残了两条腿，现在再喝点带酒精的液体，今晚真得滚着回去。不过，这一刻，感觉真好。

服务生捧着酒单站在一旁。幸好这里并不嘈杂，甚至可以说氛围不错。虽然没有爵士乐，台上那个弹吉他唱民谣的小伙也挺可爱。最令人感恩的是，这里没有穿颜色鲜亮的紧身短裙的年轻女孩来回穿梭推销啤酒。

黎靖没看酒单，果断地点了杯 Bullet，而我点的是 Mojito。

细长玻璃杯和绿意盎然的圆形厚底杯很快送到我们面前。我咬着吸管，一口下去，杯里的液体少了一半。

他盯着我看了好半天，想确认我的脸有没有因为酒精而迅速红晕起来。如果在这个疲惫又放松的夜晚喝到有点醉，对我们两人来说无疑将造成非常尴尬的状况。理由很简单：我们互有好感，却都因为种种原因决定不与对方产生超越友谊界限的感情。假设少了这点关键的清醒，我们酒醒后很有可能将连好朋友都不是。他想阻止这种情形在我们两人中的任何一个身上发生。

他并不知道，对我来说，即使失去了生命中所有重要的东西，也永远不会丢失清醒。算上这一点，我们之间的共同点又多了一个。

“怎么了？怕我借酒行凶？放心吧，你很安全。”我抢先说。

“嗯，我很失望。”他一本正经地说笑。

“如果不安全，你会更失望。”

“也许我没机会更失望，因为就算我倒了，你肯定还清醒。”

“喝完这杯回家？”

“喝完这杯回家。”

我们面对面坐着，时钟的指针一格一格在空气中划过，不快不慢，速度如常。杯中的液体色泽丰富而安静，低下头，看到透明的冰块如礁石般渐渐浮出正在退潮的海。

这不过是一个普通的夏天的夜晚，我们突然兴起跑到了一个从未到过的“近处”；外面没有暴雨也没有沙尘，世界末日也尚未来到，没有任何理由能迫使我们再靠近一点。此刻，我忽然强烈地感受到自己是独自一人存在于这个世界上，内心所有对他人的依赖都已如断开的链条，再也不愿意扣上。即使在某些时刻有人在我身边，将之理解为巧合或许更有幸福感。

告别时，他依旧送我到楼下，我站在楼道口看着出租车起步亮起转向灯，将他带向茫茫黑夜的另一端。

在屋里迎接我的又是唐唐的面膜脸。这回，白乎乎、湿淋淋的一张假面盖在她的粉脸上。她用手按住嘴角两边，小幅度动着嘴跟我说话："大晚上的，你上哪儿玩儿出一身大汗啊？"

"你快别出声了，万圣节还早着呢。"我扔下包，就瘫倒在沙发上。

唐唐低声怒吼："什么人啊这是？你这副样子的时候，怎么不见我嫌弃你？"

"我都是睡觉前躺平了再贴，你当然见不到我这样走来走去。"我把她拽过来按倒在沙发上，"趁你戴着面具不用让我看见表情，赶紧老实交代。你跟企鹅是旧情复燃了吗？"

"他想得美！哪有这么容易？"她一动嘴就得用手压着，"怎么着？你这架势的意思是，我没答应他，你就要推倒我？"

我松手放开这家伙，保持舒服的姿势躺在她旁边，接着问："那你还跟他出去鬼混一整天？"

"你还好意思说我？你——"唐唐说到这里来劲了，坐起身来干脆把脸上碍事的面膜揭下来扔了，"你不是天天跟你家黎靖出去鬼混，又死不承认跟人家谈恋爱吗？"

"我们是真没有。"我对她进行第一千零一遍澄清。

"我也没有。就算我是一直想着他，也不能他说回来找我，我就得答应吧？"

我不得不佩服唐唐的定力，由衷地赞叹："忍者神龟，失敬失敬。"

"呸！"她一爪子把我的脸拍开——还真有点疼——不屑地宣布，"我就希望他能有点诚意，不行吗？就算喜欢他，也不能让自己这么掉价吧？！"

我闪身往右退避了五十厘米，目测唐唐的杀伤力应该减半了，才敢自由地发表意见："唐小雅同志，我非常认可你的思路。可是要等他做到哪一步才松口，你自己心里有没有底？"

这个疑问绝不是我的过度担心。唐唐对追求者的考察完全符合她的职业性格：细心耐心严谨，要有谁胆敢在这个问题上跟她打持久战，先露出破绽的肯定是敌人。

这世上再美好的爱也不会毫无瑕疵，我们所能追求的只不过是相对的完美。如果非要把感情里的所有角落都巨细无遗地暴露在阳光下，便必然感受不到幸福。

她用无辜的眼神看了我一眼，说："我的要求又不高……"

我以每秒低于十二帧的慢镜头速度扭过头盯着她，迟疑地问："你，要求，不，高？"

"我不想在同一个人身上失恋两次。"她头仰在沙发靠背上，目光停在天花板的某处，像是在回答我，更像是自言自语。

但，亲爱的唐唐，有些事不是你不承认就代表没有开始。假如他要再次离你而去，难道你真的可以当做什么都没发生过，将这段记忆像垃圾一样清扫干净，然后完好无损地继续生活下去？你努力固守的防线，唯一能保全的只有尊严而已。

我没有说出口，将它们又一字一句憋回了肚子里。因为我同时意识到：有尊严地失去比盲目地爱要高贵得多。高贵不是虚假的姿态，而是对自己的尊重。

010

周日清晨七点多，我被电话铃声吵醒。

迷迷糊糊中从枕头边摸过手机，只见屏幕上显示着"黎靖"两个字。他从没这么早来过电话，处于半睡眠状态的我按下接听键放在耳边：“喂，这么早？”

电话那端一片寂静。细微的电流声和呼吸声似乎是唯一的响动，隐约断续地存在着，给这寂静徒增了几分意外状况的气息。

“喂？黎靖？”我困意顿时醒了大半。

半晌，听筒里才传来一个语气略带试探的声音：“Bridget？”

只这一句，我脑海中响起一声巨大的爆破音，顿感从胸腔到胃里都填满了混浊而燥热的空气。我已经两年没有听到过这个声音。如今它在毫无预警的情况下响起，披着我熟悉的名字的外衣，莽撞地冲进我已彻底告别过去的新的人生里。

对，我居然从未删掉过他从前的电话号码。或者说，我从未发觉自己还留有这个黎靖的电话号码。所有“旧同事”的通讯录，全都藏在一个我永远不会再点开的分组里。

我开始痛恨手机通讯录的分组功能。

一时间我不知该怎样反应，他那边也没了声音。干脆挂了吧。我的手指已经快要接触到屏幕上那个红色听筒的按钮时，那边又试探地问了一句：“Bridget，你……现在在北京？”

还好，他没有故作煽情地搬出标准的肥皂剧台词，比如“你好吗”、“是你吗”之类。

“你怎么会有我的电话？”我在问出口的那一刻忽然醒悟——是谢慧仪。我跟她交换过电话号码。

“我前几天……”

我迅速打断他：“随便了。你找我有事？”虽然这样很不礼貌，但我不想再听一次已经知道的事，或者说不想再多听他说话。

对白果然往狗血的方向一路发展下去了：“我只想知道你好……”

“我挺好的，还有别的事吗？”我依旧飞快地截断了他的话。

“我，”他顿了顿，“今年年初离婚了。”

“恭喜你脱离苦海。有个爱打人的老婆的确挺不幸的。”我都没料到自己会说出这么一句话。

他语塞，半天没有出声。

“她应该没打过你吧？”我刹不住车地脱口而出。这么说的确很不厚道，可我吃惊地发现，自己根本不觉得过分。

“你还很恨我？”他似在叹气。

“你说的是恨你哪一件事？是你隐瞒婚姻状况跟我在一起，还是你老婆跑来打伤了我？”

他终于有了一丝恼怒：“我知道是我对不起你。你能不能别这样？”

“你打电话给我，还不是为了让自己好过一点？难道你希望我向你哭诉这两年的遭遇？假设我有过不幸遭遇的话。”

“Bridget，你什么时候变得这么刻薄了？是，你过得不好，我应该负责任。但是，你真的完全变了。你是想让我对你的内疚更多一点吗？”他提高了声音，貌似情绪有点激动。

我平静地回答他：“不用叫得这么亲热。而且，我也过得很好。”

“我听 Elaine 说了，你过得并不好。对不起。”谈到这个话题，他果然声音低了下来。

噢，慧仪果然是个善解人意的姑娘，能够在这么短的时间内联想到，我如今沦落成卖书小妹是黎靖直接造成的，说不定还将他谴责了一番，然后才有了今早这个煽情又多余的电话。

“我不觉得卖书有什么不好。是比以前挣钱少，但我过得开心。没什么压力又不累，更重要的是，没有已婚男人装作单身来招惹我。”

我的坦白却让他伤感起来：“其实你不用这样勉强自己，别因为我放弃你的事业……”

“Excuse me？”我听到这里忍不住要笑，“为了你？也许你觉得我现在过的生活一点前途都没有，可是我不在乎。我喜欢简单，以前那些完全被工作支配的生活不适合我。现在我有足够的时间过自己的生活，我有精力去了解在自己身边的到底是个什么样的人，我可以好好恋爱，然后结婚。”

“这么说，Elaine那天见到的是你男朋友？他对你好吗？”他略带伤感的语气在我听来越来越滑稽。

电影和小说里那些细腻感人又充满诗意的旧恋人重逢的场面，对我来说简直就是天方夜谭。我不曾真正恨过这个人，但也完全谈不上谅解或祝福。这两年我从未停止回忆曾经的点滴片段，但在与他通电话时，那些美好的时刻完全被屏蔽在大脑之外。我承认内心正涌起一股矛盾复杂的情绪，但绝对不包括愤怒和快感。

——我发现，自己正在毫不修饰地向他坦白。我将感觉到的一切都说了出来，或许他觉得很尖刻，但很不幸，那正是我的真实想法。

“这都不重要，重要的是，你要知道我过得很好。”我说。

他停顿数秒，像下了决心一般，说：“那好。如果你——我是说如果——你遇到什么困难，一定要告诉我。”

没看出来，他真的准备以后都为我的境遇负责。

我没有理由曲解他这份好意，便只是干脆地谢绝了他：“谢谢你，但我不会跟前男友借钱的。”

“Bridget……”他无可奈何，又叹了口气。

“以后别再叫我Bridget，我已经听不习惯了，Alex。当然，我的意思是，假如以后我们还有机会说话的话。”这是我最后一次像以前一样称呼他。

话已至此，他只得以狗血肥皂剧台词来为这个电话结尾：“希望你过得幸福！”

“谢谢，再见。”我挂断了电话，将他的号码加入了拦截通话和短信的黑名单里。

我们不用再见了。无须再面对他这个人，或许还能拥有一部分值得收藏的美好回忆。

家里恢复了安静，唐唐还在隔壁房间熟睡。

离出门上班还有一个多小时，我梳洗之后，走进厨房做早餐。我们几乎不在家吃早餐，所以材料很有限，好在冰箱里还有鸡蛋。

清洗干净平底锅，滴入几滴油，将鸡蛋轻轻打入锅里。这一系列动作我完成得很小心，但还是把鸡蛋煎出了奇怪的形状。

我做的菜不难吃，但就是从来都煎不出形状漂亮的煎蛋。而黎靖做的煎蛋总是浑圆可爱，像从模具中出来的一般。每每问及秘诀，他都故意神秘兮兮地说绝不外传。曾有一次我赖在厨房非要看他“不可告人”的煎蛋秘籍，惊奇地见到他从冰箱里拿出了一个大洋葱，切出中间最宽的一圈来先放进平底锅，再将鸡蛋小心地打在洋葱圈里。

那天是我生平第一次做出了完整的圆圆的煎蛋。洋葱圈煎蛋大师黎靖英勇地吃掉了我所有造型失败的作品，将最后一个成功的圆形太阳蛋留给了我。

后来提起这事，我说我从来没有一次煎过那么多蛋，他说他从来没有一次吃过那么多蛋。那时，以为一个洋葱圈的形状就是幸福的轮廓；今天打开冰箱，里面一个洋葱也没有。锅里的煎蛋奇形怪状，两面均泛着疲惫的焦色。

将卖相不佳的鸡蛋盛进盘里，我开始翻箱倒柜找其他食材，终于在橱柜里翻到一包不知什么时候买回来的麦片。

唐唐揉着眼睛从房里出来，迎面撞上正往桌上摆早餐的我，吓了一跳：“你干吗呢？”

“给你做早饭啊！”我指了指桌上的煎蛋和麦片。

她打了一半的呵欠活生生地憋了回去，满面狐疑地盯着我：“你打算嫁人了？不然干吗这么贤妻良母？”

“你就想吧！我是看这包麦片再不吃该坏了。”

“不可能，保质期一年，咱买了还没两星期呢。”唐唐眼都不眨地背出该麦片的身世始末，这么好的记性，让我做贼心虚地抖了一抖。

“那就是我记错了。我做都做了，你就勉为其难吃吃吧！”

“其实我很感动啊，你居然给我做早餐！要不我干脆娶了你吧——这蛋煎得真不怎么的，跟我有得一比。”她忘了要去洗脸刷牙，站在桌边兴致勃勃地观摩这顿难得一见的早餐。

我默默将她推进洗手间，自己转身回房换衣服。

许多天之后，当我终于忍不住跟“黎靖No.2”说起电话事件时，他若有所思地沉默了。当然，他所知的部分仅仅是电话，我还没有作好准备连回忆都与另一个人分享。往事在我心里的分量并不轻，时间越久就越明白：我擦不掉它们，唯一的选择便是找到一个方式与之和平共处。

那是下班后的深夜，我们坐在他家附近一家二十四小时营业的街边咖啡厅里。店里播着轻快的日文歌，杯里冰块在拿铁中浮浮沉沉，整间房里笼罩着一股昏昏欲睡又心浮气躁的气氛。

“我跟他像不像？”这竟然是他问的第一个问题。

“一点也不像。是见到你绝对不会想起他的那种不像。”

他不由得笑笑：“倒不用说到这个程度，我也没有什么不舒服的感觉。”

这是他脸上常见的表情，温和无害但并不亲近。

我没有说话，他却像放下心来般开始试着帮我分析这个电话的意义：“可能你并没有自己以为的那么不恨他。”

这句话听着有点拗口，不过我懂了。他认为我在电话里毫不留情地直说其实是一种发泄，也许并非有意，但在某种程度上的确羞辱了对方。

“不要误会，我只是陈述事实，没觉得你有任何不对。”他补充，“男人在同样的情况下一定不能这样做，所以，有时候我还挺羡慕你。”

在这种时刻还必须保留风度，看来在他的世界里，男人果然比女人要过得辛苦。

“难怪你像伦敦雾。”我没头没脑地冒出这一句感想。

他一本正经地否认：“别，那是伦敦工业革命后的产物，全都是烟尘，比北京的空气还糟。”

“既然不喜欢雾，干吗还穿‘伦敦雾’？”

“这不一样，至少衣服不是工业革命时期生产的。”他斩钉截铁地陈述此雾和彼雾的区别，我的心情莫名地轻松了不少。

“我知道你为什么喜欢来我们店了，这里的咖啡真不好喝。”我放下手里的杯子。

“出去走走吧。”他提议。

出去也好，我点点头站起来。节奏跳跃的日文歌终于不在耳边绕来绕去了，尽管街上的空气也不那么清新，但还是多了种不知从何而来的自由感。

并肩走了一会儿，黎靖又伸出右手环抱住我的肩。一旦这个典型动作出现，他必然是想跟我说点什么。

我偏过头看他：“想说什么？”

“嗯，其实也没什么，”他犹豫片刻，像是在思考措辞，不多久依然痛快地说了出来，“他确实是个值得羞辱的家伙。”似乎对他来说，这句话已经算是一个较为恶劣的评价了，否则不会有刚才的犹疑。

我也就顺势逗他：“谢谢。不过，你能不能完整地说‘黎靖是个值得羞辱的家伙’？”

“也不能一概而论，因为我绝对不会伤害你。”他声音很轻，但我听得清清楚楚。

我像初见他的名字时那般心脏几乎停跳了一拍，旋即恢复正常。我实在无法确定自己这一瞬的感觉究竟代表什么，更确切地说是害怕这代表了些什么，于是夸张地像兄弟一样捶他一拳："谢谢，你真是好人。"

"别客气，千万别以身相许就行了。"前一秒的温度飞快地消失不见，他又恢复了平时那种带着亲切表象的距离感。

我是该配合他继续将这段对话发展成说笑，还是应该沉默？

还没想好，电话适时地响了。

唐唐的声音从听筒里传来："丁丁，我没带钥匙，你回家了吗？"

"我快到家了，你在家门口？"

"还没，我大约十五分钟后到。"

"放心吧，你回家时我肯定到了。"

"好嘛，我刚发现一家好吃的章鱼丸子，给你带了外卖，快回家等我！"唐唐明快的声音或多或少拯救了此刻的气氛。挂断电话才发现，我们差不多已经走到了小区门口。

我对黎靖说："不用送我进去了。"

"没关系，我不赶时间。"他的回答还是跟以往一模一样。每次散步回来，只要我提到不用到楼下，他都会说反正不赶时间。

我已经数不清这是第多少次我们一起走这条路，但很清楚无论走多少次，我们之间的距离都不会改变。

这世界瞬息万变，在我们之间保留一些不变的东西或许更能永恒——虽然彼此都很清楚，这样的感情不可能永远存在，总有一天我们都会遇见另一个人，在别人的身边耗尽余生。或迟或早，总会有那么一个人：那人的手掌将是一根捆住漫长一生的绳索；不是他就是另一个他，总有人经过身旁。我们曾如此分享过一段人生，但我们都将如这个世界上任何两个平凡的男女一样，各自老去。

那一天总会到来。我们将与各自的伴侣一起生活下去，直到再也记不起对方的容貌、名字、声音。无论是否还有联络，无论是否还会遇见，我想我们应该都记得对方曾如此真实地、无可取代地存在过。

进了楼道口，电梯边向上的红箭头按钮灭了，门无声地打开了。

他对我点点头："进去吧。"

"再见。"我挥挥手，像往日一样。

"进去吧，我看着你上楼。"

他与我面对面地站在那里，电梯门无声地从左右两侧一厘米又一厘米地朝中间滑去，终于在我们面前缓缓地闭合完整。电梯真是一种充满仪式感的发明，能让两个人站在原地见证彼此分离的片刻——不需要转身，不需要迈步，只要看着对方，一直到看不见为止。

这不过是一天过后最简单普通的告别。然而我仿佛感觉到有些东西曾出现过，旋即又消失不见了。

回到家什么也不想做，于是趴在客厅窗口等唐唐的身影出现。小区里树木不高，路灯也才及肩，楼下的小径在窗口一览无余。我常常很好奇：一到夜里，明明每扇窗都亮着灯，楼下却总是安安静静少有喧哗声。当庞大的人流像魔法般化整为零，我们视线所及之处，总是能拥有完整清晰的风景。

小径旁的绿化带每隔一段距离就有长椅，平日会坐着遛狗间隙休息的邻居们或约会归来的小情侣。从窗口俯瞰下去一切如常，只是……我好像看到了黎靖的背影。他坐在那里，那背影的弧线熟悉而真实，只因为这距离超出了我裸眼视力所能确认的范围，觉得模糊得像是幻觉。

我回房间，翻出眼镜戴上再趴回窗口，这两片薄薄的玻璃也没能给我太大的帮助。依然看不清楚，却隐约感觉那就是他。

他为什么还没走？

我随手抓起钥匙，换鞋开门下了楼。球鞋让我的脚步比平日上班时都轻软许多，在旁边没有其他噪声的片刻，自己的脚步声也如同不存在。

真的是黎靖。他坐在右前方隔着一条小径的长椅上，背对着我走过去的方向。越走近越清晰地看见他就在那里，送完我之后并没有离去。

距离他的背影只穿过一条绿化带的距离时，我终于看清他左手握着电话贴在耳边。走过去会不会打扰他？我停住了脚步。

我站在灌木丛的另一侧，听见他说话的声音：

“……我知道。但这很有必要……自从那件事发生以后，我们只是在解决问题，从来没有真正彻底地沟通过一次。你认为只要我们若无其事就不会给黎雪造成什么影响？”

原来他在与前妻通电话。

“她长大以后也会恋爱会结婚，像我们这样的父母给得了她多少信心？她需要看到我们两个人没有心结地对待这段已经结束了的关系……我知道，之前是我不愿意跟你沟通，人人都有逃避的时候……我不是要求你配合我的节奏，而是……”

他的语气那么平静，声线几乎没有起伏。他和电话那端的前妻或许正各执己见，却没有发展成争执。如此理智的人都要经历一团糟的感情生活，可见“成熟”并不是一个值得庆幸的标志。在感情里，凭借冲动和直觉生存的人会屡败屡战，而像他这样的理智动物，在没有一条条整理清楚上一段感情的始末之前，是不会开始为未来作任何心理准备的。

我就站在离他三四米远的地方，只要再走几步就能到达他身边。但，这是只属于他的私密时刻。我愿意与他分享我的私事，并不代表他也需要同样跟我分享他的。

黎靖这个电话完结得很快，像是已经约定了某时某地去整理旧感情的遗迹。

他随时有可能站起来离开。见他把手机从耳边放下，我转身飞速逃离了现场。窥探他人的隐私果然是件很忐忑的事，我一路跑进电梯，差点撞到一个姑娘。

“你干吗呢？有人追债？”唐唐的大嗓门在耳边响起。我抬头一看身边，跟我同在一部电梯里的还真是唐唐。可是眼前这姑娘一头松散的大鬈发美得跟舒淇似的，还穿了一条斜肩小碎花连身短裤，脚上的坡跟绑带凉鞋让本来海拔就不低的她足足高出我十几厘米，跟唐唐平时的打扮判若两人。

我用目光将她全身上下巨细无遗地扫了一遍，满头问号：“小姐贵姓？”

“怎么了，不让人改造型啊？”她身上的香水味儿太淡了，完全盖不住手上的购物袋们散发的人民币味儿。她到底是心情太好呢，还是受什么刺激了？

我随口问：“你刚跟企鹅逛街呢？”

“没，跟我同事。女人逛街带什么男人！”她保持音量，优雅地发表意见。

说完见我还在不停地打量她，终于绷不住了：“把你色迷迷的小眼神儿挪开！姐单位下月集体去海南旅行，趁有空赶紧购物。出去玩一定得美，跟男人这种物体没关系，知道了不？”

电梯“叮”的一声停了，唐唐优雅地迈着步子扭了出去。

一周前那个跟企鹅黏在一起难舍难分还为此放我鸽子的唐唐，几天前那个躺在沙发上说不想在同一个人身上失恋两次的唐唐，此刻又恢复了生活中姐妹排第一、男人排第二的原有秩序。看着她婀娜的背影扭进门，我不得不说有几分羡慕：如果他要离开你，即使你再紧张再将就再低声下气，他也不会留下；如果他离不开你，就算你给他再多自由，他也不会走。无须因为怕失去而将自己变得卑微渺小，最好的自己只留给愿意珍视的人。或许这才是唐唐的最可爱之处。

回家后再从客厅窗口看下去，黎靖刚才坐过的那张长椅上已空无一人。

十分钟前他送我到楼下，而在这十分钟里他拨通了前妻的电话。两者像是有关联，也像没有；他或许有某种理由，又或许没有。成为密友这段时间不长也不短，我却从未真正了解过他。

正如他也不曾真正了解我。

想到此才惊觉：原来我们都从未设想过完全接纳彼此进入自己的人生——即使，是以朋友的姿态。

大概就因为否定了未来，我们才能如此轻松地面对当下。

是幸还是不幸？我无法回答自己这个问题。

011

日历上的五月二十一日用笔圈了起来，提醒我今天是旧物交换活动的日子。头顶的太阳已经摆足了盛夏的架势，看来李姐临时把活动由原计划的户外移至室内的确明智。我从床底下拖出那个已经整理好的纸盒抱到店里，留待下午给它们寻找新主人。原以为目睹它们离开我多少会有一点伤感，所幸施杰下午要带我去一场讲座，我可以不用在场见证它们与新主人的相遇。

周六的早晨八点半明显比工作日清净许多，街上人头攒动的高峰时段暂时被挪到了十点之后。书架整整齐齐，玻璃一尘不染；前一天刚打过蜡的木地板光洁可鉴，木桌上的花瓶里躺着一枝枝淡黄中透出绿意的洋桔梗；莱昂纳德·科恩的声音透过音响缓缓地唱着，我将门上的小木牌换成印着“OPEN”的那一面。

手刚刚离开木牌，它与玻璃之间清脆的碰触声尾音还未停，门就被第一位客人推开了。

一个瘦瘦高高、穿着雪纺连衣裙的漂亮女孩进店来，跟踩着点打卡上班一样准时得恰到好处。她在书架边转了不到一分钟，抽出一本砖头那么厚的莎士比亚，找了张桌子坐下来看。我倒水送至桌前时，闻到她身上散发出一种混合着茉莉、玫瑰和檀木的香味。是娇兰的Samsara，跟李姐用的香水味道一样。她看样子才二十出头，长相很甜美，一身日系时装杂志里的打扮，显然跟这么成熟香水的调不太和谐。

她看到面前的玻璃水杯，抬起头来冲我笑了笑："谢谢。有菜单吗？我想点杯喝的。"

"不好意思，咖啡师今天要十一点才上班，现在能点的只有茶。可以吗？"我把菜单拿给她。

她几乎没有犹豫，翻开菜单就点了一杯玫瑰花茶。接着就安静地喝茶看书，坐着一动不动，两小时里连洗手间都没上过。

我坐在收银台后，继续与待译的小说搏斗，直到小章十一点准时出现。

在这种无事可做的时刻，小章是最耐不住寂寞的。他跟往常一样，把吧台里里外外审视了一遍，然后凑到我身边小声问："那边那美女坐了多久了？"

"刚开门就来了，一直坐着没动。"我答。

"大好的周六，花一早上坐在这儿看莎士比亚？"他的表情像是见到了外星人。

"也可能是在等人？"我提出假设。

他一脸艳遇从天而降的表情："不是等我吧？"

我毫不留情地打碎了他今天的第一个幻想："要不要再赌一个月扫地？"

这时，那美女居然朝我们抬起了手。小章乐颠颠地跑过去，结果她又点了一杯焦糖拿铁。此时，她手边的玫瑰花茶还有一大半。当他将咖啡送过去时，生平第一次遭遇了搭讪失败的挫折：那美女完全没有要跟他聊天的意思，全神贯注地匀速翻阅手上的书，仿佛那已经入土了差不多四百年的老莎比眼前活生生的小章更有吸引力。

到了十二点，她还是一动不动地坐在那里，似乎连午饭也不想去吃。

小章悄声问我："那姐们儿除了没膀胱，是不是也没胃啊？"

"没胃的话，水都喝进哪儿了？"

“你问我？我们健全人哪知道这种事！哎，中午吃什么啊？”他边翻着手边收纳盒里的外卖卡边问。

“等李姐来了一起叫吧，早上她来电话，说午饭前来。”

我话音刚落，李姐就推门进来了，手里还拎着比萨：“午饭来了，孩子们！”

“您真是救苦救难，我饿得腹肌都缩水了。”小章看见吃的，立刻心情大好。

“让你又不吃早饭！”她笑道。

“你们俩先去吧，我看着。”我说。通常除了早餐外，我们都是轮流吃饭，无论是外出还是叫外卖回来。

“行，我十分钟解决了换你上！”小章提着比萨，飞速闪进了后面那间小小的休息室兼更衣室。

窗边，坐着看书的姑娘依旧连眼皮都没抬。

她是真的在看书，还是在等人？我不由得对她增多了几分好奇。而这种升级后的好奇还没持续一分钟，就见到她站起身朝收银台走来，手上依然抱着那本老莎。

她买下了那本书，却任其躺在收银台上，拎着包便打算翩然离去。

“你的书。”我提醒她。

谁知她又像刚来时那样冲我嫣然一笑：“太重了，留在这儿吧。你帮我保管，下次我来了接着看。”说完也不容我拒绝，小腰一扭出了门。

见过的客人虽多，她这样的还是头一回。

人已经走了，剩下老莎被遗弃在屋里。理论上说它，已经不是本店的物品，不能再摆上书架供别的顾客挑选。我只好将它收进抽屉里，跟自己的书摆在一起。有托管小孩的，也有托管宠物的，托管一本书虽不多见，但也不过是举手之劳。罢了，只要客人需要的我们有，就不算什么大问题。

再有两个半小时，换物活动就要开始了。我收起每张桌子上的花瓶，为即将到来的旧物腾出摆放空间。

两点半，施杰准时来接我去会场。在店门口，我正与一个背着大书包的女孩擦肩而过，她的背包里想必也装满了回忆吧。旧时光与当下仅仅是一扇门的距离，我走出去，有人走进来。

我的纸盒此刻正安静地卧在某一张桌上，错过了这个过程却也不遗憾。我想。

会场外，一大排车把我们卡在了距离地下停车场入口不到五十米的小空间里，挪了二十来分钟才顺利驶进入口。这二十来分钟，车窗外都是灰蒙蒙的水泥墙，前反光镜上挂着的那个白水晶小猫吊饰成了眼前唯一能活动的风景，生动地晃来晃去。

一辆SUV里居然挂这么可爱的玩意儿，我实在很难将这只猫跟施杰联系起来。

今天是我正在翻译的那本西班牙文小说的原作者讲座。虽然早知道他的上一部小说因为畅销而改编成了电影，但来到这里才真切地感受到他的人气。像这样一夜成名的年轻小说家固然备受欢迎，新作引进版权之时却并没得到一个有点名气的翻译，只有我这默默无闻的兼职小翻译在为降低成本作出贡献。好在能签得中文版权也是比稿比出来的结果，想到这一点，我才能安然坐在他的粉丝中间而不至于心怀愧意。

年轻的西班牙小说家走上讲台，台下掌声一片。而与他一起上台、站在他身边的同传译员，竟然是谢慧仪。自从上次商场偶遇后，我们没有再联络。此时此刻，她那一身熟悉的黑色职业装几乎要将我的记忆再次带回当年。

这意味着，我要亲眼目睹旧同事做我旧日的工作。有些人能够将同一段回忆的不同部分干净地分开，而我并没有这种能力。我来此是为逃避记忆的某一角，未承想会在这里迎面撞上另一角。

大概世上有勇气的人各种各样，而胆怯者的心态却如出一辙。有人怕动物，有人怕幽闭，有人怕高，有人怕密集，甚至有人怕异性……还有人怕回忆。无论恐惧的对象，皆知这情绪并不健康，却故意不肯克服，躲得一时是一时。

不多时，小说家那有些生硬的英文在会场里响起，谢慧仪柔和的声音随之而来。看着她聆听时的表情、说话时训练有素的停顿、语言中圆熟的技巧……我脑海中像强迫般控制不住地飞速接收，并转换着男声说出的每一个字、每一句话，既停不下来又消除不去。

我已经快忘了这种感觉、这种由压力带来的兴奋感。而目睹她工作的这一刻，我脑中那早已松懈的弦如同忽然被扭紧，终于意识到自己正身处另一个截然不同的世界。在这个世界里，钝感消失了，时间被拉成柔韧的细丝，听觉接收到的一切被一帧一帧分解，嵌进思维，再输出。我不知道他在讲什么，但能迅速精准地用母语逐句复述。

一直到讲座结束，我还久久地坐在座位里，像刚跑过几千米般浑身是汗。往日，即使跟一整下午的会议也不会这么累；而此刻，在我身体内交战的不仅仅是两种语言，还有两种人生。

我曾放弃的，和我正拥有的。

“你不舒服？”施杰在旁边，伸手探探我的额头。

我回过神来：“没，有点热。”

“走，我爸在前面，咱们去打个招呼。”他说。

“啊？”他爸？

不在状态地被他拉着挤过退场的人潮冲到前边，正跟一个中年男人说着话的谢慧仪转过头看到施杰，匆匆打了个招呼：“小施总。”

“大施总呢？”他问。

这一问一答我明白了，原来施杰的父亲就是出版公司的总裁。

慧仪见状，匆匆结束了上一段交谈，转向施杰：“大施总刚出发去晚宴的会场了，我们也走吧？咦，Bridget？你也来了？”

我实在无法形容现在有多讨厌被人这样称呼，这种讨厌来得不合理，又无法解释——只不过是一个名字而已。

“嘿，我今天还行吧？”她自然地拉起我的手，像往日我们在工作后询问彼此意见一样。她知道，她知道我在这种环境里一定会不自觉地进入状态。她为什么不能认为我已经变得迟缓。已经没有以往的职业习惯，已经彻底成了另一个人？

“很完美啊，一点都没变。”我依旧挂着微笑，既真心又违心地回答她。真心，是因为她表现得精准出色，一如既往；违心，是因为我厌恶这个话题。

自从两年前，前男友的太太冲来将公司和我家闹得天翻地覆开始，我便厌恶这一切。无须他人提醒我这圈子有多小，我早已自动退避到圈外。

施杰的目光在我们俩身上来回转了一圈，最后停在我这里：“你们俩认识？我还不知道你叫 Bridget！挺好听的。”

“这个不用在意，因为我都不用了。以前是因为工作需要，现在还用英文名字有点多余。”我说。

“你们俩是怎么认识的？同学？”施杰面带好奇地问。

慧仪看他一眼，似要替旧朋友挣点面子般故意轻描淡写地答道：“你不知道？我们同事过一段时间，她以前是我们公司最出色的译员之一。哎，我们赶紧走吧，再不去该晚了。”

晚上还有晚宴，都顾不得问是哪家的聚会，我赶紧推辞：“不好意思，我刚才一直不太舒服，就不去了。你们去吧！”

“我先送你回去。”施杰刚才见过我目光呆滞，又出了一头汗，对这个借口倒是没有怀疑。

“不用，这里好打车。”

慧仪道：“你就让他送吧，不舒服自己回家也不安全。”

“走吧。”施杰不容反驳地拉过我往外走，回头还跟慧仪交代了一声，“我送了她回去就来，不会晚很多。”

我被他拉着，要道别也只能跟他一样扭过头边走边说：“慧仪，那我先回去了，下次见。”

“好，再电话联络！”她举起一只手，做了个打电话的动作。

转身离开这里，每走一步都更轻松一步。她在我的那段回忆里，的确属于为数不多的整洁温馨的角落；但她同样也是那一切的目击证人，我无法面对这样无形的对峙。不安是一头怪兽，躲在暗处吞食我体内残存的勇气，所有与那段往事相关的人证和物证，都不应该再存在于当下的生活。

我知道，这对朋友并不公正。但我别无他法。

回家的路上，我心不在焉地看着车窗外，手有一下没一下地玩着安全带扣。

前面路口红灯，车缓缓停下。施杰问我：“知不知道，我为什么非要送你回家？”

“你是好人。”我乱答。

“不对，再猜。”他面露神秘兮兮的笑容。

“你有空。”

“算了算了，揭晓答案了。”他松开自己身上的安全带，俯过身来。

我吓了一跳，正待反应，他已经半个身子探到了前后座之间，揭开搭在后座上的那件外套，变出一束香槟玫瑰来。

“送给你！你一直不告诉我喜欢哪几朵，我就随便摘了。”

“谢谢。”此举我不是不感动。如果感动可以代替感情，那么每个人都得有几十或上百个分身才够次次以身相许。

“喜欢吗？”他问。

他的样子既不忐忑又不紧张，更多的是胸有成竹。

“绿灯了。”我指指前方。

后面的车适时地鸣起喇叭。

施杰重新系好安全带，发动了车子，大度地不再追问我类似的问题："有答案的时候告诉我就行，我不着急。"

阳光透过车窗斜斜地投进来，在我膝盖上映上狭长的影。又快到傍晚了。我忽然想起春末那一次，与黎靖并肩站在江北机场看薄暮的情景。浓雾散去、尘光如旧，恋爱这东西与谁谈其实都还是老样子，若不想周而复始，便最好一次一生。既没动过与身边驾驶座上这个男人过一辈子的念头，何必随随便便开始？

直到下了车才记起来，我把他刚送的香槟玫瑰忘在了车上。

既然借口不舒服，还是把功夫做足。施杰送我到家，我站在楼道口看着他的车驶出小区大门，这才转身又去了店里。

回到店里时，换物活动早散了，想必仍有不少客人留下来看书喝咖啡。果然，一进门，就见到小章一副博士进了实验室的架势，在吧台后演示他的宝贝虹吸壶。圆形玻璃球体中的热水不紧不慢地沸腾着，从下涌进上壶的玻璃管中，围观的几个女孩看得目不转睛。

放下包去换制服，我一眼看见自己的纸盒居然还在那里。早跟小章交代过，这盒子里没人收留的旧物就干脆扔了，再带回家也是占地方；它怎么还在这里？

见我盯着它看，眼观六路耳听八方的神奇咖啡师小章扭过头："有人留了礼物给你，在里边。"

给我？这活动并不是一对一地换物，而是大家带自己的旧物来供人挑选，也可以将自己喜欢的带走。怎么会有人给不在场的我留礼物？

——纸盒里除了一本旧书外，的确别无他物。

那是一本虽然旧了却依然干净平整、品相不错的弗罗斯特诗集。

我见过它。我想，我知道这是谁留下的礼物。重新环视店内，客人虽不少，其中却没有它旧主人的身影。握着那本诗集，感受到它被空调吹得冰凉的软精装封面下，似乎包裹着几分由内散发的温度。

我的旧物已经一样不剩，不知道他挑走了什么？那些东西大多是饰品和小摆件，男性化的物件并不多。又或者他其实没有带走任何物件，只是留了这本诗集送给我？在漫不经心地猜测这些时，我感觉不知从何处涌来一股小小的惊喜，温温暾暾地笼罩着内心。

于是，我绕开其他人，走到最里面的一层书架后，给黎靖打电话。

他显然没在上课，很快就接听了。然而听筒那一端的背景声有些嘈杂，不像是办公室或是家里。

“谢谢你送的书。”我开门见山。

他答得轻松随意：“噢，那时候手边只剩这本书了。”

我被他的这个说法逗乐了：“那你也可以不换啊。”

“没关系，店长已经替你请我喝过咖啡了。”

“这么好的待遇？”我有几分诧异，心想，难道李姐也把他当成我的男朋友了？

“因为她接收了我带来的几套老美剧 DVD。”他在电话那边笑了。

“这不能算是替我请的，完全是因为你有备而来。那书呢？没人要就派给我了？”我边聊边粗略地翻了翻手上的诗集。既然他今天特意来凑这个热闹，或许送这本书给我并不是什么一时兴起之举。

“那些是特意带来处理的，我到了以后，才想到把书送你。”照他这么说，这本诗集还真是临时起意。

“真没想到，这种事你也有兴趣。”这是句实话。通常来参加这类活动的客人年纪都在十几二十岁上下，今天这种聚会里，他绝对已经算“高龄”。

听到我的这句话，他竟然有几分失望：“我在你印象中有那么老？”

“等我去店长那儿看看她从你这儿收获了什么，再作结论！”我忽然想起一个问题，“对了，你有没有从我这里收获点什么？”

“嗯，是有件东西，”他故意停了一秒钟才接下半句，“而且我不打算告诉你。”此时，我听见他身边的嘈杂声里加入了童声，清晰地叫着要吃冰淇淋。未及再想，只听见黎靖的声音在说：“你跟妈妈先去，我马上来。”音量比刚才小了些，像是转过头离电话有一段距离的声音。

原来他们一家三口正在共度周末。我低头看了看手上的那本旧诗集，顺手把它丢回了纸箱里。

“那先不聊了，你忙吧。”我说。

“没什么事，我正陪女儿逛街，还有她妈妈。”他坦然答道。

我忽然记起那个夜晚，他在我家楼下的长椅上给前妻打电话的那一幕。他们如今能像老朋友般一起跟女儿相处是件好事，我何必感到失落？即使，我是说即使，他们两人重归于好，我也应该替朋友高兴。

如此虚伪的念头说出口，只会更虚伪，我便只干巴巴地“哦”了一声。

“你也在忙？”他显然将我这个单音节表达的含义听成了忙时的敷衍。

我正好就着台阶下：“我刚回店里，客人挺多的。真不聊了，你也好好逛街。”

“好。晚点再打给你。”他说。

——你其实不必回电话。挂断电话，我心里还存着这尚未挂断的一句话。手机屏幕上留着刚才的通话记录，两分零一秒。

他的私生活无须向我交代，我们不过是朋友；并且，还是走不到永远的那一种。

背后的书架过滤了桌边客人们的低语，而悠长的音乐声仍丝毫无损地响在耳边。早晨那张科恩被小章换成了比吉斯。下午的尾巴上终于有了安静独处的时刻。趁着周围没有来人，我拿下灰尘掸，逐层清扫最里面的书架。

这一部分书虽冷门，但天天清理并无太多灰尘。一层层掸过那些整齐的书脊，好像自己也被清洁了一番，心情若有褶皱，能在这样简单的动作里一一抚平。正弯着腰扫最低的一层，手机忽然在兜里响了起来。

我直起身翻出手机，只见一条来自唐唐的新短信：

“怎么样？下周末行吗？”

她指的是回老家的事。下周日唐唐生日，企鹅老早就提出那天一起庆祝；而唐唐并不想跟他单独相处——至少，在重新确定关系之前，她不愿意给他这么明确的表示。于是，她将小规模的生日聚会安排在老家，自然也打算约上我和黎靖。

唐唐这个决定防火防盗防企鹅，相当英明：有我和黎靖以及父母家人，表示这只不过是一次普通的生日聚会；聚会不在北京，表示她完全没有趁机带企鹅见同事的念头。

今天她不提醒我，我倒忘了，一天都没去店长那儿调休息日。

“等十分钟告诉你！”我匆匆回了短信，收好掸子去前边找李姐。

李姐亲自在收银台坐镇，我去的时候，见到她正抱着笔记本电脑看剧，屏幕上的画面还挺熟悉：穿短裙的金发少女手持木桩，奋力刺向一只吸血怪兽。这不是《吸血鬼猎人巴菲》吗？

“下周末？行。你这月还剩一天假，唐唐生日我再帮你顶一天没问题。”李姐都不用看我和小章这月的排班表，一清二楚地答。

“谢谢。”我指了指刚刚暂停下来的屏幕画面，“你也在看巴菲？”

“咳，下午换物搜来的碟，你看！”她从手边递给我一堆DVD。

想必就是黎靖提起过的那些。我接过来翻了翻，里边大多是20世纪八九十年代的老剧，除了《巴菲》外，还有一些诸如《老友记》之类的长剧，就连现在不容易找到的《鹰冠庄园》和《蓝色月光》也在其中。封套看上去都有些年代了，但仍保存得很完好。一般人除非搬家，否则不会随便把收藏了这么久的东西送人。我不免猜测，这些难道与他的某些回忆有关？

李姐见我仔细地一张一张地翻，便说："你喜欢哪套先拿去看，这儿这么多呢。"

"不用，我就是好奇，翻一翻。"我笑笑，将它们放回了桌上。

"噢，这些都是你朋友带来的，就是当老师的那个。"她终于说到了它们的原主人。

"他刚才还说，你替我请他喝了咖啡。"

"我真是替你请的！我说你不在，我替你请他喝咖啡，他完全没有不好意思嘛。"李姐一脸"我就知道你们俩关系不一般"的表情。

我默默地擦了一把汗："李姐，你别听小章谎报军情，人家现在正跟老婆、女儿一家人过周末呢。"

"都结婚了？"她吓了一跳。

"离了。"

"离了就不叫老婆，叫前妻。"她纠正我。

"……"

"都已经是单身了，你怕什么？"

"女儿都有了，现在还能相处融洽，复合不是更好吗？"我惊讶自己竟然没有急着澄清跟他的关系，反而扯到了他前妻身上。

李姐颇有深意地看我一眼，干脆把笔记本电脑合上，专心聊天："有些人离婚是因为解决不了矛盾，那矛盾解决了，感情还在，就有可能复合；但有些人离婚是因为过不到一起，这种散了就真是散了。小孩是责任，离了婚也不能说丢就丢。所以啊，这问题还真是一时半会儿说不清。"

我也不知道自己是不想深入还是不敢深入这个话题，便岔开来："所以啊，这一时半会儿，我们可以想想上哪儿吃晚饭。”

“今天我回家吃饭。”她笑笑。

“哦，二人世界！”想必是李姐的老公今天出差回来了。

小章又跟一阵风似的飘了过来：“谁二人世界？”

“又关你事？”我故作吃惊地打量他。

章嫩草同学身手敏捷地脱下制服，一把塞到我手里：“肯定是李姐跟她老公，你哪儿可能这么快就找着男朋友，哼！”那一声娇“哼”余音绕梁。

他公然脱衣的行为把我们俩震得目瞪口呆，回过神来好歹看清楚他在制服里边还穿了一件白T恤。

“你干吗？”我抓着手里这件制服，惊恐地问。

“都没人了，我先去吃饭啊！”小章用看白痴的眼神扫视了我们俩一遍，接着背起包傲然出门去。

李姐目光盯着他，用手肘捅捅身边的我，问：“他以前没这么豪放吧？”

“我觉得是。”

“他到底是直是弯？”李姐又问。

“我觉得是……”我缓缓扭过头来将目光挪向李姐，她也刚好看过来，彼此的眼神交流中包含着探究、疑问、猜测及互相确认。

我们四目相对，继而默默地、不约而同地——点了点头。

有些事无须多问，有些事了然于心。

得陇望蜀貌似愚蠢却是人之常情，反之，若无其事看似聪明，其实，不过是自欺欺人。

04
[夜与寂静]

012

唐唐生日的前一天，企鹅租了车，带我们一起往唐唐老家驶去。

紧闭的车窗将噪声与燥热都隔在一片玻璃的距离之外，车厢内响着甲壳虫乐队的和声，轻盈又厚实的英式摇滚引得副驾驶座上的唐唐不自觉地跟着哼起来："Yesterday，all my troubles seems so far away. Now it looks as though they're here to stay…”窗外的景物静静更迭，伴随着被过滤后微弱的引擎声，由繁华都市渐渐转变成一片采菊东篱下、悠然见南山的天然美态。

后座上，黎靖与我如往常般有一句没一句轻松地聊着天。无论怎么看都是愉快的旅程。

关于他和他前妻的关系进展，我始终没有问过。是好是坏，是进是退，虽不能说与我无关，但很显然超出了我能主动关心的范畴。除非想更进一步，否则便不要轻易刺探彼此的私事。他既不打算说，我也无须多问。自相识以来，我们一直都如在结伴旅行——只是同路一程，亦不代表要共度某段人生。

“嘿，到了！”企鹅愉悦地偏过头跟大家宣布。

往前望去，路边的庄园——真不能用“农庄”两字来形容——坐落在密密麻麻的果树之间，三层高的小楼白墙蓝顶鹤立鸡群，若不是四周没有海，我几乎要怀疑我们一路从北京驱车直至圣托里尼岛。

唐唐见我眼睛都直了，立马开始炫耀：“美吧？家里翻新的时候我设计的！那时候爹妈都说丑，后来被一群来隔壁院子农家乐的家伙围着拍了半天照以后，才承认我英明啊！”

“你这也太夸张了吧？有游轮吗？”我毫不否认唐唐同学的审美眼光，只是这样的小楼。真让我们有莫名的穿越感。

唐唐忽然兴奋地叫了起来：“哎，我妈！”

企鹅将车停在果树宽阔的树荫里，我们跳下车便见到面前一棵杏树边架着人字形梯，上面站着个穿衬衫、长裤的阿姨；正挎着个篮子摘杏。那竹编的篮子个头不大不小，边儿上竟然还有一圈小碎花布和蕾丝边装饰。唐唐一家的农庄生活真是跨过大洋，直冲到意大利了。

唐唐妈听见响动，扭头热情地冲我们打招呼：“来了？走，洗杏吃去！刚摘的都是顶上的，晒的太阳多，甜！”

这一扭头，除唐唐之外，我们三个整齐地目瞪口呆了：阿姨晒得微微发红的脸上，戴着一副硕大的Gucci太阳镜！接连震撼让我自己都觉出了点大惊小怪的意思，于是真心地赞美了一句："阿姨，您戴这墨镜真好看。"

"是吧？"唐唐妈两步就从梯子上下来了，笑得跟一朵花儿似的，"咳，我们家唐小雅她老板去国外出差带回来的，说是一百来块钱。这外国人就是实在。"

我们三人无比默契地转头凝视唐唐，她飞快地使了个眼色。

"走，咱进屋去吧！"唐唐妈气宇轩昂地一挥手，把我们往那梦幻的蓝白小楼里领。

唐唐压低了声音吩咐我们几个："千万别告诉我妈那墨镜多少钱，不然她会打死都不肯戴，回家擦亮找个樟木盒子供起来。"

我们面面相觑，最终还是黎靖目光如炬，提出了一个非常可靠的猜想："阿姨的篮子也是你选的？"

"那还用说！我妈批评了我半天呢，说它上大下小太不实用，还花里胡哨的。"唐唐吐了吐舌头。

进到唐家的"小别墅"才是真正惊喜的开始，刚才的一切都如浮云般无声地从脑海中自行散去：楼下尚算正常的整洁居家环境，到顶楼唐唐的卧室，我的嘴几乎张成了O形。卧室吊顶垂下海浪形的天蓝色饰边，白墙中嵌着漆成蓝色的木窗格，灰蓝窗帘和床头的白色纱幔相映；一扇混有细沙和贝壳的圆顶小拱门隔出了室内阳台，阳台的斜顶全由玻璃构成，阳光直射进屋内，木花架上的盆栽郁郁葱葱。

我退了一步，仔细欣赏脚底那块厚厚的棕黄色粗线毯。它一直延伸到木书桌的脚边，一个颇有古董风貌的铁黑色衣帽架昂然竖立在墙角。

为了避免因长时间保持惊愕的表情导致下巴脱臼，我果断地向唐唐问出了心里最大的疑问："你的房间装成这样，不怕跟整个屋子不搭？"

"本来全屋都设计成这样的，爸妈死活不干，所以我就只弄了这间和隔壁一间客房。”这类问题唐唐显然回答过无数访客，悠然答道。

“那间客房给我睡，行不？”我顿时毫不掩饰地流露出羡慕嫉妒的眼神。

“行啊。那两位男士今晚住二楼我爸设计的客房标准间吧！”

我对企鹅和黎靖表示混杂着欣喜的歉意：“男同学们，不好意思了。”

“不要紧。我住过那间，虽然没有玻璃顶，但有个很大的飘窗，晚上也能看到星星。”企鹅好心地给我温馨提示。

唐唐狠瞪他一眼，他立刻扭头望天。

黎靖在一边笑而不语，唐唐妈在楼梯间叫我们下去吃水果。

下午跟着唐唐妈摘杏玩得不亦乐乎，晚餐后已是满天繁星。

唐唐的堂兄一家三口晚上来串门，聊得兴起，带着企鹅和黎靖去看他家的大苏牧。唐唐从楼下橱柜里抱来黎靖带来的那瓶白葡萄酒，拉我到她的房间聊天。

我们一人抱来一个坐垫，头顶星光在小阳台上席地而坐。星光从头顶洒下，一杯酒，一盘堂兄带来的樱桃和草莓，顿觉归隐山林之类的生活中最美妙的时刻莫过于当下了。

“你知道那柜子里是什么吗？”唐唐左手端着高脚杯，整个人靠在我身上，右手一指阳台侧边的木柜。

“被子？”按常理，一般这种地方都是储存当季不用的衣物被褥。

“对了一半，是五大麻袋棉花！自家原产，绝不外售。”

我早知合租的公寓里唐唐盖的、垫的所有棉被都是自家的棉花，舒服健康又保暖，她长这么大从没买过棉被；却不曾见她年年准时换新被子，存这么多棉花，难道是用来给全家大小做棉衣的？

她笑起来：“太后留着我结婚用的，每年一换，年年都把最新最好的存这儿，怕我哪天突然结婚，没棉花做新被子。”

“这是从哪年开始的？”每年五大麻袋新棉花费力不小，心思更是温暖。

唐唐静静地喝了口酒，才说：“四年前，我第一次带企鹅回家来那年开始。”

我看着她，想问她这次再带企鹅回来，是不是表示那五袋棉花有可能要派上用场？然而没有问，只是从盘子里拿起一颗樱桃放进嘴里。

“我爸妈当时不怎么喜欢企鹅，觉得他长得不如我好看，家境不如我好，书也不比我念得多，还木讷。”唐唐靠在我的肩上小声说，“后来他走了，爸妈有一阵子欢欣鼓舞地给我安排相亲；再后来我一直都没嫁出去，老妈偶尔开始念叨：其实小徐也不坏……”

可是那只叫徐伟聪的企鹅，跑了三年多才知道回来。

我也把头斜靠在她的头上，斟酌了好几秒，说：“如果他这回真有诚意，你就从了吧。”

“他那榆木脑袋最有诚意的只有一回，还把我吓了个半死。”唐唐指指头顶的玻璃天花板，“就在那儿，他有天夜里爬上来，还举着一把不知道从哪儿摘来的红红绿绿的野花朝我晃了半天。不说那脸贴着玻璃就跟猪脸似的，还差点把他自己晃掉下去。”

企鹅爬屋顶示爱？联想到他趴在滑溜溜的玻璃上的窘态，我忍不住乐了：“那他成功了没？”

“成功地被我骂了一顿！”唐唐笑道。

“然后呢？又成功地从危险地带爬下去了？”

“然后——啊！”话说一半她忽然惊叫起来。

真是大晚上的不要背后说人，这企鹅果然说来就来。此时此刻，从斜屋顶的一角上冉冉升起一只庞大而笨拙的爬行动物，看上去既不伟又不聪的徐伟聪正吃力地从水泥房顶匍匐着身躯爬到玻璃顶上来！最惊险的是他还单手抱着一大束粉玫瑰，见我们抬头看到他，他那张已被紧张主宰的脸上挤出了一个战战兢兢的笑容……

唐唐两只爪子紧紧地掐着我的胳膊，我们对视一眼，同时叫起来："啊！"

——她是被吓的，我是胳膊疼的。

这一叫，企鹅慌了。他手忙脚乱地稳住身体，摇摇手上那束花，那造型活像007的远房亲戚250。虽说场面有点傻，但这一幕真不是不感人的。

我紧张地一推唐唐："快叫他下来，不然摔成残废，你得伺候一辈子！"

唐唐一抖，当即以高频率冲他招手："快下来快下来！摔不死你！"

企鹅居然试试探探地松开了另一只手，摸索着将花束里的卡片拿出来、打开，贴在玻璃上给她看。

屋顶少说也有三米高，唐唐踮着脚眯着眼，好一会儿才看清楚上面的字："唐唐，原谅我了就放我下来，不然我以后都不下来了。"后边还贴着一张哇哇大哭的企鹅贴纸。

"有病啊你！"唐唐中气十足地怒吼一声，脸涨得通红。

我真担心，唐唐那一嗓子会活活地把企鹅震得滚下地去，轻者半身不遂，重者直接去见马克思。但企鹅意志坚定，仍岿然不动地趴在屋顶。

此时，卧室门砰地打开，黎靖冲进来，问："什么事？"这三个字还没响完，他也看到了屋顶上匍匐着的奋不顾身的战士企鹅。原来他们俩早回来了，企鹅在爬房顶，而他则是听见我和唐唐的惊叫才从二楼奔上来。

见此情形，黎靖当机立断，跑到书桌边搬来椅子，摆在企鹅身影的正下方，站上去，抬高手臂，三两下摸到了一个玻璃边的插销。他挥手示意企鹅慢慢挪开，再拉起插销，将那块能活动的天窗向下打开，伸手抓住企鹅，好歹把他弄了下来。

企鹅脚刚着地，唐唐劈头盖脸就是一顿训斥："徐伟聪，你有病啊你！趴上边想吓死人啊？我们正看着星星，你这不明爬行物来影响什么市容啊！还带这么一束破花——"她一把抢过企鹅抱着的花就扔，还不偏不倚地朝我手里扔来，恐怕她大学军训时候练射击都不带这么准的。

黎靖又站上椅子，去把天窗关好。企鹅趁空扭头对黎靖说了声谢谢，唐唐紧跟着他的道谢吼道："你还知道谢谢！要是屋里就我们俩女人，谁也够不着你！还有，要是我一块活动的玻璃都没留，你就翻滚下去吧！要是天窗朝外开，看不把你拍飞了！"

"呃，天窗肯定不是朝外开，我刚才摸到合叶了。"黎靖见企鹅一脸惨相，试图转移目标给他解围。

唐唐毫不领情，继续朝企鹅吼叫："我看，你是在这儿过得不好，想一跤摔回南极吧？！还让我原谅你，你都摔成企鹅饼了，我原谅谁去？让我去原谅一张饼？让我嫁给一张饼？让我跟一张饼过一辈子？你以为'饼太太'这仨字儿好听啊！你丫要还想娶媳妇，就给我小心点，再敢上去，看我不甩了你！"

企鹅只顾摸着头傻笑，唐唐气呼呼地瞪着他，直瞪到眼圈泛红。

黎靖拉拉我，示意撤离现场。整间屋里离我最近的物体就是床，我迅速把手上那束玫瑰摆在床上，跟在黎靖身后闪了出去，把门严严实实地带上了。

就这么轻轻一"砰"，房门内是唐唐和企鹅这些年的兜兜转转，房门外是我们与寂静的夜。

彩片玻璃吊灯发出温柔的光，短短的走廊静得连脚步声都有回响。

黎靖站在走廊尽头，他身上都被灯光笼罩了一层辨不清温度的柔和光晕。此时此景，必然有一些比回房看电视更有趣的事情可做。

我走到他跟前问："要不我们也去屋顶天台爬爬，看能不能也爬到唐唐的房顶上？"

他低头仔细凝视了我几秒，试探地反问："你们刚才喝了多少？"他一定是在屋内见到那瓶开了的酒，见到我和唐唐傻站着大叫，也将我此举视为酒后情绪高涨的产物。

——看，他果真不曾真正了解我。他所认识的丁霏是个冷清的女人，不善交际、不凑热闹，甚至不太爱说话。近两年来，我所表现出的种种性格都与本性大相径庭，并非刻意收敛，更像是对生活终于有了水到渠成的疲态。当我偶尔显露出几分从前的热闹跳脱，对我而言，久违的自己在他眼中又将完全是一个陌生人。

过去无从知晓，未来无法预期，他只存在于我当下的生活中啊。人生何其漫长，谁的性情能始终如一？能有人懂得现在的自己、不被往事所扰、没有成见或预设，这不是幸福，又是什么？

眼前这个人，他温和谦厚，他心细如发，他喜怒不形于色，他不轻易走进但也未曾远离……在这场棋逢对手的游戏里，没有试探和退守，没有攻占与抵御；根本不会有人赢，也不会有人输。如果说恋爱就是我们之间的所有再加上负面情绪，那么，我想我内心的几分怅然、几分遗憾已经明确地预示着：我对他的感情已不仅仅是朋友。日久生情多么俗套，我几乎不相信会在自己身上发生，甚至根本记不起是从何时开始发生。

而黎靖，他毫不知情。

他伸出手背，探了探我的脸颊，想确认是否因为酒精作用而发热。

“没有喝多少。”我不自觉地退后半步。这是我头一回在与他肢体接触时退避。此前，大雨中牵着手奔上出租车、街边他环抱着我的肩、路灯下并肩跑步，都未曾有过如此微妙的异样感受。

“还去不去天台？”他问。

“不了。”我平静地摇摇头，省略了道别，便开门进房间。

背靠着关上的房门，我正前方的飘窗外是与唐唐房间同样的星空。漆黑的夜卷积着远处微弱的星光灯火，像一幅明明暗暗的卷轴。难怪唐唐要给自己留个透明的屋顶，都市里那被霓虹染色的夜，很难见到如此景致。

走廊上并没有脚步声，他还在门外，没走。

是觉察到我与平日有些不同，还是他以为我真的喝得太多？

果然，片刻沉默后，有轻轻的敲门声。那声音响在我紧贴着的门外，细微的震动一下一下忠实地传到我的后颈。我转过身打开门，走廊灯光霎时间迎面倾泻在我的身上，脚边那两个斜斜的、狭长的影子某部分重叠在了一起。

“怎么不开灯？”他问。

“有事？”我问。

我们又一次同时开口。他抬手按下墙上的开关，室内的光亮顿时驱散了刚才那两个拥抱着的影子。

他走进来，我关上门。然后，他将整间屋子打量了一下，目光最后落在窗帘拉开着的大飘窗上。接着，他又关了灯。

黑暗中，他说：“你是不是关着灯在看星星？”

“你想一起看？”

“我来看你。”

“我又不会一闪一闪。”我想将话题若无其事地轻松继续下去。

他笑而不答，借着窗外照进来的微光找到了垃圾桶，将它移至床边；还把桌上的抽纸和水杯都摆到床头柜上。看这架势，连我半夜可能起来吐都作好了准备。

他就如此深信自己的判断，丝毫不怀疑我今晚的异常是源于清醒？

我呆呆地看着他做这些动作。末了，他还不忘翻开被角，让我只需钻进去就能睡。彻底完成后，他像往常道别一样嘱咐：“早点休息，明天见！”

“黎靖，”我叫住他，“你是对谁都这么好呢，还是不同朋友不同待遇？”

他笑笑，走过来几步把我拉到床边：“睡吧。”

“陪我聊会儿天。”既然他以为我醉了，干脆不解释；此时说任何话，提任何要求，都只会被当做酒后失言，听过即忘。

我不想让他知道。他当然尚未准备好开始新感情，只有浑然不觉，我们才不会越走越远。

他拉起被子：“进去作好睡前准备，我就提供陪聊服务。”

从小到大，除了爸妈还从没有谁这样伺候过我就寝。于是，我二话不说钻进了被子，将枕头竖起当做靠垫坐在床上：“来，聊五块钱的。”

他一愣，随即笑了：“你不是已经包月了吗？”

“包你？我要包也包个老实的陪聊。”

“我不老实？”

“你还没回答我，是不是对谁都这么好？”

黎靖没有再笑，只是看看我：“你真挺容易满足的，只要有人做一点儿小事就感觉被照顾了。”

“这不是小事。”我立即否认。

他答得理所当然：“男人照顾女人是天经地义的。”

“我没那么身娇肉贵、弱不禁风。有人照顾就当是额外幸运，自己照顾自己也很开心。”这是句朴素的实话——尽管我自己对此相当坦然，但说出口似乎总有些孤独且无奈的意味。

果不其然，他温热的手掌轻轻覆盖在我的手背上：“会有人照顾你的，无论别人的照顾对你来说是不是必需的。”这一句话缓慢、清晰而笃定。

“你已经在照顾我了。”我倒像反过来宽慰他一般。

“你知道我指的不是这种。”他这一句犹如掺进了凉水的热咖啡，暖的是关心，冷的是否认。

我决定不去理会他刻意营造的疏离感，只答：“我有这种就够了，不需要别的。”

感情这种事从来没有度量标准，假如我爱你，你能够给我多少，我便会满足于那个“多少”。

黎靖欲言又止地注视着我，终于还是什么话都没有说。他看着我，我看着窗外的夜，原来“若无其事”四个字才是人与人之间最大的谎言，将种种感觉毁尸灭迹，再假设一切都只是虚构。

彼此沉默许久，他出人意料地向我谈起上一段感情。

“我二十五岁结婚，当时恋爱才刚刚一年。那时候以为一年时间很长，足够用来判断会不会和身边那个人过一辈子。现在，十一年过去了，用了这么长时间我才明白，人是会变的。无论有多深的感情、有多大的决心，都只能代表当时，代表不了永远。而有些东西即使消失了，你也无法否认它们曾经那么真实。根本没有谁能保证永远不变，那感情对我们来说又是什么？一次一次失败的记忆，还是一次一次屡败屡战的勇气？”

“我知道，但我不想跟你讨论这个问题。”

“我承认，刚才对你说的那些的确有点儿虚伪。会有人照顾你，这句话并不现实。你依赖过也独立过，你比我更清楚，任何一个美好的承诺都有个有效期限。我希望你过得幸福，但谁没幸福过？幸福过之后的结果呢？周而复始有意义吗？”他从未对我如此坦白过，这是第一次。

“照你这么说，只要装作什么都没发生过，可以保自己周全？”我脱口而出。

他叹了口气，俯下身拥抱我：“你说得对。我们不应该讨论这些。”

这个突如其来的拥抱也轻得像不存在一般，直到清楚地感受到他的胸腔因为呼吸而有规律地微微起伏，他的温度逐渐侵袭至我身边，缓缓将我整个人包裹起来。他带着陌生的气息和熟悉的体温，这一刻的安全和温暖恍如隔世。我独自生活的时间还不够长，根本不足以遗忘被拥抱的惶惑的幸福感：孤独感一步一步退后，坚硬的壳一点一点剥落；这一秒的我已与前一秒不同，有一些不曾想拥有却不愿意再失去的东西在潜滋暗长，如藤蔓般绕住了我。

他颈边的衣领紧紧贴着我的脸颊，我的头发与他的下巴摩擦出耳朵听不见的声响。我知道它们真实地存在着，即使这感觉即将消失不见，一点儿证据也不留下。

即使我们若无其事地回到今夜之前继续生活，这一切也不是幻觉。

他拍拍我的背，在我耳边轻声说：“什么都别想，好好休息。”

——他又说了一句废话。人生中不由自己掌控或选择的事十有八九，我们唯一可以做主的是当某件事来临时，决定是拒绝还是接受。想与不想这两个选项同样消极，一则逃避，一则自欺。

我摇摇头，脸颊被他的衣领磨出了轻微的痛感。他双手握住我的肩膀将我扶起，我们面对面看着对方，彼此鼻尖的距离只有不到一厘米。我们从未如此接近，却都停留在了触碰不到的位置。

心理学家说，1.2 米是人与人之间的安全距离，0.45 米以内则是亲密距离。而我们之间只间隔了 0.01 米，这个距离显然能让任何伪装都变成徒劳。

“我们不能……”黎靖只说了半截，这句话就迅速消隐在彼此的呼吸里。

“嗯，不能。”我也轻声说。

这个“不能”实在太软弱无力，有多少明知故犯都是从一个“不能”开始的？

他微微前倾便触到我的嘴唇，那 0.01 米距离不翼而飞。柔软的枕头从我背后悄无声息地塌陷下去，我们随之陷落入那只有 1.5 米宽的短暂梦境。头顶的白色纱幔静静地垂在眼前，隐约透出窗外星辰那模糊又遥远的轮廓。

我平静地仰卧在他面前，前所未有地、清楚地感受到再长的永远也不过就是这一瞬；仿佛以前从未有过，以后也不会再有。

深蓝色薄毯下，他右臂横抱住我的腰，抬起左手抚开我的额发。是想看得再清楚一点儿，看清楚我们正真真实实拥有的这个突如其来的瞬间？我的双手绕在他背后，一寸一寸地沿着肩胛骨细数皮肤的纹理。彼此陌生的身体在熟悉的温度中努力证明有些什么曾存在过，纵然转瞬即逝，它也曾完整。

当热烈归于平静，我缩在他臂弯中等待睡意一点一点累积。刚才的一切完全在我们意料之外，但也不算是一时冲动；但如果可以回到进房间之前重新来过，我想我们绝不会发生同样的事。如此回想起来，甚至体会不到究竟有没有后悔的可能。这感受太复杂，我干脆放弃，不再去想。万籁俱寂的午夜，唯有窗外不时传来微弱的虫鸣。

他从身后抱着我，在我耳边低声问："你没有问题要问我？"

"有。换物活动那天，你到底从我这里拿走了什么？"

他将一只手伸到我面前，松松地握着拳。看来这个问题正在他的意料之中。我轻轻掰开他的手掌，呆住了。他的掌心里躺着一枚戒指，细细的银白色戒圈托着一颗半克拉钻石。这枚款式简单的六爪钻戒我再熟悉不过，它是旧感情留给我的纪念物之一。我曾不止一次地想：不知道是谁从旧物纸盒里带走了它，或许只当它是一颗仿得逼真的玻璃。再美的钻石一旦置身于被遗弃的旧物堆中也不再昂贵，犹如回忆——再珍贵的时光一旦被证明本不属于我，便从此成了讽刺。

原来带走钻戒的那个人是他。

见我说不出话来，他又问："后悔过把这个也拿出去随便送人吗？"

我沉默地摇头。

他仍未收回手掌，静静地摊开在我的面前，仿佛要我将它收回去。

"我不打算要了。"我转过身面对着他，"一个已婚男人送的戒指，留着还有意思吗？"

"真不要了？"

"真不要。"

"你跟我来。"他不由分说地拖我起来，把我往窗边拉。

我吓了一跳，缩着不肯起来："喂，还没穿衣服呢！"

"外面都是果园，你觉得半夜会有人吗？"这个鲁莽举动实在太不符合他平时的性格，我愣神间已经被带到了窗口。

他啪地打开窗，将戒指塞到我手里，再一指窗外：“使劲，扔出去。”

“啊？要不要绑个石头，能扔得远点儿。”我太喜欢这个建议了。

“扔！”他言简意赅地下指示。

我拉过窗帘挡在身前，拿出了中学时代体育课学投铅球的力气，一挥手，戒指从松开的掌心中飞了出去。它在夜色中划过一道看不见的弧线，落入茫茫黑夜，从此不知所踪。

黎靖从另一侧窗帘后伸出手，紧紧地关上玻璃窗。

我们一左一右裹在窗帘后，像两只夏夜的蝉。我看着他，他看着我，夜色静谧得几乎要延伸到永恒。

“那本诗集，”我忽然想起那天他留下的书，“为什么留给我？”

“夹着书签的那一页有首短诗，你有印象吗？‘真正的星星填补头上的夜空——’”

“而地面上到来的是与其争辉的昆虫。”我接下去。是那首《花园里的萤火虫》。

“它们并非真正的星星，可有时却能与星星极为相似；只是……”他背到最后一句时停下来，微笑看着我。

我顿时明了他的所指：“这句我记得。”

这首短诗的结尾是：只是，它们当然不可能一直这样维持。

就在此时，一阵电话铃声突兀地响起，如锅中骤然沸出的水花，翻腾着扑熄了锅底荧蓝的火苗。黎靖起身来弯下腰从衣物中摸索，我看到他的手机屏幕上显示着“黎雪”两个字。他本能地走远几步，按下接听键——若不是赤身裸体，他恐怕已经走出房门外。

我无意偷听，径自钻回被子里躺下。但房间只有这么大，他跟女儿的通话一点儿不漏地传进我的耳朵。

刚才难得卸下理智外壳的黎靖，被女儿的一通电话轻易地打回原形，神态里、声音中都回复了往日高温不高、低温也不低的状态：“怎么这么晚了还不睡？……噢，没事，我也没睡……妈妈要结婚是好事，你不是也不讨厌叔叔吗？……不用担心，妈妈跟他结婚，并不代表你要叫他爸爸……当然不会，结婚是他们两个人的事，而你的事永远都是我的事……没关系的，一切都跟现在没区别……我跟你妈妈已经分开了，我们以后都会有各自的家庭。”

原来是前妻要再婚，女儿闹情绪。我默默地翻过身背对他的方向侧卧，他跟女儿聊这些事的时候，一定不希望旁边有我注视。他留意到这个小动作，仿佛为了使我安心，便回来钻进被子才继续这个电话。

“你还小，可能不明白，一段感情不一定能够持续一辈子。感情没了，两个人还硬要一起长久生活下去，那才是最不幸的。我们离婚不代表失败，只代表我们有勇气去接受感情不在了的事实。我和你妈妈是友好地分开的，我们没有互相怨恨，还很尊重对方，而且我们有你。你就是我们这段感情最大的成就，知道吗？……真的明白？明白就别闹别扭了，赶紧去睡觉。明天还学小提琴呢……嗯，好，晚安。”

他放下手机，摸摸我的头，只说：“睡吧。”

013

清晨，阳光透过玻璃黏在皮肤上有一股痒痒的暖意，不多时就烫了起来。我在半梦半醒中，扭头把脸埋进枕头里躲太阳，却模模糊糊地被耳边清晰的水声叫醒。

坐起身来，发现昨夜没有拉上窗帘，阳光长驱直入，刺得我眯了眯眼。离我不到两米远的客房洗手间门关着，淋浴的声音就是从那里传来的。低下头，看见自己的衣物叠得整整齐齐的，摆在枕边。

水流冲刷地板的声响忽然断了，我胡乱套上衣服跳下床来，借着叠被子弯下腰，避免与即将从洗手间出来的黎靖四目相对。

短短的几分钟像有几小时那么漫长，门终于开了。我没有抬头，只看见他的脚尖——咔叽色长裤垂下来稍稍盖住脚跟，干拖鞋上似乎包裹着一层微薄的水汽。

他坦然地向我道早安："起来了？早。"

"早。"我冲他不自然地匆匆露了个微笑，绕过床脚，侧身躲进了洗手间。

洗手间里弥漫的白雾还未散去，潮湿的空气里留有沐浴露的余味。蓝窗帘上的斑斑水迹透明得耀目，滚热的水流从莲蓬头里倾泻而下，头发湿淋淋地贴住了我的后颈。

弗罗斯特的那首《花园里的萤火虫》一直盘踞在我的脑海中，挥之不去。萤火虫与星辰的光亮何其相似，只是后者能穿越亿万光年而存在，而前者仅有不超过五天的平均寿命。

昨夜或许发生过些什么，但我并不想去确认。

有些事无须多问，有些事了然于心。两人之间先计较的那一个必定先失望，先放下的那一个方能先平静。

当我擦着湿漉漉的头发走出洗手间时，黎靖正站在门外等着我。

"你要用？"我侧开身。

"不用。"他有些不自然地看看我，略带迟疑地进入主题，"我们昨天……"

我语气轻松地打断他："昨天很平常。你单身我也单身，没有什么不对，也不能代表什么。"

他低声"嗯"了一声，眼神里的情绪说不清是遗憾还是放松。

"你想让我负责任？"我紧接着适时地表现出不在意的样子。

“噢，最好还是让我负责，呃，帮你吹头发。”他也适时地将话题带过。

得陇望蜀貌似愚蠢却是人之常情；反之，表现得若无其事看似聪明，其实，不过是自欺欺人。

我们从不是善于游戏感情的男女，因此更清楚地懂得“若无其事”是一门多么艰难的功课。如果下不了在一起的决心，这便是我们之间唯一的答案。虽不容易，但我们都已在努力试练。梳妆台上的镜子映出我们两个人的影像，他握着电吹风，细细梳理我的头发。一刹那，我恍然有种相敬如宾、举案齐眉的错觉，只可惜眼前的景象如镜中无根的倒影，只拥有朝生暮死之轻。

唐唐一觉睡到中午，才起床下楼。门外的小庭院里已摆上桌椅，我们在斑驳的树荫下入席，颇有种瓦尔登湖畔质朴的浪漫气息。

唐唐妈摆了满桌的菜，唐唐馋得直叫唤：“妈，别忙了，快来快来，咱们开饭！”

“来了，祖宗！”唐唐妈手里端着一个大蛋糕，小跑着出来。

蛋糕上堆满了水果，但卖相还真不怎么样。

“哎哟妈，这蛋糕买回来的时候被门挤过啊？”唐唐嘴上说着，手却不老实地从上面拈起一块猕猴桃就往嘴里扔。

唐唐妈一拍她的手背，喝道：“你今年多大了？”随即眼疾手快地将蛋糕从她面前端开，放在桌中央，“老实点儿，过会儿再切。少不了你的！”

“那是，今天是我生日，我不吹蜡烛，谁也没得吃！”唐唐得瑟地一扭身坐下了。

看她们母女俩互动的确是一件乐事，在一旁帮忙摆碗筷的我顿觉愉快起来。

唐唐妈忽然以迅雷不及掩耳的身手抢过我手上的碗，把我直往椅子上按：“坐下坐下，你别动！”接着转头念叨唐唐，“我说小唐同志，你一回家就好吃懒做，等人伺候啊？”

“嘿，母亲大人，每年都是归谁掰堆成山的玉米来着？每年都归谁收这一大片麦子来着？我作为家里唯一的青壮年劳动力，我偷个懒容易吗？”唐唐一脸杨白劳的神色，大家都乐了。

见大家都落座了，身为家长的唐唐爸宣布这顿生日宴开始：“谢谢你们特意来给唐小雅过生日。客气话就不说了，大家都多吃点儿最实在！”

唐唐妈在一边拿出个红包来。

唐唐见状，眼疾手快地一把接下，摸了摸：“呀，这么厚！谢谢爹娘啊！哎，不对，这不是五一我打回家的钱吧？”

“我们不用你年年上缴国库，女孩子一个人在外头，自己身边多留点儿钱花。”唐唐爸以不容置疑的家长的身份发言。

我也跟着拿出了给她准备的礼物：“生日快乐。”

“爱妃真乖，快平身吧！”唐唐一脸欢欣地接过盒子就拆包装，小小的淡绿色首饰盒里躺着一条手链。她大惊失色地叫道：“你你你你这么大手笔？！”

盒子里，那青金石手链上挂着小小的圆形银坠。唐唐有次跟我逛街看上了它，最终觉得太贵没有买。当时她说：“一个银牌牌加一串石头就要卖三个零，不是他们疯了，就是我疯了！”接着拉上我扬长而去，留下店员小姐在柜台后发愣。

“没事，五折买的。”我答她。

她表示完全不信：“五折绝对不可能！”

“绝对有可能，我跟他每人五折。这是我们一起送你的礼物。”我指了指黎靖。

“谢谢，真是太感动了！”唐唐激动起来，完全忘了钻研他和我的关系进展，立马把手链往自己手腕上挂。

企鹅刚才一直都不出声，这下趁着唐唐正伸出手腕欣赏礼物，突然隔着桌子，姿势作打劫状抓牢她的手，噌地往她的中指上套了个银光闪闪的圆环，这才满脸通红、一声不吭地坐回椅子里。

这一举动让在座的我们集体目瞪口呆：企鹅这又是闹的哪一出？求婚？哪儿有人求婚跟劫匪似的？就算举动鲁莽了点儿，话也该说一句吧？

“徐伟聪，你又犯什么病呢？”唐唐声色俱厉，吼得企鹅浑身一震。

“我，怕你不答应……”企鹅显然被她的气势震慑住了，支支吾吾地交代。

唐唐乘胜追击：“怕你个头！一大老爷们跟小姑娘似的，不答应什么啊？”

唐唐爸妈明显神色紧张起来，正襟危坐，目光来回扫视着他们俩。

“要不，要不你嫁给我吧？”到这份儿上，企鹅果断地怀着英勇就义的心情求婚了，可没过两秒又忐忑起来，“我们都认识这么多年了，我了解你，你了解我，咱们就结婚吧。你……不愿意也行，绝不勉强。”

昨夜刚和好，今天就求婚，看来企鹅这次是有备而来，下定决心要一鼓作气当着家长的面拿下唐唐了。

唐唐抬起手背看了看，慢条斯理地问：“你的意思是，我不愿意也行？”

“行！”企鹅不假思索，“我下回再求。”

这下唐唐妈绷不住了，扑哧笑了出来。

“那你下回再求吧！”唐唐瞪了企鹅一眼，抬起手对他晃了晃，“这玩意儿我先保管，免得你拿去送给别人。”

“好，你保管！永远都归你保管！”企鹅一听就知道有希望，欢乐地点头如捣蒜。

见此情形，唐唐扭头拉着父亲大人哼哼：“你可是我亲爹，有人要跟我求婚，你都不吱声啊？”

唐唐爸默默伸手，夹起一个鸡翅放在唐唐的碗里，这才淡定地开口：“来来，吃饭吃饭。”

不等唐唐开口，他紧接着又以同样的姿势给企鹅夹了个鸡翅：“小徐，你也吃。”

“谢谢叔叔！”企鹅激动地端碗迎接未来岳父的好意，结果一不留神又撞掉了筷子。

这下，辛辛苦苦憋了好几分钟的整桌人都笑起来。

回程已是傍晚，沿途天色一层深过一层。薄暮笼罩下的公路两旁亮起了灯，天色渐暗而灯光渐亮，我一直盯着窗外，看着这种缓慢又微妙的过渡。

车厢里依旧与来时一样反复播放着甲壳虫乐队的老歌，唐唐这回除了跟着哼，还不时伸开五指自顾自地看一阵乐一阵。

行到半路，企鹅忽然没头没尾地问："今天的蛋糕好吃吗？"

"好吃，就是太丑。"唐唐盯着自己的手，随口就答。

"那我下次改进！"企鹅诚恳地说。

我们三人顿时齐刷刷地望向他，他从后视镜里看到我们的反应，不好意思地解释："第一次，第一次肯定做得不好。蛋糕店的师傅可能不好意思说，当时也晚了，我也来不及做第二个。"

原来今天那个堆满水果、卖相欠佳的蛋糕是企鹅的作品。这两天，他又是爬屋顶又是当众求婚，还为了唐唐的生日亲自跑到蛋糕店 DIY 了个生日蛋糕，场面虽然太喜感了点儿，心意却让人佩服。或许每个男人都愿意策划一次浪漫的求婚，但又有几个肯亲自为女朋友做生日蛋糕？

唐唐明显感到一种幸福感油然而生，破天荒地没有再数落他的蛋糕太丑："咳，吃进肚子里还不是一样，只要好吃就行了。"

她说完顿了顿，立即又像出了什么大事一样惊叫一声："啊！没吃完的蛋糕忘家里了！快快，我们掉头回去拿！"说着，不停地拍企鹅的胳膊。

"可这都走到一半了，算了吧，你要喜欢，我下回再去做。"他忍住笑，装得一本正经地安抚她。

唐唐不情愿地哼哼："那我想要第一个怎么办呢？下回你还能做个一样丑的吗？"

“要好看的难办，要丑的还不容易？”企鹅答。

“好吧，”她转过身趴在后座前，“我是不想让你们俩跟着折腾才放过他的啊，你们俩作证，他还欠我个丑蛋糕！”

我以前从未见过恋爱中的唐唐，今天才知道，原来一个企鹅可以让她的智商和情商忽然间从二十八岁垂直下降到十八岁。可以不防备地爱是幸福，在他面前，她没有掩饰和隐藏，好的坏的全都在他面前表露——唐唐并非不懂维系感情的相处技巧，并非不怕彼此太过坦诚而日久生厌，而是她确定身边这个人能接受她的一切，就像她接受他一样。

车擦着夜色到了家门口，下车时，黎靖绕到车尾打开后备厢。企鹅则帮唐唐拉开车门，带她过来：后备厢里，静静躺着一个蛋糕盒。

唐唐看看我们三人，捶了企鹅一下。

“抱走吧。”企鹅指指蛋糕盒。

“还用你说！”唐唐弯腰抱起纸盒。

黎靖什么也没说，只是挥了挥手。我们在模糊的夜色中与他们道别，脚步声唤醒了漆黑的楼道。

电梯里，唐唐抱着蛋糕盒，有一下没一下地摆弄上面的丝带。我包里的手机不早不晚在这没有人说话的时刻，响起短信提示音。

唐唐一眼瞥见我手机屏幕上黎靖的名字，眼神里闪烁出撞破地下情的兴奋：“这才一分钟短信就来了，你们要不要这么甜蜜啊？”

按下阅读键，看见短信很简单：“你落下了一对耳环。我明天送过去？”我迅速将手机塞回包里，若无其事地对唐唐瞎掰：“小唐子，你怎么满脑袋男女关系啊？他不过就是刚才忘了说，发信息给我们补个晚安。”

“哟，都天天要互道晚安了，还说没有男女关系呢！”

“是你跟企鹅正在发生男女关系吧？想不到他回来才这么点儿时间，你就连戒指都戴上了。平常一个男人的考察期，不是得三四个月吗？”

“这事不能这么算。要觉得合适干吗不下手，这不浪费时间吗？再说，如果我是男人他是女人，那他回来的动机可能会很可疑：说不定是带馅儿了又被抛弃了，回来找个快捷的对象结婚；但企鹅是男人，他能怀孕吗？除此以外，他还能图我什么？我又不是富二代。所以，他对我的诚意完全不可疑。”

说来说去，归根结底不过是她喜欢企鹅，她过尽千帆、非他不可。但，唐唐这后半截话里提出的“男女旧情人回归可疑程度对比”理论，诡异中带点儿道理，道理中又带点儿诡异。我摇摇头，表示懒得理她。

回到家拉上窗帘，关上窗外的夜，我坐在桌前，对着电脑继续那部未翻译完的长篇。呆坐了好几分钟，满屏字符悉数跳进眼里，却进不了大脑。

我没回黎靖短信。因为我记得很清楚，周末出门时根本没有戴耳环。

当男人说你忘了一件根本不存在的东西时，通常都是想借机送礼物给对方。我只是没料到，他也是这种人。如果他也认为在一夜情后得体地送件礼物就能让彼此留有个美好回忆，我只能说我又一次看错了人。昨夜发生的一切对我而言不曾是游戏，也将永远不会是游戏。有感情，则顺理成章；没有感情，大可以当一切没有发生过，以后也绝不再发生。

既不打算开始一段关系，又想保持暧昧，我但愿从没认识过他。

丁霏啊丁霏，你到底大脑少了哪根筋，才会恋爱一次失败一次？第一次被已婚男人蒙在鼓里毫不知情，第二次还没开始就看到了对方的真貌。

——我是应该庆幸发觉得早，还是该难过又一次辨人不清？

次日早起上班时，正想叫唐唐一起吃早餐，隔着门听见她在卧室内小声聊着电话，便没有打扰她，留了张便条在客厅，自己出门去。

街上，行色匆匆的人群一成不变地一批一批拥过马路，一张张戴着太阳镜的脸被遮住了表情，像这座飞速运行的巨大机器中许多细小的齿轮般，日复一日机械地奔赴他们的位置。

今天我本是十一点上班，但因昨日多休息了一天，不知是否还积存了没完成的事，所以九点半就来了。小章早已在店里做好准备工作，准时开了门。

跟他同样准时的还有上星期来过的“莎士比亚小姐”。她坐在上次同样的位置，喝着上次同样的焦糖拿铁，看着上次那本买了又没带走的老莎。小章挤眉弄眼地朝我暗示了半天，我报以同样的眼神，表示也注意到了此时唯一的客人。

真是个怪客人。

我换好制服出来时，忍不住又看她几眼，正好撞上她抬头看我，于是微笑着点点头算是打招呼，接着坐到收银台后，继续做那本似乎永远都做不完的翻译功课。

还不到几分钟，便听到小章在问：“您好，请问有什么需要？”

闻声一抬头，原来是莎士比亚小姐抬手召唤他。

她问他：“她是你们店长？”看来她指的是我。不迟不早非要等我来了才问，难道她是来找李姐的？不对，她们俩互相并不认识，上次李姐一来她就走了，今天还误认为我是店长。

“不是，店长还没有来。您找店长有事吗？看看我们可不可以帮您。”小章估计也正满脑袋问号。

姑娘一口回绝了他：“不用了，埋单吧。”

小章礼貌地保持微笑，面不改色地拿起账单往我这边走来，一转身背对她，便开始冲我拧起眉头，表达内心的不爽。

我接过账单，印在账单顶上的时间不过是三十分钟之前。

她翩然离开前，仍然留下了那本老莎，不同的是这回她连说都不说，直接把书摆在收银台上就走。

小章眯起眼睛，一脸窘色地转过头："丁姐，你说她找李姐什么事儿？"

"你问我？"

他使劲点头。

"我不知道。"

听到这个答案，他循例白我一眼："你们女人不是直觉很准吗？猜一猜又不会掉块肉！"

不知怎的，我突然想到她身上的香水味——娇兰 Samsara，跟李姐用的一模一样。

"找李姐谈莎士比亚？"我将心里那一点点无证无据的猜测压下来，信口胡猜。

小章听出了点儿随口糊弄他的意思，立即鄙视起我来："呸！我还等着你来找你谈文艺复兴呢！你是真没闻出来还是假没闻出来，这女的用的香水味道很熟啊。"

连他都发现了这点，难道我们都猜到了些什么？

"你不当侦探来当咖啡师可惜了。不然说不定还有人给你出套漫画，叫《名侦探章嫩草》，搞不好能红！"

"这么迟钝，真不知道你是不是女人。"他毫不留情地继续鄙视我。

"这么灵敏，真不知道你是不是男人。"我也跟着他的句型扔了回去。

他当即表示抗议："男人不能灵敏啊？"

我也接着跟他贫："女人就不能迟钝？"

他瞪我，我也瞪他。瞪得差不多了，小章以川剧变脸的速度收起了找碴儿斗嘴的表情，换上了一脸神秘兮兮，说起正经建议："你说，这事儿跟不跟李姐说？"

"直说不好吧？我们都是瞎猜的。大街上用这种香水的多了去了，万一弄错了了，岂不是会搞得他们夫妻闹意见？要不，保险起见暗示一下？"

"怎么暗示？"小章挠头。

"不好办。能藏个小三的男人要么本来就婚姻有问题，要么肯定瞒得滴水不漏。

他们夫妻俩都不笨，我们暗示搞不好会弄成明示，错了就更糟糕了。”

小章以一种看大熊猫的眼神看了我半天：“我说丁姐，你没结婚，连男朋友都没有，怎么好像很了解搞外遇的男人啊？”

“你没生过孩子不是也知道生孩子疼吗？女人不用谈那么多恋爱，看几本正常点儿的小说就差不多了。”这回换我白他一眼。

他反问：“什么叫正常点儿？”

“男主角英俊迷人富有又只爱平凡灰姑娘一个人的，女主角美若天仙又命苦体弱全世界男人都爱她的，这些都不叫正常。”

小章浑身一哆嗦，啪啦啪啦翻了翻我电脑边的几本书，一无所获地抬起头，略带失望地问：“你这儿没有不正常的啊？”

我敲开他的爪子：“让你长点儿胸是没希望了，你长点儿大脑行吗？这满屋子书，正常的不正常的要多少有多少。”

“对，不用理你，自己找。”小章满意地撇下我，自己扭向一排排书架，去找他需要的正常与非正常人类恋爱案例。

每天跟小章斗嘴是我们生活中一项重要的爱好。我们多多少少在类似的境遇中生活：既没有太多可牵挂的人或事，又不用像别人一样每天在写字楼里忙碌拼杀；算不上好朋友交不了心，绝对是相处愉快的好同伴。

人在成长的过程中会逐渐丧失倾诉的欲望，无论工作抑或生活，更需要的都是合拍的同伴。

抬眼看去，窗外一成不变的树、街道和行人，像挂在画框中的存在一般。门开开关关，客人来来去去，我的每一天都将这样过去，从不觉得枯燥，反而感到安全。一直这样生活下去，没有想过未来，也不必想未来。

远的未来无须考虑，近在眼前的却说到就到。黎靖中午果然来了，十一点五十分，不早不晚正是午饭前。

“嘿，来了？”小章已经见惯了他在店里出入，习以为常地随便打个招呼，继续埋头看他手上的张曼娟。这人还真是有颗少女心，那么多书不挑，偏挑了如此女性化的来看。

盛夏正午的日光强烈。他逆着光站在门口，仿佛第一次看见他推门走进来那般，回忆的波纹忽然从我眼前一闪而过，他的样子模糊了几秒。

他微笑着看着我，我也微笑着示意他等等，进去换下制服，就跟他出了门。

这短短几分钟内，谁也没有说话，以往彼此相处的默契仍然存在，我们未觉尴尬，自然而然地往外走。他没有说要去哪里，我便就近将他带进书店后的大楼里，去了施杰上次带我去过的那家泰国餐厅。

坐定，点菜，直到服务生捧着菜单离开桌边，我们才开始交谈。

眼见他手伸进衣兜里，我抢先开口阻止了他：“不用了，那天我根本没有戴耳环。无论落在你那里的是什么，都不是我的。”

他的手果然停在了原处。

但只是迟疑几秒，仍然拿出一只盒子递给我：“你先看看。”

那淡绿色盒子实在眼熟，就来自上周我们一起给唐唐买礼物的那家店。我记起买完礼物走到门口时，他走开接电话去了好几分钟。如此看来，这份礼物早已买好，与那次意外无关？

我意识到，自己有错怪他的可能。

几分犹疑下，我还是伸手接了过来。打开盒子，见到一对简单的圆形耳钉，银色圆底镶嵌绿松石，是我曾在店里试戴过的那一对。这耳环我谈不上多喜欢，只是当时看着顺眼，就试了试。若不是今天看到它们摆在面前，我早已忘了买礼物时还试戴过这么一对耳环。

究竟是他事后再去买来，还是当天就已经买了？

“这是什么时候买的？”我问。虽怕答案与期待中不同，但无论如何还是想弄清楚。

“就是给唐唐买礼物那天。”他面色平静地说，“看你喜欢就买了，后来又觉得无缘无故送礼物有点儿唐突。”

之前买了留着没送，现在送我，果然还是因为那件事。

我盖上盖子，将耳环放下推到桌子中央：“发生了不该发生的事，也算送礼物的理由？”

“别误会，跟那件事无关。”

“无关怎么会送得时间这么凑巧？”

“不要把每件事都想得那么精确仔细，有时候做些什么不需要什么理由。难道你没有过毫无原因就是想做某件事的时候？”他看着我，脸上丝毫没有高兴或不高兴的痕迹，语气也像是在陈述某件无关紧要的事。

“我有。但通常都只是做只与自己一个人有关的事。如果关系到别人，顾虑得自然就更多。你有你的理由，只是不方便说出来罢了。”

他轻轻握住我搁在桌上的手：“我无法回答一个连我自己都不知道答案的问题。你总是想把所有事都弄得清清楚楚，这样不好，不仅弄不明白，还会很累。”

“就算你说得对。”我没有抽回手，也没有再碰那只首饰包装盒，“还是等你有理由了，再把这份礼物送出去吧，不管送给谁。”

“你实在不想要也不勉强，只是，你戴这对耳环真的很好看。”他先收回了手。

“谢谢。”我拿过盒子打开，将左右两只耳环逐一戴上。

顿时，他有几分惊讶地看着我。我笑笑：“你刚才说了理由，我觉得我能接受。谢谢你送我礼物，今天我请你吃饭吧。”

“没问题。”他依旧平静地回答。

午饭结束后的整个下午我都在想：他这究竟算不算是表示了什么？好像有，又好像没有。耳垂上坚硬冰凉的小物件，慢慢染上了我的体温。

014

“百分之百是定情信物！”唐唐斩钉截铁地断定。

电视里广告歌不知疲倦地响着，唐唐欢快地哼着歌进厨房洗水果，哗哗的水流声和她的背影将我的思绪无限拉远。身边的一切变得遥远又模糊，黎靖那天的神态、说过的话反复在我脑海中一遍遍完整地闪回。我开始怀疑自己是不是真如他所说，凡事都想得太多太清楚？

然而，此后十多天，他都没有再出现，也没有再跟我联络。

这十多天里，唐唐和企鹅已经发展到天天下班后就黏在一起；莎士比亚小姐依然隔几天就会来店里一次，其间没有再问起店长，没有任何事发生；六月的活动日果然由小章讲解各种咖啡；施杰偶尔会来电话关心翻译稿的进展，十六万字的长稿终于只剩几千字收尾；甚至谢慧仪都跟我一起逛过了一次街……黎靖一直没有来，手机屏幕上也没有再亮起过他的名字。

此时我才意识到，我们之间的关系单纯到没有任何羁绊，即使不联络，彼此也能完整无缺地过自己的生活。原来他和我是那么自由。

直到唐唐即将随公司同事们一起出去年度旅行，走之前打算请我和黎靖一起聚会吃饭，我才不得不主动给他发信息。

斟酌许久要不要加上个“好久不见”，写了又删删了又写好几次，终于还是只发了个简单的问句：“唐唐要去旅行，后天想约我们大家聚会。你来吗？”

他回复得很快：“快期末比较忙，你们玩得开心点儿。”

没有多余的语言，也没有多余的标点，更没有给我留再回信的余地。

洗手间里，我透过镜子看着自己耳垂上那小小的坚硬的耳环。之前他买了一直没送我是怕我多心，后来送出皆因他知道以后再没机会送了。原来，它们代表的是一句温文有礼的“再见”。

真正的星星填补头上的夜空，而你我之间，不过是身边夜色里辨认不清的萤火虫。

我想到二十四岁生日夜晚，那满屋荧光液伪装的星辰，想到数天前在铺满星光的窗前将戒指丢进茫茫黑夜；我曾以为真实的过去被证明是一场欺骗，我曾以为近在身边，现在也被证明如此遥远。

隔着一张门外，店里依然反反复复地播着佩茜·克莱恩：“You want me to act like we' ve never kissed，you want me to forget，pretend we've never met...”

当墙上的时钟指向七点半，音乐声毫无预兆地戛然而止。小章按下按钮，像平日一样头也不回地对我伸着手。我站在 CD 架边，呆呆地瞪视着碟片从机器里无声地弹出来，不知道拿哪张给他好。

等了半天没见反应，小章转过身，把他那只手在我眼前上下晃动：“发什么呆呢？”

“噢，你想听什么啊？”我被他从走神中拽了回来，胡乱问了一句。

事实证明，问他也是白问，除了咖啡之外，他对这店里的一切都能随便：“给什么听什么，拿来吧。”

我就手拿下一张递给他。封套很面熟：斑驳的旧墙、深绿色的门，和一张微笑闭目托腮的侧脸。是安德烈·波切利《托斯卡纳的天空》。送黎靖这张 CD 是什么时候的事？似乎是夏天刚刚开始，距今也不过两个多月；回忆起来，遥远得像几年之前。

波切利温暖浑厚的嗓音包裹在管弦乐伴奏中，用我听不懂的语言，一遍遍巨细无遗地复述着我记忆中曾有过的美好片刻。安德烈·波切利是盲人，但他的声音里有着世界上所有美景的颜色——我听到午后木桌边的时光，听到白葡萄酒的味道，听到茫茫大雨笼罩在城市上空就像暂时的海，听到夜晚街头咖啡小店里传来的音乐……如能忘掉渴望，岁月长，衣裳薄。

原来并非不快乐。至少，我此时已懂得，这一段回忆有多美。曾经浑然不觉，如今时过境迁。

小章边陶醉地听着音乐，边慢条斯理地清理吧台，伴着节奏将一只只杯子依次摆好，手握海绵，轻轻吸去流理台上的几点水渍和咖啡渍。

这样悠长缓慢的时光总在一分一秒打磨着心里的尘垢，让幸福感悄然显现轮廓。这轮廓那么清晰那么美，我怕音乐声一停止它便消失不见。像幻觉般，不复存在。

我匆匆收拾了手边的书本电脑，想在音乐结束之前逃到这扇门外："小章，没什么事的话，我想早走一会儿。"

"反正快到点了，走吧。"他话音刚落，又叫住我，"喂，你就这么走啊？"

我回过头愣愣地看他，他一指我身上的制服："大姐，你没换衣服！"

低头果然看见自己穿着一身胸前印有书店标志的制服。可我不想再留在这里与回忆对峙，连多一秒也不想。

"不换了，穿回去洗。"我手忙脚乱地找来今天上班时穿的衣服塞进手袋，穿着制服便推门离开。

门在身后划过一道弧线悄然闭上。踏进庞大、真实、喧嚣的夜色里，周围的行人与街景筑起一张巨大的网，我感觉自己轻如灰尘般掉入其中，再也听不见自己脑海中那些毫无意义的声响。这世界每一秒钟都有无数事物出现或消失，有些声音在你听来如雷贯耳，而其本质不过是茫茫星球中一个泡沫静静地破了。而当又一次日夜更替之后，太阳依旧会升起，我们每个人都还会住在完好无损的躯壳里继续如常生活下去。这条街，这盏灯，这棵树，这条斑马线，这盏红绿灯……它们不会因为发生任何事而弄丢你生活的坐标。

难道在每段感情之后，我们失去的本就是一些物理上从不存在的东西？

我迈开脚步，由渐行渐快到跑了起来。头顶着看不见星辰的夜空，跟在路灯为我投射的影子身后，一步一步，往前跑。如果跑得更远一点儿，能不能让回忆再也追不上？然而，我的脑海中闪过曾经与黎靖一起并肩跑过这条路的夜晚。

那夜气温比今天要低一点儿，速度比今天要慢一点儿。我记得那夜那段路中的每一秒：我们看着自己的影子被一盏又一盏街灯陆续接管，跑起来的时候，连眼睛所见的灯光、耳朵听到的汽车鸣笛声都有着与平日完全不同的节奏，身边的一切静物都带着连贯的、被拉长的弧线，自己的呼吸越来越清晰，身体渐渐沉重后又开始渐渐变轻，感受到轻盈的水汽穿透皮肤缓缓凝结成细微的汗珠，先是燥热而后变凉，一步一步觉察出灰尘停留在身上的力量……

余温尚存的回忆紧紧贴在背后，终于穿透身体，涌进了眼眶。

细密的汗珠悄无声息地浮了出来，我感觉不到水分离开身体的轻松，只有它们一颗一颗附着在皮肤上的重量。退去燥热的夏夜里，辨不清方向的微风钻进毛孔，想吹走些什么，却始终都是徒劳。

跑累了，坐在路边的长椅上，眼前又是一片陌生的街景——早已不是我们上次停下来休息的地方。或许我在某个路口转错了弯，再也到达不了当时那个终点。抬眼看去，四周灯光明明灭灭，一家又一家小店立在路边，却找不到当时那座人行天桥和天桥对面亮着灯的小酒吧。那天的记忆像是被抹去了存在过的证据。

微湿的衣服贴在身上有一点凉，我站起来继续向前跑。独自一人，漫无目的地向前跑。或许黎靖才是我们两人中真正聪明的那一个：他作了最正确的决定。正是这距离让我们彼此心里都对这段关系有了答案，遗憾的是，我们两人的答案并不相同。已经前进的一步无法退回，如果就这样下去，我终有一天将对他的暧昧不明心生鄙夷。有些人、有些事走得越远反而越清晰，若非他就这样默默退开，我将永远不会真正明白：那些曾与他共度的时光有多么珍贵。即使曾并肩跑过的这条路只剩我独自一人，我仍然心存感激——感激他从未否认过去的一切，感激他没有选择与我面对面结束这段关系，感激他曾留给我一个得体的、温柔的告别。

跑完这条街就回家？我问自己。

嗯，跑完这条街就回家。

夜晚九点的路上已经安静了许多，归家的出租车一路缓缓滑过街道，未有任何意外的停顿。车厢里广播信号时好时坏，电台播着的歌声断断续续。勉强能听清楚一个低沉的女声唱着一首很老的歌："同是过路，同做过梦，本应是一对 / 人在少年，梦中不觉，醒后要归去 / 三餐一宿，也共一双，到底会是谁 / 但凡未得到，但凡是过去，总是最登对……"

此时，司机师傅从后视镜里看见我身上穿着制服，随口搭讪："刚下班哪？"

我猛然惊醒。

既是在梦中，醒后总要归去啊。只是没想到，这梦早就气数已尽。

回到家，发现唐唐今天比平时回来得早，正在房间里收拾行李。

我站在她门口，抬起手敲了敲门框："这么早就收拾？"

"咳，早点儿收拾，怕漏了东西。"她冲我笑笑，"怎么样？后天黎靖来不来吃饭？"

"不来了。"我简短地答道。

她一反常态地什么也没问，只站起来表情明快地宣布了她的最新决定："要不这样，让企鹅也自己玩儿去，后天我们俩二人世界！"

"好。是不是你做饭？"我也笑了。

"呸，你不怕食物中毒，我怕！出去吃！"她一爪子搭在了我肩上。

我捏着她那只连锅都没端过的爪子，夸张地感叹："唉，还是我做吧！跟你同居了两年，还没做过大餐给你吃呢。”

“别，连蛋都煎不好的女人，做的大餐能好吃？”她不但不领情，还一脸嫌弃。

“就冲你这句话，姐必须征服你的胃！想吃什么随便报来，我不会的明天也给你学会！”

“满汉全席。”唐唐面不改色，一脸严肃地回答。

“哼！”我学着她常用的姿势，一转身扭了出去。

唐唐在背后喊：“屁股别扭那么高，你肚皮舞呢？”

这一夜，我洗干净了所有待洗的衣服，接着坐在书桌前静下心翻完了那部小说最后的几千字。当时钟已指向凌晨四点，窗外的漆黑渐渐薄了起来。我将已完成的全稿打包发邮件给施杰，关掉手机钻进了被窝。

一觉醒来时已过十点，我匆匆梳洗后出门奔去店里上班。跑的感觉与走路完全不同，大脑更空白，一切感觉都更简单。当你有些什么不愿意再想时，这无疑是最直接的方法。

平日十几分钟的路，今天的纪录是七分钟。

太阳依旧很大，这么短的时间我却并没有出汗。差十分十一点，我几乎与李姐同时进门。当然，我们同时看到了又坐在老位置、喝着焦糖拿铁、翻着精装版老莎的莎士比亚小姐。

小章已经见怪不怪，自己忙碌着不去注意她。我们脚下的地板干干净净，连灰尘都少有几粒。

“嘿，昨天晚上，你居然扫了地？”我跟小章打招呼。

他略带哀怨地看我一眼：“你不是只输了我一个月吗？昨天最后一天。”

李姐被我们俩逗乐了：“我一不看着你们俩，马上就由斗嘴发展成聚赌了啊？”

“谁跟她聚赌？是她不相信天意，非要——哎，李姐，你换香水了？”小章抽抽鼻子，发挥他比女人还灵敏的嗅觉。

他这一说我才注意到，李姐身上的香水味虽淡，但确实跟往常不同。

“嗯，换了。我不太喜欢跟别人撞香水。”李姐淡淡地笑了笑。

这句话声音虽不大，但我确信莎士比亚小姐也听到了。

这下，小章跟我面面相觑，用眼神无限地交流彼此的疑惑，最终确定关于香水的猜测谁也没有跟李姐说过。是她自己感觉到了点儿什么，还是知道了些什么？

虽然这句话没什么要紧，但我们俩还是忍不住偷偷瞥了一眼莎士比亚小姐。这一瞥正撞见她看向我们这边，目光接触之间，她也没有要躲开的意思。

当然，跟她对视的只有小章和我，李姐似乎完全没有在意过她的存在，像平常一样，自己坐在电脑前核对库存。

这样安静的氛围和两个似乎有什么事心照不宣的女人，怎么看都像有点儿什么要发生。

果然，莎士比亚小姐面无表情地开口叫埋单。

小章拿过账单刚往收银台走，她也起身跟了过来，两人之间的间隔不过两三步。整个埋单的过程，李姐头也没抬，直到莎士比亚小姐照例将老莎往收银台上一放准备出门，李姐叫住了她：“你的书。”

她回过头，五官精致的脸上堆着年轻漂亮女人专有的骄傲表情：“放这儿吧，我下次来再看。”说完又扭头要走。

“这套精装的《莎士比亚全集》一般人都是成套买，用来摆在书柜做装饰。真要当读物，硬精装书阅读起来绝对不会比软精装或者平装舒服。”李姐不紧不慢地说。

高跟鞋敲击木地板的声音顿时停下来，莎士比亚小姐转过身：“顾客要买一本还是买一套，你们店也有意见？”

“这倒没有，只是觉得你买这一本不太值。”李姐面色温和、语气平缓地回答她，

“单本价格贵，又不成套，硬封面捧在手里也比较累。如果当时我在，我会建议你不要买。而且，就连你自己买了，都不愿意把它带回家。”

“这书是挺重的，不过我不喜欢别人碰我正在看的书，买了放在这里也没问题吧？”她一挑眉毛，我认为，这个表情多多少少有挑衅的成分在内。

“没错，已经被买走了的书是不应该放在外面书架上再让其他客人挑选。买本你不嫌重的书，可以带回家不是更好？”李姐直视着她，温和的声音一点儿也没变，却让人听出了几分力度。

莎士比亚小姐向前迈了两步，优雅地踱到收银台前，抱起那本厚厚的书：“你说得也对，带走更好。”

李姐微微一笑：“你这么漂亮的姑娘喜欢包装精美的书是正常的。但，不是更贵的就更好，我们通常会建议客人挑合适的和需要的。比如，你用的香水就比实际年龄成熟了很多。”

“香水？”她睁大眼睛，漂亮的长睫毛根根分明地翘起，“没办法，男朋友送的。”

正背对着我们的小章作兔斯基状，幽幽地转回头看着我，用眼神无声地说：“看，要开战了。”

“那我只好建议你换个男朋友了，这份礼物显然不是送给你这个年龄的女孩的。”李姐表情不改。

她瞟了李姐一眼，一言不发地抱着书走人。摇摇欲坠的细高跟鞋咚咚地敲打着地板，一路延伸到门外。

小章保持上身不动，啪啦啪啦把整个人横移到收银台前，跟我姿势统一地趴在李姐面前，用一种又崇敬又八卦的眼神看着她。

她扫了我们俩一眼，像什么事都没有似的问：“你们俩没活干了？”

我们整齐地摇动自己脖子上那颗装满了好奇的头，依旧保持刚才那种眼神，盯着她。

李姐见状，慢条斯理地再次开口："你们以为我不知道这女人是谁？"

"知道你还这么淡定？"小章顿时直起身。

"每天睡在自己身边的男人有什么问题，哪个女人会感觉不出来？"她反问。

"那你……有什么打算？"这下我也放弃了刚才那个特别二的姿势，站起来。

"你们不是看见了吗？"

我话到嘴边又吞掉了后半截："所以你没想过要……"

李姐似乎不太在意这个话题："离婚？结了婚再离婚跟谈恋爱分手不同，在发现这事之后我也问过自己：值不值得为了他犯的错误打乱我的人生？我们结婚六年了，相处得好不好彼此心里有数；这一个错误和这么多年的感情比起来孰轻孰重，我还是可以分得清楚。信任这东西缺失了一次，的确是很难补回来，但大多数女人都混淆了这个问题：既然犯错的是对方，那么问题自然应该由对方来解决，而不是我来承受结果。如果他还尊重我们的关系，那么他破坏的信任。他自己就会努力重建起来。女人要做的就是别拿男人的错误惩罚自己，虽然知道这种事不会太好受，但也不能太受影响，要死要活或者疑神疑鬼最不值。事情总要交给造成破坏的人来解决。解决得好与坏才是我判断要不要继续跟他一起生活下去的根据。"

我们两人一时都无言以对。她说得的确没有错：容忍不了先生出轨大可以离开他，放不下多年感情也大可以给对方个机会，自己痛苦纠结或者报复都实在太不值得。如果不愿分开，这件事便仅仅是个开始，接下来还将用很长的一段时间将对方看清楚。

可她也不是不矛盾——如果感情深到不想轻易放弃，又怎么可能如此理智地对待这种问题？或许维持一段长久又幸福的关系，真的需要付出常人所没有的忍耐与豁达。

好半天，小章才迟疑地问："那，你老公已经跟你坦白过了？"

李姐点点头："他先选择尊重我们的关系，我才会这样考虑问题。一辈子那么长，绝对完美无缺的感情是不存在的。只是这个缺值不值得我们忽略，才是真正的问题。"

"但愿值得吧。"我想不出其他的话，只能希望李姐不用再多失望一次。

"谁知道呢？"她平静的笑容里有几分无奈，也有几分疲累。

当两个人逐渐由恋人转变为亲人，在变得更难彼此割舍的同时，也必须承受更多的伤害，变得坚忍，变得包容。如果这份包容是相互存在的，那么一切都不能算不值得。如此胸襟我自问做不到，无论经过多少岁月，我都无法像她一样将两个人的幸福看得比一切都重要。

在这一瞬间，我似乎开始渐渐有点儿理解黎靖了。他必须离开我的理由，只是因为还爱着前妻。他们从恋爱到结婚再到离婚经历了漫长的十一年，加上分开这一年，她已经占据了他活过的三分之一时间。纵然他还不老，可人生又有多少个十二年？与她分开之后，他还会与其他人产生感情，他或许还将与其他人共度余下的半生，但某一部分的他已经无法再向前走。

那些还残留在他生命里的无法磨灭的铁证，都是他爱过、失去过、可一而不可再的经历。如果可以选择，他会找到一个合适的人相伴直到终老。他与她之间曾有过的感情，他不愿意再与第二个人经历。我记得他曾提过：恋爱会有负面情绪，会焦虑、妒忌、猜疑、紧张、有独占欲，也会兴奋、激动，甚至暂时失去判断力，会乐此不疲地互相侵略。

——爱与互相陪伴之间有着本质上的矛盾。有的感情被时间打磨得圆润合身，比如李姐夫妇；而有的感情则渐渐失衡，比如黎靖和他前妻。他不敢肯定下一次付出感情会有怎样的结果，结局是聚是散，那各占 50% 的概率超过了他所能接受的范围。他不想再与谁中途分开。

此后无论他爱谁，只要这爱无关拥有，便绝无机会再经历那种生活从中断裂的痛感。因为，他已经为自己判定，下一段关系一旦决定，必然就是一生。

他总说我想得太多，非要把每件事弄得太清楚。然而真正太清楚的正是他自己。我们不是不能在一起，只是他终究不愿让我成为填补空位的那一个人。他的决定是尊重我，更是保全自己：有所保留，他会于心有愧；全心全意，他又没这个勇气。对我，他顶多只有六七分爱，尴尬地悬在半空：退，舍不得那点儿感情；进，又不够维持一辈子。他不是个激进冒险的人，退却成了唯一的选择。

在感情里，有人糊涂有人清醒，糊涂各不相同，清醒却只有一种。

我和他对感情都心存畏惧，这份清醒同出一辙。但女人体内总是比男人多了一种幸运又可悲的勇气：一旦爱上另一个人，便不管不顾甘冒再次失去的危险也要再开始。纵然往事遗留的阴影仍历历在目，依旧不能将自己绑在原地。哪怕头破血流，依然明知故犯，周而复始。女人不是不懂自我保护，只是比男人要薄弱得多。

吃一堑长一智这条道理，女人永远只用给自己不爱的对象。

半自动咖啡机轰轰地低声震响，小章埋头为刚来的一拨客人填粉压粉煮咖啡。李姐中午出门吃饭时就交代了今天不回来，不用多说也知道，她今天没有多少心情留在店里发呆。

我一边帮他温杯，一边没话找话：“嫩草，你的咖啡为什么总比别的地方好喝？”

“哟，您这是表扬我呢？”他大概看出了我这是无聊之举，便也不上心，随口接话。

“那必须是表扬你啊。这都听不出来？”

他这人有个明显的优点，被人赞美之后总会有一种叫风度的东西立刻附体：“谢谢，要不给你做一杯？反正今天领导也不回来了。”

“不用了，有客人在呢。”空腹喝咖啡不算是太好的选择。

“那你跑来表扬我干吗呢？”他问。

“你这人想问题怎么这么狭隘？我没事就不能表扬你了？要不就是你五行缺贱，接受不了人家跟你表示友好。”

小章当即反唇相讥：“唉，看你最近没人约，肯定是闲得那啥疼。好心煮个爱心咖啡安慰你，你还说我五行缺贱。”

“是啊，姐没人约，正考虑要不要去参加相亲会什么的。”就连他都发现黎靖很长时间没来过了，我也不必对此讳莫如深。

“来来，帮我端咖啡过去。坐那边的三个男人全归你了。”他伸手将空托盘朝我手边一推，再将刚刚煮好的美式咖啡摆进去。

“行，反正他们仨你也看不上。”我接过托盘，向那桌客人走去。

等小章反应过来时，我已经走出两米之外。

015

交稿之后我顿觉空前地闲了起来。在没有翻译这部书稿之前，在黎靖没有出现之前，我一直很乐于独自过自己的生活。可见很多事是回不到从前的。

今天下班已是十点，只经过不到一分钟的犹豫，我仍然没有直接回家，还是去跑步了。以前，夜晚独自跑步只是偶尔的事件，连自己都不知道为什么会有将此变成习惯的趋势。只觉得这是一天中心情最宁静的时刻，只要沿着一条街跑到交叉口，无论转左还是转右全凭直觉判断，不需要思考，也不存在后果。无须认路，也不用看风景。路灯下，我不再刻意去看自己的影子。只要一直跑下去，停下来的时候总能看见它还在脚下。

未曾留意跑了多久，只听得手机响起来。

现在，除了唐唐应该没有谁会这个时候给我打电话。然而，出人意料的是电话来自施杰。

我停下脚步，稍稍平稳呼吸，接听了电话："喂？"

"嘿，我刚刚把整部稿子看完了——你在干吗呢？是不是不方便？"他显然听到了我快过平时的呼吸频率。

我深吸一口气再呼出来："方便，我跑步呢。"

"跑步？"他愣了一愣，"对不起，我还以为你在……呃……"

"以为我在干吗？"我有点儿纳闷。

"没事没事，我是想说，稿子编辑和我都看完了，挺好，明天早上就送去校对。"

"行啊。看稿子看到这么晚，小施总真辛苦啊。"我出了一身汗，心情莫名的轻松，也学着慧仪这么叫他。

电话那端，他的声音清晰明快："你就随便叫吧，反正我脸皮厚。"

我忽然想起黎靖。每当我故意叫他"黎老师"时，他一笑置之的神态从眼前飞快地闪过。他笑的时候，左脸颊有一个浅浅的单酒窝，不明显，却很温暖。

我不抗拒如影随形的记忆，因为抗拒也是徒劳。只是，此时此刻，我独自站在街头，又一次感受到那种随时会被往事击中的预感。

是啊，计量时间的单位何其细微，如今就连他也已被归为"往事"。

我决定不理会这些，专注跟手里的电话聊天："到底你刚才以为我在干吗呢？"

施杰说："说了你不能生气。"

"说吧！"

"我以为你刚在洗澡，裸奔出来接电话呢。"

"你还能想得更生动点儿吗？"

"能啊，你一边洗澡一边吃东西，才会上气不接下气。"他这个设想果真比洗澡还夸张。

“难道你会在洗手间吃东西？”

“你不是要生动的吗？这比光洗澡生动多了吧！”他成心逗我。

我十分正经地答：“你还别说，我跑出一身汗，真打算回去洗澡了。”

“好，那我不跟你聊了。过两天估计你还得来公司开个会，到时候约你！”

“嗯，那再见。”

“再见，洗澡的时候别吃东西啊！”

“代表热水器鄙视你。再见！”

“行，再见，那我挂了。”

“挂吧，咱们都说了几回再见了。”

刚刚通过电话的手机屏幕又暗了下去，还沾了些许脸颊边的汗迹。我翻出纸巾擦来擦去，那些白色的半透明水痕总是擦掉这条又划出那条。我感到一股突如其来的疲倦从身后往前包裹住了自己，缓慢地、不顾形象地就在街边蹲了下去。膝盖顶着下巴，整个人软得像一块面团。

待再站起来时，我惊奇地发现自己身处的街头景物如此熟悉。前面红绿灯右转再过百米是我家，而左转直行十分钟就到书店。今天兜兜转转跑了四十分钟，竟然只是绕了一个圈。

身边传来熟悉的咖啡香，扭头便见那面绿色和柠檬黄相间的橱窗。一个眉目和善的女孩站在店内，音乐轻快灯光明亮，上一次偶遇此情此景还是一个半月之前。那天我原以为是黎靖生日，其实不过是他和前妻的结婚周年纪念。与那晚同样的时间、同样的街、同一家店，只是今天站在这里的只有我一人。

我到橱窗前买了杯冰咖啡，手心的汗与纸杯外壁凝结的小水珠混在一起，已分不清是热是凉。

捧着咖啡杯行至楼下，习惯地抬头看看自己家的窗口，客厅灯光亮着。路上孤单与否不再重要，好在总有姐妹等我回家。

站在门外找钥匙时，听见屋里电视机开得山响。开门进去更是被眼前的景象吓了一跳，唐唐的箱子张开大嘴瘫倒在地上，衣物堆了满沙发和茶几。她本人正在沙发里奋力翻来翻去，越翻越乱。

“唐唐，拆房子呢？”我虽换了鞋，包还拎在手上，因为整间客厅似乎找不到一个可以随手扔包的地方。

她这才从百忙中抽出精力注意到我，挤出一个欠了巨债般的苦笑：“电视遥控器不知道死哪儿去了。”

听到这句话，我就差没伸手擦汗了：“难道你怀疑遥控器藏在衣柜里，所以……”

“不是啊，我是怀疑遥控器被我顺手扔进衣服堆里然后收进箱子了，这才倒出来翻翻。”她边说话，边趴在原地手不停地翻找。

“唉——”我对这种二得无药可救的行为发出了一声哀叹，绕过茶几两步走到电视柜边，伸出一根手指对准开关轻轻一按。啪，整个世界清静了。

“哎呀，还是你聪明！”唐唐立刻停止了翻找，对我表示衷心的赞美。

我从她的衣服堆中艰难地扒开一小块空位坐进去，痛心疾首地发言：“唐小雅，你没救了，自从跟企鹅混在一起后，人都呆了！”

“别这样嘛，来帮我把衣服装回去，顺便找找遥控器！”她拉着我的胳膊晃啊晃，晃得刚刚跑步回来的我头晕眼花。

我躺在沙发靠背上，一动不动：“不帮。”

“来嘛！”唐唐越晃越起劲。

“都说不帮了，自己搞定——唉，这件是不是要带的？”我又一次受不住她耍赖卖萌，磨磨蹭蹭地拿起衣服弯下了腰。

唐唐一听有人帮忙，立刻雀跃起来：“要要要，沙发上的都是要的，茶几上的是不要的！那边那一包是充电器，先拿给我！”说完还一把端起茶几角上立着的纸杯就往嘴边放，“爱妃，我忘了叫人换水，先喝一口你的。哎，你大半夜喝什么咖啡啊！”

“当然是咖啡，你看不见杯子上印着字吗？”我果断地伸手抚额，再一次躺倒在沙发上。

“总比没有强！”唐唐又以整晚没喝水的架势猛灌了一口。

眼前凌乱的客厅处处弥漫着家的气息，而她外出旅行的一个星期，这间屋里又将只剩我一个人。现在，我已想象不到唐唐不在家时，如何打发独处的时光。

刚发一会儿呆，唐唐又出状况了。她捏杯子用力大了点儿，白白净净的爪子被咖啡浇了个透。她以立定跳远的水准，迅速将自己弹开，不让咖啡滴到那一堆衣服上，一溜烟冲向厨房的垃圾桶，把杯子投了进去。不一会儿，厨房里哗哗的水声响起，她的声音也跟着响起：“丁丁，用你的厨房毛巾擦一下手啊！”

“我有毛巾在厨房？”我闻言小吃一惊。

唐唐噌噌地钻出来，手上抓着一条白底蓝条的毛巾：“这不是你的吗？我记得不是我的。”

这条毛巾……正是大雨爬山那天黎靖在出租车上给我的那一条。我回来就感冒得晕晕乎乎，自己早不记得将它放在了哪里。一定是到家后，在厨房煮可乐姜的时候顺手放下，事后忽略了。

“不是你的？难道是，是，是房东的？”唐唐满脸惊诧，以为自己刚刚用一条历史悠久、主人未知的可疑毛巾擦过手。

“是我的，不过我都忘了它的存在了。你在哪儿找到的？”

“就在烤箱上边的墙上挂着呢！”她说。

原来它一直都在那里，只是我从未留意。当时我可以粗心至此，只因为不曾在意；如今有心回忆，才知道这些事有多么巨细无遗。

待唐唐擦完手，我接过毛巾：“我很久没用，都忘了它了。算了，既然找到了，就洗洗收起来。”

“别啊，挂在厨房挺方便的！”唐唐不明前因后果，要我将这条毛巾留在厨房里。

“也行。”我手上的毛巾摸起来厚实温暖，它躺在角落无人问津那么久，却奇迹般地未多沾尘，看样子依然整洁如初。

唐唐将毛巾挂回去，我低头继续帮她整理。一件件衣服和用品被堆叠整齐中、按部就班地摆进箱子，沙发上那座五颜六色的小山，很快就平平整整地装进了旅行箱。唐唐刚才把咖啡洒了，蹦跶着要下去买水。我站起来指指茶几：“你先收拾了这一摊子吧，我下去买。”

“不要吧——”她当即面对满茶几零零碎碎的杯具哀叹。

接近十一点半，楼下的小径很静，一切如常。

只不过……我好像又看到了黎靖的背影。他背对我安静地坐在上次那张长椅上，我一时间恍惚如遇梦境。那背影的弧线如此熟悉，单凭光线不足的模糊一瞥或许我会认不清天天朝夕相对的小章，但绝对可以在同样的情况下认出黎靖。

我承认自己一直期待他会再出现在我面前，而当这一幕发生在眼前，却完全不知道该不该装作视而不见。他不是已经作出决定了吗，怎么还会深夜出现在我楼下？如此疑虑掠过脑海，我顿时又不敢再轻易断定：或许是他，又或许不是。或许是距离太远，又或许我已经再也不敢肯定自己对他的任何判断。

低矮的灌木丛横卧在我身前，“去”和“不去”两个念头在心里相持不下，根本分不清孰先孰后。我发现自己陷入了无法思考的僵局，而脚步只是放慢，并没有停下。

离他的背影每近一步，都感到整个人更沉一分。

这条路太短，我终于还是走到了他身边。

他脸上丝毫没有意外的神色，只是抬头看看我，带了一丝若有若无的微笑。

我在他旁边默默地坐下。他在长椅这一端，我在那一端，中间隔着半人的距离。我们都心照不宣，这样的时间、这样的地点在这里遇见绝不是偶然。

我所认识的黎靖不是一个反反复复轻易推翻自己决定的人。对于我们之间即将发生的交谈，我从未心存不切实际的侥幸期盼。

果然，他说了一句我最不爱听到的开场白："你最近好吗？"

仿佛我们只是一段时间未见面的朋友，不曾发生任何事，也不曾有过任何改变。

"还行。"我别无选择地答。他明明知道这个问题只有唯一的答案，还非要听我亲口说一次？

答得这么快，他反而怔了一怔："来的时候看到你家灯亮着，就知道你没睡。"

"我刚跑步回来。你呢？散步？"

他没有回答，眼睛看着前方，似在注视夜的另一端某个未知的远处。

片刻，我打破短暂的沉默："你不是期末很忙吗？"

"再忙也有休息的时候。"他转过头来对着我。

"嗯。"我找不到话，就只嗯了一声。

这夜寂静得在心里投下空茫的回响，头顶被树木遮住的天空静静地压下来，用浓重的黑夜罩住了我们两人。

许久，黎靖像下定决心般，略显艰难地说了一句话："我，大概需要一点儿时间。"他半夜出现在我家楼下又不打算让我发现，都已偶然遇到，他对我说的竟然是需要一点儿时间。

有谁不需要时间？须知，要经过详细审度考量的感情根本不叫感情，只能算是一个选择。对于他，我不能接受被考虑，从前不能，现在不能，以后也不能。

我久久地注视着他。他侧脸的轮廓、他嘴角的弧线都是那么熟悉，而我们之间此时此刻正隔着亲密距离以外、安全距离以内的完美尺度。

“你有的是时间。”我说。

“你能给我时间吗？”他语速平缓地、像是经过深思熟虑般地问。

原来这就是他在要与不要之间作出的选择。我们继续不清不楚地相处下去，直到他下定决心为止。

我摇摇头，轻声回答他：“不能。”

我不能。有些事即便犹豫了一秒，答案也不再纯粹。咖啡可以加水，书可以有空白页，一首歌里都可以有休止符，但感情不能存有迟疑。我从不苛求过程完美，只期望开端能够纯粹。吃饭可以预约，看电影可以预约，旅行可以预约，去医院都可以预约；唯独在感情未够深时，如何能预约要到未来才会出现的答案？不愿现在要也不愿马上舍，这是贪心。我可以容忍的事并不少，唯独宽容不了这一件。或许只要糊涂一点儿单纯一点儿低微一点儿便无须计较这么多；但正如他所说，我总想把一件事看得清清楚楚。

他微微牵动嘴角，眼里却没有笑意，让这个表情变得更加牵强。

“我不想，”他的话停在半空中，悬浮了好几秒才艰难地落下，“……失去你。”

我也不想。可我早知道自己已失去，从他本能地退避开的那一刻起。这大半个月来，我一直在努力适应他缺席之后的生活，一点儿也不轻松。是，他并未高估我对他的感情，他低估了它。我比他走得更远更深，也更不能接受这种倾斜。哪怕是被欺骗过、被伤害过，我也未能让自己在面对感情时低微半分。如果我不爱他，我会答应，会等待，会安然将彼此的关系只当做一个选择——就像选择工作、选择衣服首饰那样。感情需要时机，如果他不说，或许我真的会等。然而他要求我等，他有什么资格在未确定自己之前，就要求对方？

“不会，没有过根本谈不上失去。”我说。

“有过。”他的声音清晰肯定。

“如果这个‘有过’指的是朋友感情，没必要觉得可惜。人不能太贪心。”假如我们之间发生过的事只是无心或游戏，那么我们仍能像朋友一样相处；有些东西既已付出又彼此不同步，装作若无其事就只成全了彼此卑微的自私。

人人都有私心，区别只是会不会将它加之于他人。

"也许你说得对。我应该尊重你。"他的神情依旧那么平静。

我看不出他的情绪。他身体里完美的消化系统可以处理这一切，无须为此担心。

"你也说得对，会有人照顾我。"

"嗯，你值得比我更好的人。"

——这句话的含义是，他不会成为那个"更好的人"。如果他真的不愿意失去，他便会想做那个人。而他没有。

"你也一样。"话说出口，我开始厌恶自己这一刻的虚伪。

总会有个什么人跟他过完这一生，单纯地、不在乎地，或是卑微地、无所求地。我也做不了那个人。我知道自己对感情太苛求，也知道幸福太不容易，但自欺欺人本就是我最不擅长的一项求生技能。我什么都没有，唯有这点儿不切实际的骄傲，与生俱来，永远只会宁为玉碎。

只是，到底意难平。

我凝视他许久，问："有个问题我不想问，但我能不能知道答案？"

"可以。"他安静平和地笑笑，摊开手掌。掌心躺着一枚软木塞。软木塞是一瓶葡萄酒存在过的证明，它身上印着生产年代、产地、酒庄标志，以及独一无二的编码。饮尽瓶中易逝的时光，徒留手掌中那一枚凝固的记忆。

临别时，他又一次送我到楼下，他在电梯外，我在电梯内。一如既往，我们不需要转身，不需要迈步，只是面对面站着，看着对方一直到看不见为止。告别总有种将时间拉长的魔力，短短几秒被我们站成了漫长的互相凝视。所有回忆都在这一刻涌上眼眶，而面前那扇门，已然缓缓关上。

我终于记起，忘了买水。

次日下午，我六点就回到家准备晚饭。虽然唐唐的满汉全席只是一句笑话，但我也不能太失水准。

洗米煮饭，再将所有材料一一洗净切好。厨房外，温柔的薄暮正安然降临，云层后的阳光斜斜地伸进窗内泼洒在墙上，忠实地映出玻璃上的细小微尘及划痕。

烟机在额头上方发出放大的蜂鸣声，我正开始做生平第一锅海鲜焗饭。橄榄油入锅炒香蒜蓉和洋葱，去壳去线的虾仁随之跳进锅里，透明滚烫的橄榄油激起一串虚张声势又转眼即逝的泡沫。虾仁由混浊的半透明渐渐变白变实，淋上半勺酒，出锅备用。黄油进入锅中悄然融化，与百里香、月桂叶、蔬菜和米饭混为一体，依次加入盐、黑胡椒。整个过程连贯而充满仪式感，安全感悄然熨平了眼前一切的未知和恐惧，只需全神贯注安心做一道菜——备齐材料跟着指示，日久便可以熟能生巧，可以胸有成竹，可以确保付出便有所获，可以从一开头就知道结果。

当米饭炒好装入烤盘，铺上海鲜料，堆好切成丁的番茄，撒上切成丝的芝士，送进已预热好的烤箱。那条白底蓝色条纹的毛巾挂在墙上，看着我，用它平整而没有表情的脸。一个 9 升的小烤箱，预热到 200℃，15 分钟后就能完成今天的晚餐。生活中所有可以计量、有规则可循的事物都能带来安全感，但我们仍忍不住会背道而驰去期盼那些无法预计的东西，多少有一点儿讽刺。

唐唐不晚不早六点四十准时到家，昨日一片狼藉的茶几已经整理得干干净净，竹制餐垫上摆着一锅色泽饱满、香味浓郁的海鲜焗饭。

她一跨进门就尖叫一声：“哇！说好亲自下厨，你居然叫外卖！”

“是啊，我顺便也把厨余废料打包来了，全扔在厨房垃圾桶里。”我伸手一指。

她果真不相信我，非要冲到厨房去自己审视了一圈战斗过的痕迹，这才返回客厅，围着那锅食物远眺完了又近观，还凑过去闻了一鼻子，这才满脸洋溢出饥饿与赞美并存的惊喜表情："大厨，失敬失敬！我们都同居两年了，你竟然能忍到今天才发功！"

做出来的食物得到表扬实在是件开心事，但我还是抱着负责任的态度提醒她："海鲜焗饭是第一次做，敢不敢吃就看你了。"

"不管了，看着就好吃。"唐唐一屁股坐定，磨刀霍霍地向食物杀过去。

芝士黄中带微焦，一勺下去能拉起柔韧的细丝；蔬菜色泽鲜艳、水分饱满，饭不硬也不软。看样子还算成功。唐唐表情满足地开始与饭作战，立即产生了良好的反馈："好吃！"

我尝试一口，的确做得不失败。但这味道与记忆中的有些不同——我清楚地记得上次向黎靖请教过的做法，原料步骤都一点儿不差；不知道是哪个环节出了差错，味道跟他做的不同了。

当一段感情结束之后，仍会在回忆里留存最深、最历久弥坚的其实并不是某件信物、某段旅程、某个地点或是某一句誓言，而是最最平常的饮食记忆。它们萦绕在感官之间，最终落入胃里，融进身体，成为我们只要依然存活着就无法忘却也无法抛弃的记忆。唯有在厨房想念某个人，那想念才是生动、具象又微妙的实体；天长日久后，想起时已不会有大悲大喜，所有情绪都蕴藏在平静的秩序之中，每一个动作、每一道工序都有记忆按部就班地陪伴，仿佛某人就在身边，陪着你心无旁骛地完成它，再在你胃里留下往日温暖的倒影。

那温暖不是镜花水月，不会无迹可寻，而是你曾爱过某个人后在自己身体里留下的最真诚朴实的部分。

从一个奇形怪状的煎蛋到一锅还算凑合的海鲜焗饭，我有生以来经历过的感情都这么失败。

里尔克有一句诗：“哪有什么胜利可言，挺住就是一切。”

挫败也好、屈辱也罢，我还安然活着，未曾被任何东西击倒。

这就够了。其他一切都不重要。

05

[漫长仲夏]

唐唐去旅行已有三天。我每天从回家后到睡觉前那一段例行的热闹时间忽然空出来。我便规律地重复着上班、下班、跑步、看电视或看书、睡觉的固定程序，在店里无事可做时，抱着电脑玩游戏的频率也越来越高。

一切迹象都表明，我正逐渐恢复从前的生活，照此情形发展下去，终有一天能恢复到如同所有事都没发生过。

小章又开始天天把我找不着男朋友挂在嘴边，以示激励。

终于，在他一上午念叨了两次之后，我忍不住了："章嫩草，你天天八卦我和李姐，这么有空，自己怎么不找个女朋友？"

他傲然地瞟我一眼，得瑟地说："没有女朋友不代表我没有感情生活。我过得好着呢！"

"淫乱！"我愤然还击。

"鱼干！"他朝我堆出一脸悲天悯人。

"八婆！"我扭过脸去。

"处女！"他扔出惊为天人的两个字，字字掷地有声。

听到这俩字，我顿时乐了："你才处女，你八月底生日。"

"呸！哥明明是七月！"

小章正在怒斥我先故意曲解、后指鹿为马，旁边冒出一个声音："八月底怎么了？"

是刚刚进门的施杰。他约好了今天来接我去公司开会。

小章一把拉过施杰，差点儿没把他拉得露点："看看，这哥们儿才是八月底的，他才处女，有没有！"

施杰遭此待遇，惊魂未定地推开小章，好歹整了整衣冠："少胡扯，我狮子。"

"身材不错，狮子哥。"小章趁机在他的肚子上敲了一记。

这倒是实话。该狮子今天穿了一件左胸有个大眼睛标志的黑色川久保玲 Play T恤，又小圆领又修身的；发型也变了，之前的"休·杰克曼头"理短了一大圈，整个人都清凉了许多。

施杰面不改色："怎么着，想泡我？"

"这么好的事儿别留给我，还是让给她吧！"小章一指已换了衣服出来的我，

“照顾照顾没人约的。”

“怎么没人约？我约啊！”施杰的反应像是听到商场大减价一样。

他们东拉西扯起来又没完没了了，我赶紧背起包，表示随时可以出发：“走吧？”

“走了，咖啡欠着，下回来喝！”施杰在我身前一推门，跨了出去。

正朝着闭合方向运动的门缝里还传来小章的声音：“哎，我说要请你了吗？”

施杰那辆 SUV 又不怕罚地停在大马路边。见风挡玻璃上干干净净，还没有交警出现过的痕迹。他三步并作两步闪过去替我打开车门，自己几乎是蹦到另一边，钻进驾驶位：“快撤快撤！”

落座关门后还不到五秒，他用十足的救火架势把车弄上了大马路。

“上次都被贴过条了，今天干吗还停下？”我问。

“这种事讲概率，我就不信次次都被贴。”他不以为意地答。

透过反光镜看到他的表情，甚至还有点儿侥幸逃脱的愉悦。顿觉其实他这人也挺简单，一个容易因为小事开心的人总不会难相处。

我笑笑，他随手开了收音机：“听什么？”

“你都有什么？除了听广播。”

“你座位底下有个袋子，里边有 CD。”

这么多储物格不用，要塞在座位底下？我虽觉得有点儿奇怪，但还是侧过身弯下腰，摸到了座位底下的一个纸袋。纸袋比我想象中轻了太多，完全不费力就拖了出来。

一束香槟玫瑰从纸袋里探出头，新鲜植物身上的饱满气息立即冲进了我的鼻尖。这束花比上次那束还要大。

“上次的花在我这儿存了这么久，有利息了。”他坦然笑了笑。

原以为施杰经过上次早已不打算再作努力，没想到，他只是有耐心不急进。

“谢谢，这回我一定记得。”我小心地捧出那束花，从座位间的空隙里将它摆在后座上。

此举被他看在了眼里：“还好，你没塞回座位底下。”

“我有点儿好奇，怎么隔了这么久又送我花？”

“见你一回不容易啊。我又不喜欢强迫人家跟我见面，天天黏着你，不烦我都怕你烦。”

他神情轻松自然，没有半点儿紧张或拘谨，见我稍有退避，他也恰到好处地留有空间；没有频繁的攻势，也不施压。敢这样以退为进地发力，他除了自信绝对足够外，还深谙女人心理。开局简单直接，得到的反馈不理想便按兵不动。本以为他已经放弃，却转眼又为你制造去而复返的惊喜——女人对追求者不一定会动心，但事关自己对异性的吸引力，总会怀有几分复杂情绪。当他将这种情绪拉长吊高再出现，你会有种重获他关注的感觉。只要他不讨人厌，这种感觉必定不会负面。当你受宠若惊地想“原来他一直都很在意我”时，才刚刚进入中局。

“我不觉得看见你很烦。”我心中有数，便放松跟他聊起来。

“那你不烦的时候打电话给我，我随叫随到。”他处处表现得被动和尊重，实际上主导权一直在他手里，从没有交给过别人。

“应该是你有事的时候打电话给我，我能做就做。”

“无论公事私事都行？”

“看是什么事。”

他笑着摇摇头，一副认输的表情：“好了好了，不跟你兜了。我第一天认识你，就知道兜不过你。开完会一起吃饭怎么样？”

“施杰，你到底喜欢我哪点？”我认真地问他。

“我告诉你了，你会改吗？”他被如此突兀地一问，仍然气定神闲跟我说笑，“你挺好的，考虑过认认真真地跟我谈个恋爱吗？”

“跟我谈恋爱是得结婚的。”

“这我绝对同意。”施杰连方向盘上的手指都没动一动，似乎全无意外，“我三十了，你有二十五六了吧？就算我玩得起，也不能拿这事耽误你的时间。”

“我二十七。”我微笑着纠正他看似无心其实有意的猜错。

“你要不放心，先试交往一个月怎么样？包修包退换。”他对此自始至终都大方豁达，时时给我留有余地。不过，这个提议的确在我意料之外。

我未搭话，他又补充：“试用期就只试相处，男女朋友的亲密行为双方都同意才能发生。喜不喜欢试用了再说。”

“你以前试过吗？”

“绝对第一次。都是因为敌人太顽强，我这才曲线救国嘛。”

“哪有你这样硬要把自己送给敌人去和亲的？”

“舍不得孩子套不着狼。”

“大把年轻美貌的狼等着你套，你到底看上我哪点了？只要你告诉我，我不改还不行吗？”

“唉，咱们能别绕这个了吗？正经交往跟玩玩不一样。”

一个平稳的刹车，我们停在红绿灯前。我认真打量着坐在左侧的这个男人，他健谈、迷人、随和、经验老到，最重要的是，他确定自己愿意跟我在一起。感情有许多种，他对我的这一种叫不谈心之所爱，但求稳妥平安。再贪玩的人都有玩累的时候，即使不累也需要对自己的年纪作个交代。都说女人小气爱计较，其实男人在感情里的那些心眼远非女人所能及。

话说回来，这么巧，想找段稳定感情的施杰撞到了不太信任感情的我。况且感情大多是先撩者贱，女人太殷勤主动算不得好开端，尤其是对他这样条件不错的男人而言。我想，我开始渐渐明白他挑中我的理由——我够平凡，够老实本分，不太好但也不差，且我从未对他趋之若鹜。如此一来，既不会看他太紧太黏人，又没能耐给他惹什么麻烦。

当一个女人的各方面被男人摆上天平逐一过秤，你猜不到他心里那道方程式，但可以看懂自己在他心里有多少常量、变量。别以为男人如此衡量便是对你的不尊重，恰恰相反，他正在很有诚意地考虑将你发展为他太太。当然也有例外：当他足够爱你，就会略过不算。

于我而言，要这一份诚意就已足够。爱多么虚无缥缈，今天给你一分，明天可能是两分，可能是十分，也可能是零分；我从不指望自己不爱的人爱我，只想每段关系都能够彼此平衡。

而且，黎靖不是一贯认为会有比他更好的人照顾我？他说我“值得”。一个连自己爱的人都留不住的女人，能有什么更“值得”的选择？我也不怕幸福给他看，就当遂他的意。要是看不到我过得好，恐怕他仍要心存几丝愧疚。给点儿愧疚来回报他离我而去不是什么好方法，我有机会可幸福，为何不要？

就这样怀着七分清醒、三分赌气，我答应了施杰的晚餐约会。

会一直开到下午六点多，讨论新书的文案。我只是译者，按理不需要参加，而施杰特意叫了我来只是想表达重视。会议进行到一半时，大施总来转了一圈，不过五分钟就离席。他五十多的年纪看起来顶多四十出头，体形略胖却也不见明显赘肉，衣着考究得体，言谈也不浮夸，施杰这一点倒是像他。当大施总离开会议室，施杰趁空扭头对我一眨眼，脸上有种“看，我带你见家长了”的愉悦表情。

散会后，他带我去了一家灯光幽暗、装潢典雅，就连餐具都价值不菲的餐厅。第一次约会这么郑重其事是好习惯——我发觉自己也开始跟他一样，逐一衡量对方的方方面面。没有爱这种东西从中作祟，什么都看得更清楚些，也决定得更稳妥些。

若非缺乏爱这个无条件的条件，我们也都无须考量其他种种条件。既无命中注定，唯有仔细挑选。是不幸，也是幸运。

餐桌边，我们主菜已点定，剩下酒类有待挑选。

训练有素的服务生上身约三十度倾斜向我们，体贴地建议："通常来说是白酒配白肉，但有一定年份的红葡萄酒也很适合搭配传统意义上的白肉。两位的主菜是鱼类，我们刚到的2006年帕洛美堡干红非常不错，产自法国超等中级酒庄帕洛美堡，百分之百出身名门的红酒，店里也不多，卖一支少一支。"

"怎么样？"施杰从菜单后抬起眼睛，征求我的意见。

我只点了一瓶非常普通的半干型白葡萄酒。

待服务生带着菜单离开，施杰对我笑道："第一次约会就给我省钱？"

"不是给你省钱，是给我自己省心。陈年红酒单宁味那么重，再多人当成宝，我都喝不惯。"

"你还是别告诉我真相吧，让我认为你在心疼男朋友的钱包。"施杰装出几分失望。

"你的钱包现在心情肯定很好。葡萄酒不是越老越好，大部分都适合在出产后几年内喝。留一部分真正的高价古董等着升值就行了，买来立刻就解决掉实在太浪费。"不是只有他才会制造惊喜，我宁愿坦诚能成为最实在的惊喜。

"想不到你对酒也挺有研究。本来还打算出这一招哄你开心，看来被你笑话的可能性更大。"

"你的诚意我从不敢笑话。再说我只是半桶水，不分好坏，只知道喜欢不喜欢。"

"对了，你怎么会对酒感兴趣？"他身体微微前倾，显然已聊得兴起。

这些当然是曾经的工作所得。大部分人都以为同传译员只需带着红外耳机坐在工作厢里工作，其实平日哪儿有那么多大中型会议？我们当时的公司还没大到能让译员整天飞来飞去参加国际会议的地步。普通的商务谈判、新闻媒体活动、培训演讲，甚至外出考察……大部分时间都在做这些常规的口译工作。与经营酒类的客户打过交道，自然会对酒留有印象。

我不想将话题引至昔日的工作，便顾左右而言他："半桶水真没什么。我认识的人中对酒最有研究的就是慧仪，不信你下次考验考验她？”

“Elaine？不用考验，她就是个酒鬼。”他的语气犹如在数落老友，看来他们已经相当熟。

我随口说笑：“有机会，我一定把这句赞美转达给她。”

施杰对女人之间互通小报告已经见怪不怪，不以为意：“请，尽管转达！这还真是对酒友的赞美。”

此时，白葡萄酒已开瓶送来。小号郁金香杯里注入澄澈的液体，微量的小气泡静静地沿着杯壁爬行，轻巧地破裂，留下一片纯粹晶莹的淡琥珀色。视线透过杯身所见的模糊影像犹如时间回旋，将记忆与现实间的分明界限挤压旋转直至变形。果味浓郁又带点儿微酸的气息悄然无声地侵入我的鼻腔，与记忆中那个初夏夜晚的气息狭路相逢。我坐在黎靖家的餐桌旁，手边盛满冰块的小桶里斜斜地伸出一个瓶颈……

恍然间，曾经那张餐桌上清晰的木纹从眼前渐渐隐去，面前这张方桌披着典雅的白色提花桌布，完全遮盖它的本来面貌。

坐在对面的施杰已经举起了杯。

我也举起杯，饮尽回忆。

什么叫此情可待成追忆，什么叫当时只道是寻常？就如手中空杯：酒已入喉，空余容器，残留看不见、摸不着的余味。

此时此刻，我坐在这里与施杰吃饭聊天，像任何一对平凡男女一样相处。数次约会之后会确定关系，会举止日渐亲密，会见父母，甚至还有可能结婚。早就曾设想过，黎靖和我的结局将是各自陪在另一个面目模糊的某人身边直到老去，只是没想过来得这么早。

唐唐得知此事后，在电话里冲我咆哮：“你想嫁人想疯了？失恋多大点儿事儿啊，非要那么快找个后备？那富二代有什么好？找你当女朋友还不是图你管不了他鬼混！”

我手握电话倚在客厅窗口，心不在焉地用目光搜寻可能出现在楼下的背影：“不是谁都有你这样的运气，你喜欢的人刚好喜欢你。”

“我运气好？我是知道自己要什么！姐 Hold 得住！你现在失恋了就随便跟个阿猫阿狗，有朝一日真爱出现，我看你怎么办！”唐唐吼得余音绕梁。

窗下的小径不时有乘凉遛狗和夜归的人影，唯独那张长椅空着。自从在楼下偶遇后，他再也没有来过。

“哪儿有什么真爱？有，是因为你相信。我有个相处得来的人就可以过下去了。”我更像在安慰自己，而不是跟唐唐解释。

她的声音随即也软下来：“你真考虑清楚了？一定要这么快作决定，一点儿时间都不给？”

是啊，我有时间等，我也愿意等。唯独不能接受黎靖将我等他视为理所当然。只有不那么在意对方才会如此要求，我珍而重之的东西他只当是候选，又何必再浪费时间？感情是我一个人的事，他无权要求我为他保留，更无权让我赠与他人。

“现在这样也不错，至少我过得简单开心。”

“你这根本就是跟黎靖斗气！”唐唐语带无奈，“他犹豫，你就怪他没有第一时间选跟你在一起。然后就拿富二代来气他，等着看他后悔莫及。你这样不值啊！万一他不后悔呢？不是白赔了自己？就算他后悔也没办法了，就他那脾气，见你有主了，还敢对你放半个屁吗？”

我无心讨论，便迅速将自己调节到胡扯状态：“他就没当着我的面放过屁。”

“不是只有用菊花才叫放屁，懂吗你？哎呀我不跟你说了，睡觉去。”唐唐明显是在哀我不幸怒我不争。

“好，等你回来再继续关于屁的话题。”

“去你的，晚安！”

“晚安。”

挂上电话，关了客厅的灯，我在没有灯光的窗口又站了许久，仍然没有看到那个熟悉的背影。终于说服自己相信，他不会再来了。

夜很静，静得隔着卧室门都能听到客厅里冰箱启动的声音。它不知疲倦地响响停停，我躺在床上数了一遍又一遍，直到再也感觉不到断续之间的交替。

意识渐渐模糊起来。

不，冰箱启动的嗡嗡声仍然响在耳边，我正站在与厨房相连的洗手间里对着镜子吹头发。宽大的流理台上摆着还未收拾的厨具，洗碗槽里堆着待清洁的碗碟。窗外的薄雾隐约散去，重庆春天的早晨总给人一种天天都在冬与夏之间摇摆不定的错觉。难得的休息日，我一个人在家，镜子里映出一张我二十五岁时的脸。草草将头发吹成半干，再把脚边储物篮里的脏衣服全数倒进洗衣机。洗衣机有节奏地转动起来，我打开冰箱找食物。

冰箱里扑面而来的寒气让我不自觉地缩了缩头，大门在此时被人敲得山响。

难道是黎靖没带钥匙？

我打开门。

门锁松动的“咔嗒”一响犹如子弹装入枪膛般响亮刺耳，一个看不清长相的女人冲进屋里，劈头盖脸扇了我两耳光。她的叫骂声尖如冰锥，内容我却一个字都听不清。她揪住我的手臂，将我整个人朝鞋柜上摔去，慌乱中我摸遍了所及之处——那么大的鞋柜，我竟然抓不到一只可用以自卫的高跟鞋。那一刻，脑中嗡嗡乱响，合上眼睑，还能见到一团红、一团白的光圈闪动不止。我发现自己此刻所能感知到的一切都正在面临秩序的崩塌，如陷地震中央，即使拼尽全力也于事无补。有尖细如鞋跟的物体一下下捶打我的肢体，绝望中，我似乎抓住了面前陌生女人的头发，死死地揪着，似要扯掉这混乱的假象。

终于有人将她连拖带抱地从我身上拉开。恍惚中，仿佛见到刚才冲进来就打的陌生女人被拉到外面，门又“咔”的一声被带上了。

世界顿时恢复平静。我站不起身，坐在墙角看到一地的鞋；有什么东西硌着身后，是被砸豁了一个口的木鞋柜。刚才吹到半干的头发又已汗透。

不知在原地呆坐了多久，又听见有人用钥匙开门。一个同样面目模糊的男人冲到我面前蹲下，不由分说用力抱我。我呆呆地坐着，完全听不懂他都问了我些什么。只记得当他的脸贴着我的脸时，我的脸颊感觉到一片湿热。

我听清楚了一件事：他说对不起，一直没告诉我，他结了婚，刚才那个女人是他老婆。

此时，视线忽然变得清晰起来，周围漆黑沉闷，我发现自己平躺在床上。全身所有的感官前所未有的敏感，不用看就能精准地感受到有多少处伤。墙上的挂钟指着凌晨五点，枕头另一侧有张熟睡中的脸。那张脸真好看，轮廓分明，眉头不自觉地微蹙，呼吸规律而平整……他未曾觉察我已醒来。我一时失神，轻轻地躺回枕头里，学着他的姿势安然闭上眼。黎靖，睡在我身边的是黎靖，是二十七岁的我认识的那个黎靖！可我明明醒在两年前离开重庆的清晨。

这不可能。

这绝对不可能。

温暖的幻觉顿时烟消云散，睁眼又只看到身边躺着的人面目模糊。

趁他没醒来，赶紧收拾东西走，立刻走！没订机票就去火车站，现在马上去！我惊恐地从床上弹起来。

——而这一切忽然凭空消失了。我坐在自己房间里的单人床上，正对着床的那面墙上也没有挂钟，窗外月光透过薄纱安静地流泻在书桌前。除了我之外，这间房里再无他人。

只不过是梦。

我心有余悸地抬起右臂细看，果然，刚才还疼得真切的地方现在完好无损。两年多前的淤青早已从皮肤上消逝得无影无踪。纵然那一幕仍清晰如昨，时间早已愈合了一切能看得见的伤。

梦境虽迅速退去，但我已再无睡意。

这两年来，往事都历历在目，我却是第一次做刚才那个梦。

我记得当年醒来后匆匆收拾行李离开，逃到火车站才发现，最早的一班直达扬州的车都是当天夜里十二点。浓雾紧紧压迫着感官，守着行李箱在候车室坐立不安了一小时，九点钟便慌不择路地上了重庆至十堰的列车。窗外是迷蒙的大雾，窗内是肮脏的车厢；过去已成历史，未来仍是空白。辗转反侧十小时后。行至旅程的中转站，我在十堰这座无亲无故的陌生的城停留了一星期。

独自拖着行李箱钻进异乡的酒店，我至今还记得那间房的门牌号是1209。就在那间房里，我打好辞职信发回公司，打电话给父母预告归期。我在路边报刊亭买来一张不记名的电话卡，换下了手机里那个从学生时代起就用起的号码。过往那么多岁月，在异乡街头瞬间归零。

一星期后回到扬州，我已完好如初。光洁的右臂上看不到淤青存在过的痕迹，身体其余各处细小的伤口也都已悄然愈合。

在家与父母共度了一个半月，那段时间，唯一的工作便是翻译一本薄薄的英文小说。在那之后，我又离开家来到这里。

从那时起，我才明白：只要一天不与往事和解，即使身处再真实的幸福也是徒劳。尤其是在亲人面前，伪装得一切完好，害怕暴露的恐惧感却如影随形。

我还能做什么呢？无非是调整自己，让时间将过去冲刷干净。

若非这个梦，我还以为自己早已将一切梳理清楚，不该保存的都已悉数丢弃。记忆里尚有碎片残存其实无关痛痒，最诡异的反而是长长的梦中全然没有看清前男友的脸。在惊醒的前一刻，黎靖毫无逻辑地出现，那么真实、那么安静、那么心事重重地躺在枕边；我想多看他一眼，这梦却已散。

017

盛夏日复一日地高悬在城市上空，而我首次在未眠的半夜后站在窗前看日出。盛夏阳光并无太多铺垫，仿佛几分钟就占据了整个天空。

施杰的电话来得不早不晚，正是平时该睡醒的时间。

“嗨，试用期第二天，我来尽忠职守叫女朋友起床！”他的声音从电话那端清朗地传来。

我已换好衣服鞋袜，边聊电话边关上身后的门，朝电梯走去：“早起来了。就你这时间观念，换我叫你还差不多。”

“哟，咱俩的关系不知不觉发展得这么深入了？”他乐了。

“是啊，我马上就要深入电梯里了。除了叫起床，还有事吗？”

“姑娘，你能有点儿现代人的常识吗？电梯里早有信号了！”

“那请问现代人还有何吩咐？”

“周六你休息不？”他这才进入正题。但今天才周日，提前整整一周订约会，太不像他的性格了。

于是我心生好奇：“难道周六你生日？不对啊，这才六月底呢。”

“你就说有空没空吧！”施杰非要先得到答案，再跟我细说。

“你都知道我们每周日排休假，赶得这么合适，我怎么可能没空？”

“那我现在约定你了，周六陪我去参加朋友的婚礼！”

“啊？！”这么快就带我见朋友，还是在如此正式的场合？

“不想去？别啊！我已经是朋友中间唯一的光棍了，你就大发慈悲陪我去凑个热闹呗？”

既然打算彼此相处试试，那么他的朋友早见晚见都是见。何况，刚刚已经先答应了他。

“那好吧。我正要过马路，先不聊了？”

“我知道你正要过马路，你朝右边走几步！”他总是这样出人意料。

我转向右边，还没“走几步”就看见了路边车窗里施杰伸出头，离我不到十米。见我发现了他，他挂了电话朝我挥挥手，接着打开车门钻了出来。

他刚刚特意坐到副驾驶位上，后视镜里能将我出门的必经之路看得一清二楚。

“笑什么？”他替我拉开车门。

“笑你次次停路边，这回学聪明了，人在车里待着。”

待我上车，他关好门，绕到另一边钻进了驾驶位。

他发动了车。前反光镜上挂着的那只白水晶小猫晃了两晃，车厢里有股浓郁的烘焙香味。

其实再转过两个街口就到了书店，走路不过十多分钟，车程也就三四分钟。看来，他根本没打算多此一举特意来送我上班，送早餐才是目的。

我心知肚明，配合地替他开了个头：“好香啊！”

“我妈烤的曲奇，特别好吃，给你带了点儿。”他歪头示意香味的来源。

后座上有个精致的便当袋，又蕾丝又拼布，跟我们家沙发垫似的。连老妈的爱心糕点都搬了出来，看来他对终身大事还真是相当进取。

“谢谢！你要不着急去公司的话，进来请你喝杯咖啡，就当感谢你千里送早餐。”书店转眼就到，下车前，我邀请他一起进去。

“行！”他一口答应。本已开始减速靠边的车擦着路侧驶过店门口，绕进了后面的写字楼地下停车场。

“这回怎么不停外边了？”我有点儿好奇。喝杯咖啡又无须逗留太久，照他的一贯作风，断不会为了这点儿时间还来钻一趟停车场。

他半开玩笑半认真道：“不做守法公民，我怕娶不到媳妇。”

“你想娶交警同志？”

“我不想交警同志当着女朋友的面再给我贴条。”

“你女朋友不会介意的，罚单又不用她付。”

“真的啊？”施杰顿时一脸懊恼，“哎呀真失策，早知道你没意见，我就果断停外边了！”

……

今天上午书店有事不营业。早餐后施杰去公司上班，小章一路目送挂着“CLOSE”小木牌的门严实地再次关上，这才狐疑地指指早已隔在门外的施杰的背影：“你跟‘绝对绝对不能要’一起过夜了？”

“你还挺沉得住气！刚吃人家的饼干吃得多欢，转脸就说人家是非。”我嗤之以鼻。

“吃人家的就非得嘴软？”他示威似的又抓起一片曲奇丢进嘴里。

“那你刚才又不嘴硬？”

“你就得瑟吧！”他傲然一扭头表示不屑，“你知道他家多少事？”

他这一问，倒让我有点儿感兴趣：“你知道他家多少事？说来听听。”

“你真不知道还是假不知道？你不会还当他是个小出版公司的太子爷吧？”

我被他的接连反问弄迷糊了：“啊？他不是大施总亲生的？”

“咳，你肥皂剧看太多了！”小章顿时失笑，“你真不知道他们家是干什么的？”

都聊到这儿了，他还故意卖关子，我瞪他一眼：“这不废话嘛！”

“他们家是卖古玩艺术品的，人家有高档会所，时不时办个展览、捐赠个国宝什么的，可不是在潘家园摆摊儿哈！施杰对古人的玩意儿不感兴趣，所以老头子就弄个公司给儿子玩儿。现在知道了吧？干这个，有钱是其次，有背景才是真的。”

他神神秘秘的神色闪得我一哆嗦：“背景？难不成我欺负了小的，老的就会静悄悄地把我大卸八块？”

“哼，‘大龄女青年惨遭杀害弃尸街头’这新闻标题听着怎么样？”

“不怎么样。你真不是胡说的？我上次明明看见大施总来公司开会啊。再说，施杰只是副总，公司又不是他的。”我满腹狐疑。

“你傻啊，老头子钱再多也怕儿子败家吧？他能不监管监管吗？”

他这么说也能说得通。

“唉，算了，人家没告诉我，就当不知道比较好。”

“他不说，还不是怕你图他家钱！”小章说着，熟练地两手夹起四只杯子倒扣在杯架上。

“那他图我什么啊？”

“你？图你大龄未婚，无不良嗜好，正正经经。”他一肘子撑在吧台上，半个人斜向我，“他以前那些女朋友就没一个良家妇女！”

“谢谢啊。”我索然无味地转过身，准备去做自己的事。

“别客气，你想知道几号？问我，我告诉你！”

我站住回过头：“你还给编了号？”

“别废话，就说从几号开始吧！”

我残忍地打碎了他那一脸的得瑟：“留着给他自己写回忆录吧。”

“面对残酷的现实吧！你已经是五号了！”他贼心不死地补充。

正待回嘴，透过玻璃门，见李姐来了。难得一见的是，她先生居然陪着她来店里。今天有本杂志采访李姐，来店里拍照，所以上午不营业。他们两人并肩进门，先生又帮她拉门又替她拎包，甚至连李姐刚从脸上取下来的太阳镜，他都立马接过去帮她收好。这种时候趁机当着外人扮演好老公，简直是司马昭之心路人皆知。男人出轨了还想回头，无论怎么做在我们女人面前都只落得个不顺眼：若无其事显得无耻，大献殷勤又贱得很。看他仪表堂堂，可一举一动都像足了极力讨好主人的男宠。前男友说我刻薄，此刻我自己才体会到这一点。

而小章何等玲珑，眼疾嘴快地热情问候，将他领到桌边坐下，麻利地煮咖啡伺候着。

李姐根本未在意我们两人对她先生的态度怎样，径直来我这儿拿走这月的销售数据，研究店中央展示架上的书本位置该如何调整。

咖啡机的声音低低地传来，李姐头也不回地顺口吩咐："小章，做杯卡布。拉花漂亮点儿，一会儿给人拍照用。"

"好嘞，马上。"小章忙不迭地答应。

"快一点儿，他们差不多该来了。"

"行，十分钟！"

"五分钟。"李姐干脆地将他的时间预算砍了一半。

这三个字的意思，是人就能听明白——小章正忙着她先生那杯蓝山，五分钟的时限明显是冲这个来的。

小章不吱声了，默默地干活。

屋里一共四个人，我们仨各忙各的。李姐的先生独自坐在桌前，无事可做又无人搭话，似乎碰了个不软不硬的钉子；而李姐又一直和颜悦色，那不冷不热的姿态恐怕比不理不睬更让他难以招架。

几分钟后，编辑等人来了，开始热闹地换衣服化妆拍照采访。冷板凳先生依旧跟在老婆身边充当助理，拎衣服递水，体贴周到无微不至。小章和我干脆什么也不管，只顾一起凑在吧台后边看热闹。大约一个半小时，店长临时助理先生的手机响了。他匆匆聊完电话要早走。李姐淡淡地说了句"那你先去吧"，此后连脸都没扭过来一下。她说得平静温和，绝无半点儿不满的情绪，只是，同样也不带感情。

小章一只手竖在嘴边，偷偷对我说："啧啧，二比零。"

"二比零是我们看到的，看不到的还不知道有多少呢。"我悄声回应。

"这招太狠了，又不生气又不高兴的。"

"看见了吧，对男人最大的惩罚就是不再在意他们，比吵架撒泼有用多了！"

“对女人还不是一样？男人一淡定，女人就抓狂。”

“那你淡定一个我看。”

“你暗恋我，我就淡定给你看！”

“谁稀罕你淡定？”

“说得跟我稀罕你暗恋似的！”

话题进行到此，我们例行互瞪一秒，当即恢复友好邦交，继续讨论下一个话题，连过渡都不带的。这类对话在我们之间一天要发生好几次，大概彼此都已以此为乐。

同样，这次他一如既往地说对了。男人一淡定，女人就抓狂。在黎靖和我身上也未能免俗。小章一颗玲珑剔透的大脑总能反射出我自己都不乐意承认的事实，斗嘴说笑之间让人一惊。

男女之间不冷不热只有两种可能：一是能忍，二是无感。

这一刻我竟没有再想到黎靖，只是真心替前男友的前妻觉得悲哀——他跟我在一起三年多，上班在同一家公司，下班在同一间公寓，朝夕相对，我都不曾觉察他在故乡早有太太；而另一个女人居然这么久才发现我的存在，可见他们的关系一直是如此不冷不热，不咸不淡，不足以构成怀疑，又远远算不上幸福。我能想象到她在这段婚姻里憋屈多年一朝暴发的心情，或许我还应该庆幸她只是打了我一顿泄愤，而不是直接拎把西瓜刀冲上门。

今年年初，他们终于离婚了。拖了两年，必定彼此怨恨过，也努力补救过，再也拖不下去才到如此结局。这样想来，谁又更无辜呢？我并非唯一的受害者，而她才是名正言顺受到伤害的那一个。众生皆苦，走得过去就已经值得感恩。里尔克有一句诗：“哪有什么胜利可言，挺住就是一切。”挫败也好、屈辱也罢，我还安然活着，未曾被任何东西击倒。

这就够了。其他一切都不重要。

恋爱中的种种盲目和苦恼，非要等到你完全不再爱对方之后，才会突然拨开云雾看得清楚释然。关于那段感情，我的脑海中回忆尚存，余温却已消逝得干干净净。

所谓与往事和解，大概就是如此。我一直在等这一刻的不期而至，而当它真的到来时，没有轻松，只有平静。

唯一遗憾的是，当我与往事真正彻底告别，可以像一个全新的人一样去爱时，我爱的那个人已经不在身边。

当晚跑完步回来，唐唐已经四脚朝天摊在沙发上看着电视。

“嘿，你运动回来啦？路上风景好吗？”她抬起一截手臂跟断枝似的晃荡两下，旋即又搭回沙发上。

“你旅行回来了，外面风景好吗？”我挤在她身边坐下，学着她问。

她吃力地挪了挪腿，好歹把自己的脚丫子从我屁股边移开：“看姐这样儿像没玩够吗？”

“没晒黑嘛。”我递给她一个装满咖啡的纸杯，“知道你今晚回来，给你也带了一杯。”

她接过杯子举在眼前转了一圈：“咦，又是这家的咖啡？没你们店里的好喝啊，干吗老买它？”

噢，黎靖也说过同样的话。

“你留着改天跟小章说，他指不定能高兴个一天半天的。”

“看在爱妃这么有心，朕收下了！”唐唐像虫一样弯着身体蠕动几下，光靠背蹭沙发坐起来喝了口咖啡。

她这起身的姿势看得我叹为观止：“你的前脚和后脚都还好吧？”

“又游泳又潜水累的，酸死了。”

“企鹅接你了吗？”

“他敢不接！”唐唐的脖子看来不酸，还能活动自如地迅速扭向我，“别聊我，赶紧交代，你跟富二代什么情况？”

说到施杰，我还真想起一件事，唐唐可以帮忙。

“你等我几分钟，洗完澡后，需要你帮我作个重要决定！”我放下自己手中那杯咖啡，一溜烟闪进了洗手间。

待我洗完澡，回房换上一件香槟色单肩小礼服，再提着两双鞋出来，唐唐猛地掐了一下我的胳膊：“哎哟，疼，不是幻觉！”

“我才疼呢，你掐的那是我的胳膊！”我差点儿没咆哮。

“淡定吧你，人家夸你美呢！”

“穿这件真可以？”我抬起手上那两双款式略有差异的白高跟鞋，“你说哪双鞋好点儿？”

“你穿成这样是要去干吗呢？我这两天还不结婚！”

“你结婚我肯定不能穿两年前的旧礼服，是施杰的朋友结婚。”这条裙子只在两年前公司年会穿过一次，这两年完全没有穿这类衣服的需要，所以它已经是我最新的一件礼服。根据唐唐的反应判断，穿它应该不算失礼。

她直接爬起来，推得我转了一圈，双手交叉抱胸，上下打量之后，连连摇头：“看你这架势，是要跟富二代来真的？”

“有什么不好吗？”

“你要是真喜欢他，就没什么不好。”

“干脆就穿这双简单的，嗯。”我将拎着鞋的两只手抬到面前比较了几秒钟，发现作决定也不是太难，“好，收拾睡觉！”

周六上午十点，我收拾完毕后，把双脚塞进那双白色细高跟鞋，重新适应了好几秒钟才敢往外迈步。肩膀也觉得空荡荡的，手上只抓着一只书本大小的手袋。许多昔日熟悉的事物，都以一种难以计量的速度渐渐远离了我的生活，记忆虽熟悉，触感却已陌生。当今天的我装进往日的躯壳中，才真切地感觉到自己已经成为另一个不同的人。

施杰在楼下等我。他见到我时的惊讶神情一点儿也不像刻意夸张，待我走到面前，他背转身跟我并肩站着，略微弯起右臂伸到我面前。

如此绅士的举动，我当然乐意遵从，便用左手挽住了他："走吧？"

"你跟平时很不一样，真漂亮。"他毫不修饰地坦然赞美。

"谢谢。你也跟平时不一样，不知道的还以为你是新郎。"我说的是实话，他今天衬衫、西装、领结一样不缺，差个腰封就真像新郎了。修身的一粒扣黑西装简单无任何装饰，但整个分割裁剪的翻领相当别致；袖口的四粒黑袖扣颇有复古意味；白底细灰格子衬衫拼接纯白的领口，黑领结如点睛之笔，衬得他一身质地精良的礼服精致得体又不抢眼。

"新郎和伴娘？"他看看自己又看看我，面带笑意。

"噢，伴娘。"

"嘿，你这样穿才是对主人最大的尊重，漂亮但不喧宾夺主。看我们两个多般配！"

"新郎和伴娘般配？这问题大了。"

"管他呢。有这样的伴娘，谁还要新娘？"

他打开副驾驶那一侧车门，直接抬起被我挽着的右臂，右手托着我的手站在身后扶我上车；左手还挡在我的头顶，直到我坐定，他才关上门自己绕到驾驶位。今天，他举手投足仿佛都被一样叫"风度"的东西完全主宰了，可见男人对女人的尊重很多时候的确是从衣服开始的。早在18世纪，德文郡公爵夫人就曾说过，衣服是女性表达自我的一种方式，这句话直到今天仍然可称为真理。至少第一印象必然如此：你穿得轻松随意，男人便与你相处得轻松随意；你穿得隆重高贵，他便顿时骑士附体般待你如王妃；你穿得滑稽不合时，他便当你是圣诞树，高兴了逗弄取乐，不高兴了面露鄙夷……而你不穿衣服，他大概有10%的概率事后能记住你的样子，除非你真的美貌非常。

我并无批判之意，只是忽然感到有些什么东西正从自己身体里醒来。过了两年完全不在意旁人眼光的生活，此刻终于略微体会到种种封闭或寂静之感不外乎作茧自缚，我并非独自存在于某个无人打扰的角落：我仍然需要在意一些什么，仍然需要拥有一些什么。

再一次偏过头看看坐在左侧的施杰，他看起来那么美好，像是我有生以来获得的最完美的补偿。

但，若无失去，何来补偿？

我所错失的那个人纵然远不如他耀眼，但是世上任何人、任何事都无法补偿。我可以理智地选择，可以做对的事，但这一切不是退而求其次。继续生活下去总会遇见某个人，开始某段关系，施杰就像是途中必然经过的风景，纵然不是他，也会有别人。“过去”是一种无法抛弃又不能留守的存在，这一次，我宁愿带着它前行。

行至举办婚礼的酒店门口，礼宾上前替我们开门，代为停车。宴会厅门口立着一道鲜花拱门，红毯顺着步行楼梯铺下，几乎要延伸到大堂。婚宴告示牌上写着两个陌生的名字：黄睿、孙芸。

在门口礼簿上签完到进入大厅，我抬头问施杰：“新郎和新娘哪个是你的朋友？”

他笑了笑：“差不多都算。新娘你也认识。”

孙芸？我不记得有朋友叫这个名字。

见到我疑惑的表情，他又伸出胳膊示意我挽住：“走吧，一会儿你见到就知道了。”

这是场纯西式的婚宴。宴会大厅到处装饰着鲜花和纱幔，厅中央铺着绸桌布的大长桌上，那几座银色烛台美轮美奂。厅四周如画展般摆满了陈列婚纱照的木画架。

照片上的那对男女我的确认识——新娘是云清，新郎是那夜在书店见过的、和她牵着手的男人。

原来她真名叫孙芸。早在进门时就该想到，我所认识的人中只知笔名不知真名的唯有她一个。

今天居然是黎靖前妻的婚礼，他会不会来？毕竟是前妻再嫁，他为避尴尬也许不会来；但女儿一定会到，他亦有可能陪女儿来……我顿时陷入一股莫名的紧张，好一阵才想起今天自己戴的是他送的耳环。不行，万一意外撞见，还是取下来为好。

施杰跟云清共同的朋友不少，而今天到场的不乏他们公司的同事，他此刻正跟在场的其他宾客寒暄。我匆匆说了声去洗手间就离开了大厅。

洗手间的镜子照出我此刻的样子——香槟色单肩礼服裹住身体，蓬松的发髻简单地盘在脑后，脸上精心修饰过的淡妆盖不住略显紧张的神情，耳垂上挂着两只圆润饱满的绿松石耳环。我摘下耳环收好，心不在焉地打开水龙头又关上，从手袋里掏出唇膏又装进去，终究还是转身钻进隔间插上门。

我意识到自己并不想出去观礼。不全是为了怕撞见黎靖，更多的是不愿意去见证那个他爱了十二年的女人对别人说我愿意。可这一切与我何干？我只不过曾是他的朋友而已。今天我是施杰的女伴，跟他没有半毛钱关系，为什么要没出息地躲在洗手间里？

踌躇片刻，我还是打开门走了出去。

尖细的鞋跟有节奏地一下下地敲打着大理石地板，像鼓点般踩在我自己耳边。一路响到宴会厅门口，我终于还是见到了那个熟悉的身影。

黎靖刚刚放下那支签到用的鹅毛笔，转过身来就撞见我的目光。他一身保守的典型英式西服，三粒扣都妥帖地扣上。他的表情平静如旧，这一眼就像是越过重重时光，回到我们仍然并肩散步的午后。

他看见了我，并未打算假装生疏，淡淡地礼节性地微笑着跟我招呼："你也来了？"

"我陪朋友来的。你女儿呢？"此时找不到话题，只好开始说废话。

"她今天是花童。八岁的花童年纪有点儿大，不过没办法，她非要穿花童礼服。"他自然地走近两步，我们的说话声不致被音乐和人声掩盖。

我转头在屋内的宾客群中用目光寻找施杰，见他正和人聊着天。

"不进去吗？"我向黎靖暗示，这段短暂的问候即将结束。

"嗯，进去。"

走进大厅，施杰便看到了我，叫住身边端着托盘的服务生，取下两只盛满香槟的酒杯，递一只给我。我顺势接过，自然地拉住他还未放下的左手。此举让施杰有点儿吃惊，但仍条件反射般回握住了我的手。

等再转过头去时，黎靖的背影已经离我们有三四米的距离。是根本没注意还是见此情形刻意走远，我也不知道。

"那哥们儿也来了？"施杰也看到了他，随口问。

"云清是他前妻，你不知道？"

"啊？来前妻的婚礼，还真够大方的。"

"要是你就不来？"

"不，要我我也来，带个比前妻美十倍的姑娘！"

"好，这主意我喜欢。"我轻轻松开握着他的手，代之以举起香槟杯，往他的杯子上碰了碰。

香槟的泡沫在杯中轻快地跳动，我清晰明白地感觉到，刚才与施杰十指相触之间，并无任何异样的感觉产生。他的手温度冷还是暖、皮肤粗还是细、力度强还是弱……我全未留意，只觉得耳垂上那两个细微的小孔里还残留着隐隐的坚硬的金属触感。仿佛有一部分体温在取下耳环时被带走了，再也拼不回来。

身边的宾客不知从什么时候开始鼓掌，音乐声低了，司仪在台上喋喋不休。噢，我看见了穿着及膝露肩白纱裙的黎雪，头顶小花环，手捧鲜花，跟在她盛装的母亲身后。她比我想象中高出几厘米，皮肤瓷白，明眸漆黑，比她妈妈还要漂亮。她们正一步步走向厅中央那个穿着礼服的年轻男人，周围的掌声几乎要让人相信这画面是多么幸福。施杰和我站得很近，他抬起手鼓掌时上臂不时摩擦到我的肩。如果说人与人跨越到亲密距离之内必定会产生某些默契，此时于我而言，更像是刻意接纳彼此间每一点细微的进展。我站在原地，半步都没有拉远跟他的距离。

冗长的铺垫过后，终于进行到一对新人宣读誓词。我站得实在无聊，便借口去接个电话离开了人群。

二楼宴会厅一侧还有个阳台，我拨开遮住玻璃门的纱帘，推门出去。宽阔的阳台原来是吸烟区，小桌边三三两两坐着人。阳台下的花园植物繁茂，树荫将盛夏正午的燥热驱散了一大半。这闹市中央的酒店后居然藏了一片如此清静雅致的后花园，我走向栏杆边俯瞰花园，忽见旁边还站着跟我同样出来透气的黎靖。

整个阳台只有我们两人双手空空，其他人的指尖都有一支或短或长的燃烧着的烟。

他看看我，我看看他。栏杆上，他的右手和我的左手间隔不过十厘米，我腕上是入场时给每位女宾系上的白色绸花，他腕上是那对我们初见时的银色袖扣。时间一秒秒地向前匀速滑动，似乎我已变了，而他总一如往昔。

谁都在向前走，他若坚持要留守原地，只能看见所有他在意的人或事一件件地远离。

“好无聊的婚礼。”我率先打破这场沉默的对视。

他不置可否地笑笑，缓缓提了个完全不同的话题：“你跟施杰——”看，刚才他果然是看见了。

“嗯。”我坦然承认。

“什么时候的事？”他又问。语气、神态永远都是那样，平静得让人听不出究竟是关心这个问题，还是随口问来打发无聊。

“不久，没几天。”我也平静随意地答他，就像回答一个很久不见的普通朋友的问候，“你怎么也到外面来了？”

“里面太挤，我不怎么爱热闹。你呢？”

“女人也不是做每件事都有理由的。”

“你还记得呢？”他笑笑。

“你也记得。”我倚在栏杆边，看着眼前的树荫漏过一缕缕光线。

在江北机场初遇时，他曾提过女孩子无论做什么都能说出个理由，而我说我们也会不经考虑就选择，只是善于事后给自己找理由而已。我的确从不曾忘记跟他一起经历过的每个片段，没料到的是他也同样记得。

“是啊，记性太好不是什么好事。”他似在自嘲。

“但记性不好又会忘掉很多开心的事。”

“你说得也对。”

“又来这句？”

“真心的，觉得你说得对。”

“以后就请叫我说得对姑娘。”

“难道我要叫记性好大叔？”

“谁说你是大叔？”

“噢，谢谢。”

“不客气，千万别感动得以身相许。”

“你提醒得太迟了。”

“是吗？”

“不是吗？”

我们短暂地相视而笑。这一瞬间，时光从我们身后悄无声息地退去，我们仿佛回到从未发生过任何事之前。一扇门之外喧闹的喜宴似乎都不复存在，我们还站在初相遇的时刻，站在被浓雾包围的孤岛中央，除了彼此没有别人。安静的书店、山顶的雨、傍晚的街道、夜幕下的路边咖啡店、落地窗外挂满星辰的房间……都回来了。以温润而又强大的力量，全部冲进我仍然跳动着的心脏。

宴会厅里忽然传来又一阵夹杂着尖叫和欢呼的掌声，新娘在抛花球了。

我们不约而同地朝门里看了一眼。只一眼，我骤然醒来，记起这是他前妻的婚礼。他出现在这里并非毫无理由，这理由也绝不是出来跟我聊几句天。

“肚子好像饿了，我进去吃东西。”我尽量让自己看起来轻松愉快。

“去吧。”他说。

我转身背对他，推开了那扇门。

眼前觥筹交错的喜宴恍如另一个世界，相机快门“咔咔”地响在耳边，酒杯中气泡轻快地上升然后爆破，满厅纱幔像梦境般悬在可望而不可即的地方。新郎新娘正一起握瓶，将那浅琥珀色的液体由上而下倾注入香槟塔。

一个木画框磕到了我的手肘，照片上穿着婚纱的新娘满脸笑容地看着我——她看上去真的很幸福啊，尽管幸福这两个字听起来如此荒诞。

018

七月中旬，我翻译的那本小说出版了。施杰好像比我本人还兴奋，休息日带我到处逛大大小小的书店。看那熟悉的书脊整整齐齐地排在书架上，熟悉的封面高高低低地堆叠在展台边。噢，除了书本之外，它的海报也随处可见。这不是我第一次翻译小说，但是第一次有公司将这么受重视的书交给我翻译。这本书上属于我的位置是两个小小的、黑色的宋体字符，排在作者名字下方。我一直都很满足于这小小的位置，更满足于在自己工作的书店里，看着客人将这本书带来收银台。

我不知道自己亲手将自己的书卖出去应该有怎样的心情，但我必须承认这感觉很愉快。只是没料到慧仪也是读者之一，某天下午她特意来店里买这本书。那一刻，我对她的惭愧要多过感谢——那么多时日已过，我们也早不如从前亲密；我当她是可以彻底忘记的“过去”的一部分，而她真的当我是朋友。

人总不能因为一个难看的斑点，就舍弃整段值得收藏的时光。

留慧仪在店里请她喝咖啡时，我怀有歉意地向她道谢：“谢谢你。我是说，你总是对我这么好。”

她笑了：“肉麻死了你！那次要不是你救我……”

“姐姐，那么多年了你还提？举手之劳你就记了这么久。”谈及此事我更觉惭愧。她念念不忘的，不过是尴尬关头我曾给过她一根救急的卫生棉条。

“你倒是只举了个手没错，你不举手我就该血溅会议室了！”她端起杯子喝了口咖啡。

如今坐在我面前的她仪态从容优雅与名媛无异，时时刻刻都作足准备以最佳状态示人，早已不是当年刚入行时那个丢三落四紧张兮兮的谢慧仪。别说一根棉条，现在的她就连要一根棉签都不用向别人求助。从她的表情和身体语言里再也看不到工作强度和压力的任何反射，她无疑也练就了一套最顽强的消化系统。适者生存，她便是例证。

“早知道我就不举手，等着看百年不遇的这一幕。”我笑道。

“没机会了，后悔去吧！”慧仪习惯性地摆弄了两下放在桌上的手机。

这时我才留意到她的手机吊坠相当面熟，一只白水晶小猫。在什么地方见过？一时想不起来，忽然记起她以前养了只叫金田一的猫。我离开公司时她刚刚把金田一抱回来不久，还不足半岁。我就见过它一次，以前慧仪出差时我去照顾过它小半天。那只天赋异禀的猫孩子居然能跳上猫粮袋子将其扑倒，自己给自己倒午餐。

是啊，不仅两年多没见慧仪，重遇后我连她的猫儿子都没问候过一句。作为旧朋友，我完全不及格。

想到这里，我不好意思地表达迟到的问候："金田一跟你一起搬来北京了吗？"

"来了，这孩子都十六七斤了，胖得不成猫形。现在还学会了开抽屉开柜门，搞得我每天要锁了酒柜才敢走！它自己有粮有水有零食还有罐头就是不高兴，非得去翻我的。下班回家经常能看到一只大肥猫趴在冰箱边上挠门，这你受得了吗？"谈到金田，她就有吐不完的话。

芝士蛋糕来了。小章左手背在身后，右手单手托盘弯腰将蛋糕摆下，身体的弧度前无古人的优美，不知道的还以为自己进了大酒店的咖啡厅。他果真是见什么人摆什么架势，今天多亏慧仪在场，我才有福目睹小章如此曼妙的体态。

可惜好景不长。门口风铃声响起，穿着快递制服的来者手持包裹大声问："请问章健强在不在？有你的快递！"

小章那完美的脸部表情顿时原地抽搐了一下。

"章健强不在啊？"快递大叔见无人应答，又重复一遍。

小章的脸不负众望地再次原地抽搐。

时至暑假，白天来店里的学生又多了起来。傍晚送慧仪出门时，店里还坐着一桌静静看书的两个女孩。她们手边的咖啡刚刚续过杯，空碟子里留着蛋糕屑，桌上显得有些拥挤。

我去收拾空碟时，见到其中一个女孩手里正翻着一本特别眼熟的书。白书页下方透出灰绿色封面的轮廓，页头左侧小字标有书名："我们不再并肩漫步。"这八个小字出自拜伦的一首短诗，这本书是我翻译的。当然，不是海报铺天盖地的那本新书，是我从前翻译的那些名不见经传的英文小说之一。

它的确是我自己最满意的作品，但很遗憾卖得比较惨淡。当时负责它的编辑之后再没有找我合作过。如今书店里几乎已见不到这本书，要上网搜寻才可能买到。这绝对是我第一次亲眼看到有人看它。只可惜公然偷拍顾客实在不算得体的行为，不然我一定要拍下这个历史性的时刻。

临近晚餐时刻，那两个女孩抱着书来收银台埋单。

我接过她们递来的几本书和会员卡，一一扫描过，细长的账单一厘米一厘米地从机器里吐出来，前端卷成了一个卷儿。递账单时，我忍不住又瞟了一眼我自己的旧作品。

“这本是我自己带来的。”抱着书的女孩赶忙解释。她肯定将我这一眼会错了意。

我名为解释、实为好奇地问她：“我知道，我们店没有这本书。你是在哪里买到的？”

“我也不知道哪有卖，跟我们老师借的。”

她看上去差不多二十出头，这么说、买它的还是个大学老师？

“我能看看吗？”

“行，我不急。”她相当爽快地把书递给我。

书已出版超过一年，还保存得很新，没有一个卷角，里面夹着一张植物图案的圆角牛皮纸书签。我找出自己包里的那本弗罗斯特诗集，取出里边的书签，手上这两张几乎一模一样，除了图案。它们毫无疑问属于同一套。

翻过背面，诗集里那张干干净净，而小说里的书签背面有字：有人用整洁漂亮的铜版体抄写了一首英文短诗，标题再熟悉不过：So，we’ll go no more a roving。正是这本小说标题的出处，拜伦的诗。这首诗常见的中文版是查良铮译的《好吧，我们不再一起漫游》，而我在翻译这本同名英文小说时刻意改译成了“我们不再并肩漫步”。小说内容里并未提到过拜伦的这首诗，更没有谈及标题从何而来；将它抄写在书签背面夹进这本小说的人，想必熟知原诗。

默默地将书签塞回书里还给那女孩，那些诗句还是无孔不入地跃然眼前：

So, we' ll go no more a roving,

So late into the night,

Though the heart be still as loving,

And the moon be still as bright.

…

（好吧，我们不再并肩漫步，共度这幽深的夜色；尽管仍心存爱意，尽管月光皎洁如昔……）

根据艾宾浩斯记忆曲线，某种记忆产生的时刻也标志着遗忘的开始，100%的记忆量在二十分钟后将下降至58.2%，而一小时后只剩下44.2%。刚才面对书签那几秒，短短的十二行里，我记住了这前四句，一直到很久之后都没有忘。

大概因为在同时，我不断地问自己一个问题：这本小说的主人和送诗集给我的究竟是不是同一个人？假如还有机会再见到他，可能、也许、说不定，我会亲口问他。问是不是他在收集我的旧作，问是不是他将这样的诗句留在书页之间。

更有可能的是，永远都停留在“假如”。

——纵然仍心存爱意，纵然月光皎洁如昔。

还不到七点，施杰意外地出现在店里。他说好今天来接我下班，可是我今天的班一直到十点。

他心情颇好地一推门就跟小章打招呼：“嘿，晚饭时间到了！”

小章正满脸郁闷地换垃圾袋，吧台后的垃圾桶被快递纸盒塞得满满当当的。他拎着垃圾袋杵在门口：“闪开闪开，今天爷不接客。要找人约会，往里走两米！”

“哟，怎么了？我特意给你送快递来，你还不接客！”施杰诧异地指指自己手上的东西。

“我最讨厌快递！”小章幽怨地瞪了他一眼，转出门去扔垃圾袋。

施杰更摸不着头脑了，凑到收银台边，我打探消息：“这哥们儿今天受什么刺激了？”

“就是被快递刺激的。”

“啊？早知道我就换个词儿，说送外卖了。”看来他是打算找我吃饭，又不太好意思把小章一个人留下。

这时小章扔完垃圾回来，不声不响地蹿到我们俩中间站着，眼神充满怀疑和批判：“有外卖？交出来。”

“你不是不接客吗？”施杰故意把手上的东西往背后挪。

“你给他吧，现在的嫩草处于一个需要关爱的非常时期。”我边收拾包边说。

施杰的手刚回到原位，小章就眼疾手快地抓过他手上那个外卖袋，打开一看：“哟，还真是给我带的？”

“不然还骗你？”

“不厚道啊不厚道，你一会儿带咱姐去吃大餐，就留这么一盒饺子收买我？”

“你不是爱吃饺子吗？”

我环视这两人一遍，问：“要不，嫩草你跟他约会去，饺子留给我？”

小章白我一眼：“换你的衣服去，咱俩在这儿交流感情又不碍着你。”

“那你们慢慢交流，我马上消失！”我说着往休息室走去。

施杰在身后嘱咐：“别消失太久啊！”

换好衣服随施杰出门吃晚饭，根本就没指望埋头苦吃的小章能用他塞满饺子的嘴跟我说个再见。本以为是走着去，谁知道施杰把我往大马路边带，他的车就停在门口不远。

我问他：“要去很远？走开太久不好吧？”

“没多远，就是走着费时间，晚上还有事。”他顺手帮我拉开车门。

坐进去的一瞬间，前反光镜上的那只白水晶小猫映入眼帘。

我怎么之前都想不到？慧仪手机上挂的就是这只猫啊！自从我第一天坐施杰的车时，它就挂在这儿晃来晃去，时间也不短了。按常理两个陌生人挂一模一样的吊饰并不奇怪，但他们俩明明是很好的朋友，至少在我看来是。或者是朋友间一件普通的礼物？不对。有种叫直觉的东西隐隐约约地在脑海里盘旋。恋爱超过一次的女人总是对男人的蛛丝马迹更敏感，与其说是经验，不如说是一种能力，一种会从不知不觉间获得的、让你有可能明察秋毫也有可能庸人自扰的矛盾的能力。

我抬起手摸了摸那只猫，说："这猫挺好看的。"

"你今天才发现这儿有只猫啊？"施杰一笑置之，除此之外看不到任何不自然的表情。

"早发现了，今天才问。你喜欢猫？"我继续问。

"没，人家送的，我看好玩就挂着了。你喜欢？下次送你一个呗！"他还是一脸若无其事，如平时一样坦荡大方。但，他说的是"下次送你一个"，而不是"把这个送你"。这样的礼物或多或少对他有点儿重要，至少重要到天天挂在眼前且不会送给别人的程度。

"不用，就是随便问问。"

听到这句话，他反而偏头看我一眼，我冲他微笑，他也笑了笑。我们没有再继续这只猫的话题，开始跟平时一样东拉西扯聊别的。平心而论，我们相处不是不愉快的。

晚餐后他送我回来时还特意道歉："对不起，本来说好来接你下班，但是临时有事，只能找你吃个晚饭。"

"其实你有事就不用跑来，打个电话告诉我就行了。"

"那不行，都约好了就不能让你白等。"

“没关系的。”

我们到了。他照例先下车绕到一边帮我打开门。道过别，我往店里走，他还在身后说：“晚点儿给你打电话！”

与他相处已有一个月，如此情形并非没发生过。每当他因为工作要改掉预计的约会，总会在忙完后给我打电话。可这一次似乎有点儿不一样。说不清原因，只觉得在问过他那个吊饰之后，他不自觉地表现得对我比平时还细心体贴。这感觉没有证据也没有来由，却真实清晰。

回到店里已经超过八点，小章一见到我推门就迅速挥挥手背着包弹了出去，留下CD机里没播完的莎黛和她沙哑迷人的嗓音。吧台已整理得干干净净。我坐在电脑前更新完销售和库存表格，接着开始整理书架。满屋书架看似工作量很庞大，其实不用半小时就能整理完。平时顾客走后随手把书的位置调整对，下班前便不会有太多后续。整理完毕，剩下的时间完全属于自己，我抱着电脑玩起打发时间的小游戏。

墙上的挂钟又跑了一圈，很快就到十点。

施杰没来电话，说明他还在忙着。

我忽然意识到一个事实：除了公事之外，我似乎从未主动给他打过一个电话。不见面时，他总是会在合适的时候打来，即使没有电话也会来短信，完全没有给我主动找他的机会。或许是因为他做得太完美，或许是我对他的感情还没到时时挂念的程度，竟然到今天才发现这点。看吧，我果然天生淡漠又不懂维系感情，一旦对方不再主动，每段关系就可能就此无疾而终。眼下，我第一次准备给施杰打电话，竟然是在怀疑他跟我的好朋友有些什么的时候。

既然已决定跟他认真发展，无论如何都应该尽力。努力虽不能让感情凭空增加，却有可能维系一段长久且健康的关系，一段黎靖曾描述过的“没有负面情绪”的单纯感情。从开始的那一刻起，我便清楚地知道施杰是怎样的一个人，我完全不在意他的感情史，不在意他是否对我坦白，只要他存有与我长久相处的诚意。而他恰恰表现出了这种诚意，这就够了。

无论他跟慧仪之间是否曾有过什么，从这一秒起都不再重要。这并非豁达，而是当你并不想完全了解或完全独占某一个人时，你就只在乎他对你的那一部分是否真诚。说到底还是不够爱。爱这东西太昂贵太庞大也太复杂，人生那么长，既已拥有过一次半次，就应该知足。

我拨通了施杰的电话。

就当是下定决心为这段关系努力的开始。

电话响了好几声，就在我以为无人接听时，他的声音传来了："喂？你下班了？"他说话像是刻意压低了嗓音，周围也很静，仿佛没有旁人。

"你还在忙吗？"我问。

"有点儿，要不我晚一点儿给你回电话？"他保持音量快速地说。诡异的是似乎还掺杂着一点点微弱的回声。

他在什么地方？洗手间？

"好，你先忙吧。不用给我回电话，明天再说。"我话音未落，听见那边传来一声短促却清晰的"喵"……

施杰匆忙回答我："那我先挂了，晚点儿打给你。"

"呃，等一下。"我匆忙阻止他，顺手拿起收银台上书店里的固定电话拨出慧仪的号码，将听筒搁在桌上。

"有事？"施杰在耳边问。

紧接着，我透过手机明明白白地听见了一段熟悉的铃声："Casablanca"。慧仪用这段铃声用了很多年，一直都没有换。

他们根本不是"有过"什么，而是"正在"一起。

他也根本不是玩够了想安定，而是还在选择要跟谁安定。我挂断了固定电话。

“没事了，再见。”然后，挂断手机。

头脑精明、经验老到如施杰，本可以将感情游戏玩得滴水不漏、游刃有余；也不知是不是因为技高人胆大，他犯了个如此简单的低级错误：他以为很了解我，以为我绝对不会主动给他打电话。如若不然，今晚我打过去该听到的就是对方无法接通的语音提示。然后第二天一早，他会告诉我昨夜加班手机刚好没电。

他之所以挑中我，的确有一部分是因为我并不那么紧张他，让他可以在不同的人之间慢慢选择。哪怕我们真的结了婚，婚后他也是自由的。我独立，不太热情，带出去见人不算失礼，要甩开也绝不会大吵大闹。

而慧仪比我还独立。重要的是她更出色更耀眼更骄傲更能满足男人的虚荣心和征服欲。

果然，一个玩惯了的男人绝不会忽然变得忠诚，只是随着年龄的增长越来越会挑选适合做伴侣的女人。

如此一说，能跟慧仪一起跻身他的选择对象之列，我还真有那么点儿深感荣幸的意思。

今晚让他阴沟里翻船，我很抱歉。

没有愤怒也没有伤心，除了一丝被愚弄的不甘心之外，只有轻松。怎么说都算是失恋，我放自己一天假，不跑步，下班后直接走回家。

然而，我前脚刚进小区，施杰后脚就追来了。

车头远光灯刺得我伸手挡眼睛，他刷地把车甩在路边自己追进来拉住我。

“我给你打了好多电话。”他说。

我们面对面站在小区简陋的小花坛边，他开口第一句话竟然是这个。

“你女朋友知道你来找我吗？”我直视他。眼前这个男人真是好看，浓眉大眼身形修长，更要命的是有风度又有钱。摆在我们大龄女青年面前简直闪闪发光足以闪瞎我们全体的狗眼。他的好条件实在超出我们的期望太多，有时候男人只需要有八块腹肌就能在十分钟内把聪明女人变成傻子。

可那又如何？面对如此迷人的男人，我还是不知不觉把自己调到了刻薄模式。

他还摆出无辜被冤枉的受气表情："我跟 Elaine 没什么，你不是一直都很信任我吗？"

我走近他身边，指指他的牛仔裤："我猜你跟金田一也没什么，它就是随便留了两根猫毛在你身上？"

他果真好演技，连头都不低："别闹了，这么黑哪儿看得见什么毛！你别瞎猜了行不？我们在公司谈事情！"

"要不要我找一根给你看？"天这么黑我当然看不见猫毛，只是碰巧记得金田一属于夏天拼命掉毛族。

而且，这借口实在蹩脚。慧仪从不做笔译，跟他有什么公事要两人在夜里抱着猫单独谈？

"丁霏，你能不能不要这么幼稚？我们晚上一起工作怎么了？"他还火了。

"可以。我就是以前不知道你们公司洗手间还有沐浴露。"

离得这么近，鼻塞都能闻出刚刚洗过澡的味道。

"我来找你就是想跟你说清楚，别越闹越过分！"

"既然没事，你这么紧张跑来干什么？"

"是我要紧张吗？是谁鬼鬼祟祟用店里的电话打来查我的行踪？"

"我打的是慧仪的电话，不是你的。"

施杰提高了声音："你是非要逼我承认一脚踏两船才高兴是不是？"

"我不在乎你一脚踏几船，唯一的要求就是别让我知道。"

"你到底要怎么着？！"

就冲他立马追来找我，可以断定目前他还想挽回，而且只要我们继续下去，他不会再犯同样的错误——他会换另一个人，换一种不再让我发现的方式。我不是不能视而不见，因为我明白，发生过这事他以后只会对我更好更体贴周到。只是，对方是慧仪。

“结婚，白纸黑字写下‘如有再犯净身出户’。有保障我马上原谅你。”我面无表情地扔出了这类男人最讨厌听到的答案。他完全可以纡尊降贵先妥协，哄回去了再说；可他绝对受不了自尊被女人狠狠一挫。

施杰似笑非笑地盯着我许久，那表情像是真正有怒意的前兆：“你就这点儿要求？”

“不乐意就消失。”我也盯着他，哪怕他有可能暴怒地给我一耳光。

可他不怒反笑：“你他妈拍电视剧呢？哄我哄得挺顺口啊！少跟我来这一套，想怎么样痛快说！”

“聪明。我想拜托你有多远闪多远。”

“你知道你自己在说什么吗？你就是疑心太重，被一个男人骗过就觉得所有男人都有问题！我跟你以前认识的男人不一样！”他愤然下结论。

我顿时呆了。他怎么会知道？我半个字都没提过，他怎么会知道？难道又是慧仪？他们到底好到了什么地步？她不是个随便说是非的人，她跟他要亲密到何种程度才会向他透露自己朋友的往事？

他一直都知道，却选择在这种时刻说出来，攻击我，保全他自己。没错，他成功了。我们两人之中有第三者的是他，而窘迫挫败无言以对的是我。我反而成了需要羞愧难堪的那一个。记忆中那种毫无预兆被人劈头盖脸一顿打的感觉再次袭来。

我觉得自己像整个人被扒光了站在他面前，毫无招架之力。

见我不出声，施杰语气软下来，像安抚般摸摸我的头：“我没你想的那么坏，别把我当成那种人行吗？”

我也不动，只愣愣地问他：“谁告诉你的？”

他显然没料到我有此反应，也自觉失言，便接着哄道："不管那些了。你要信任我，行吗？谁都有过去，你的过去我不在意，我的你可不可以也别在意？"

一转眼，半小时前发生的事情立马成了"他的过去"了？

男性生物典型的避重就轻招数：温柔地睁着眼说瞎话，死不承认企图糊弄过去。

我退后一步，缓缓开口："施杰，你不在意我在意。我告诉你，我一直就是个被人骗来骗去的傻逼小三，只要看到你，我就觉得自己特别傻逼！所以你最好迅速消失，带着你身上的猫毛给我赶紧滚蛋！"

"你有病啊这么说你自己！"他朝我吼。

"我有病才会看上你！"我也吼回去。

在小区四周巡视的保安闻声往这边走来，脚步声越来越近。

"别戳在这儿给我丢人，哪儿来的回哪儿去。"我瞪他。

丢人这两个字估计戳到了他的底线，施杰冷冷地看我一眼，脸色臭得像刚被鞋拍了似的，一言不发地转身离去。

这不是什么体面的分手场景。刚刚仪态尽失地吵了一架，情绪放松下来后只觉难过得肋骨都要溶掉一般。我有生之年从没对谁这样大吼过，原来发泄之后并没有人家说的那么轻松。其实闹成这样不是全因为施杰，只是活该他倒霉。活了二十七年，我怎么就遇不到一个好男人？也许是有的，有那么一个，可惜他从来不是我的。

待保安走到跟前，只看到前一秒还中气十足地骂人、后一秒就傻站着抹泪的我。

"姑娘你没事吧？住哪个楼？要不要送你回去？"保安大叔问我。

我点点头，跟大叔一起往家走去。

所有企图留住某一瞬间的行为都是美好又荒诞的；

爱是如此庞大的谜题，即便记录下它发生过的每一个线索，也有可能猜不中结局。

06
[雾中风景]

019

原以为保安大叔只送我到电梯口，没料到他还真的把我送到了家门前，看着我拿钥匙开门。

门开了，客厅沙发上坐着三个人：房东、唐唐、企鹅。企鹅时不时过来我习惯了，可房东这又是来闹哪样？

客厅里电视也没开，他们三人听到响动，齐刷刷地朝门口看。见我这副样子身边还陪着个保安，唐唐冲过来拉着我问：“出什么事了？被人打劫？包还在啊！”

保安大叔替我答：“没事没事，跟男朋友吵架。安全到家就行，那我下去了啊！”说罢抬手做了个再见的姿势。

“谢谢您啊！”唐唐目送大叔走了后，一把拽我进屋，“砰”地关上门，“富二代欺负你？”

还未搭话，眼见房东脸上写满了怜悯之情。我立即懂了她断章取义自行脑补的内容，不外乎是“瞧这穷闺女企图嫁富二代不成还被人欺负了，真可怜”。

“我把施杰甩了，他不乐意，在楼下吵了一架。”我抽抽鼻子，昂首答道。

“甩得好！我支持你！”唐唐把我拖到沙发里坐下，抓过纸巾塞到我怀里。

企鹅相当令人感动地给我倒了杯水。

房东见状站了起来：“哟，晚了，你们休息，我先回去了！”说着还瞟了一眼企鹅。

唐唐当即影后附体地跟着站起来，挽住她胳膊甜蜜蜜地送到门口：“陆阿姨，您回家路上小心啊！下回再来坐！”

企鹅被房东的目光扫射得不太自在，知道这是“阻止房客乱搞男女关系随便留人过夜”的信号，立即一同起身告辞。婚前同居本不是什么违法犯纪的事，估计房东是怕在不涨租的情况下，又多搬进一个常住人口，参与蹂躏压迫她心爱的精装修小公寓。

送走房东后，她一个箭步扑回沙发里，开始对我进行诱供：“你跟富二代到底什么情况？”

“你先告诉我房东来干吗？又涨租？”我把刚擦过鼻涕的纸团扔进垃圾桶，好歹整理干净仪容准备迎接新一轮打击。

“这回还真不是！她说上来看看，其实是想让我们给留意小区里头有没有谁家卖房子。有我们留意就不用付中介费。”

“哇，上回要涨租的时候她才说过什么有难处，孩子还要上大学。转眼又要买房子？”我惊叹。

“说是想搬过来住，这儿交通方便。卖了现在住的搬过来。你信吗？”

“想搬过来信，卖房子不信。”我言简意赅地表明态度。

唐唐一脸得意地点点头：“还是我们家小聪聪灵敏，马上就说这儿离地铁还有段距离，找地铁边的更方便。”

“哎哟，都叫上小聪聪了？”我端起杯子喝“小聪聪”倒的水，是温的。如今个个男人都细心成这样，得有多好的运气才能分辨出谁好谁坏？几个月前我还在替唐唐惋惜，此时内心充满了对她的羡慕嫉妒恨。找个好看的男人容易，找个好男人实在太难。

“你看不见房东大婶儿那眼神？好像我留男朋友过夜，她就会被抓去浸猪笼似的！”

“要是她搬来咱小区，搞不好天天早晨上班都能见到她买菜。噢买糕的！”

“别扯房东了，快说你跟富二代是怎么吵架的！”唐唐猛摇我的手臂。

我们俩就这样坐在沙发上聊到了凌晨。

次日清晨醒在一个异常舒服的物体旁边，又软又弹，这枕头肯定不是我的。迷迷糊糊睁开眼之前，我感觉到自己保持侧卧姿势，右脸紧贴着那个舒服得难以置信的枕头。无意识地多蹭了两下，顿时脑后一重，我的头被人一巴掌推歪了六十度——如果不是头还牢牢地长在脖子上，用“扔”这个动词来形容会更贴切。

继而唐唐在耳边怒吼：“死开！那是我的咪咪！”

啊？我的瞌睡被她一推又一吼彻底赶跑了，迅速神志清醒地坐起来：“不可能吧？”

“五百！”唐唐摊开手伸到我面前。

“这么贵？”我满怀惊恐地跳下床，企图逃离现场。

“蹭一下三百，看你熟人打个折。”听她这么说我放心了，看来我只是早晨醒来的时候蹭了两蹭，昨夜并没有枕着它睡。

于是，我无比怀念地问：“包月还能再打折吗？”

回答我的是一个飞来的枕头。嗯，这回是货真价实的枕头。

昨夜在沙发上聊完上半场后，各自洗澡再到我的房间接着聊下半场，然后就这么睡着了。对话快结束时，我们两人都已经进入半睡眠状态，我能记住的最后话题，是她极力支持我约慧仪出来揭露施杰的“真面目”。

但，此后接连几天，慧仪都没有接听我的电话。不管什么时候尝试打过去总是只听见一片忙音，大概我的号码已经被她屏蔽。

可能对她而言，我就是一个夹在施杰和她之间的第三者。毕竟，从那只情侣吊饰出现的时间判断，她跟他在一起早在我之前。不难猜到她现在怎么想：她有一个朋友，从前是别人的第三者，后来终于成了她的第三者。第一次，我还能以一无所知四个字来为自己辩解；而第二次呢？第二次还是一无所知？我能看懂施杰是个怎样的人，却猜不到他会玩这种复数恋爱游戏？我能看透他选择我的原因，却忘了防备他同时也在选择别人？我第一次如此清晰地看到自己总在恋爱中失败的原因：愚蠢。

唐唐说得对，我只是在失望时随手抓住了一个近在眼前的救生圈。很不幸，连这随手一抓都没有抓对。感情从不公平，付出得再多也有可能颗粒无收；它有时又很公平，当你草率对它，它便会草率对你。心存侥幸就如同千里之堤下微小的蚁穴，总有一天要崩塌，只是迟或早。

我有什么理由抱怨施杰？根本就是自己作错了决定。

小章也是对的。我根本不应该跟施杰开始。

他们都没看错。

就连慧仪，她或许也没看错——我就是这样一个人，一个只能不断失去感情、失去朋友、失去信任、失去期盼的人。

只有黎靖说错了。

如此愚蠢的我，并不值得更好的人。

意识到这一点后，我反而感觉平静。既然没有能力去了解他人，也就不必再等待什么“他人”。我有一份简单的工作，一间可暂时栖身的房间，几个还在身边的朋友，还有值得保存的回忆。我已经拥有得足够多。有些东西并非力所能及，何必奢求？

黎靖，你自始至终都明智，只有对我的祝福太虚伪。

因为你早知道，我有一天会明白：哪里有什么真正的星辰？纵然萤火虫在黑夜熠熠生辉，五天之后也荡然无存。留不住的总会消逝，而记忆将永存为铁证。往事历历在目，若不放下，如何能在别处随手乱抓一个未来？

是我慌不择路，是我太累又太蠢，不愿再与记忆抗衡。

我早该对自己承认，如此草率地和另一个人开始只是妄想获得安定。须知出入感情从无捷径，跑得越快只会摔得越重。既然过尽千帆皆不是，那就不要再找；既然想留的留不住，那就不要忘记。要记住些什么是我一个人的事，无须再依赖他人，依赖一段所谓稳定的关系。

一个抗拒过去的人，不可能有未来。

这星期的休息日，我去爬山了。

这个季节这个时间登山的确不轻松。皮肤被太阳蒸出微小的汗珠，一颗颗抱成团沿着额角缓缓溜下来，困在太阳镜镜架下逐渐累积，最后突围而出划过脸颊。颈部早已灼得发痒，一张纸巾下去立刻有透明的水印迅速扩散，整张纸变成了软绵绵、皱巴巴的一团。衣服紧贴着身体，湿了又干；双肩背包如被阳光烤透了一般。我没有登山杖，也没有人同行，自己慢慢地往山顶走。途中遇到卖冰水的小摊便停下来休息喝水，趁着停下不再走的冲动占据大脑之前继续前行。

从山顶往下俯瞰，整座城市清晰又遥远地浮在那里。暮春时所见的那层略带橙色的薄薄的沙尘淡去，视线所及之处都裸露着原本的颜色，直接而刺眼。鼻腔吸入的空气燥热而干枯，没有泥土味道，也没有草香。记忆中曾在这里见到过的一切都已不再一样。时间早已向前走出很远，只剩我还记得：曾经站在这里的是两个人。

风若有若无地拂过耳边，我沿着上次的路去找索道站。

架在半空中那滚烫的蓝色吊椅仿佛从未经历过暮春时的那场雨，依旧面无表情地来来去去。在这脚下没有陆地、身旁没有回忆的时刻，我看到前面一对情侣举着相机在拍某张未知的风景。

所有企图留住某一瞬间的行为都是美好又荒诞的；

爱是如此庞大的谜题，即便记录下它发生过的每一个线索，也有可能猜不中结局。

我身上晒得泛红的皮肤经过四五天才完全恢复原状。

在此期间，小章对我的态度产生了弧线状的变化：惋惜地观望我两眼摇头走开——善意地向我推荐他的晒后修护乳——惊奇地观察我的复原进程——星星眼冲上来求推荐防晒用品。

第五天上午，我刚踏进店门，他就冲我直招手。

同事两年多，第一次享受这么热情的欢迎仪式，我有点儿受宠若惊：“淡定，嫩草。淡定！”

“哎，姐你过来看！昨天晚上我就用了你说的那面膜，今天是不是皮肤特别好？”他起劲地向我展示白嫩水润零毛孔的脸。

“你的皮肤已经够好了，再好我们女人都别活了。”我搁下包去换衣服。他一心情大好就会省略姓名直接叫“姐”，上次见到此情此景还是几星期前。

换过衣服已经是两分钟后，小章还保持着刚才的表情没变。

我打开电脑，从包里找出本书准备开始打发还没有客人的空余时间。小章无声无息地挪到我的面前，隔着收银台趴在对面问我：“哎，最近怎么不见你男朋友？吵架了？”

“什么男朋友？”我抬起脸茫然地看着他。

他顿觉情况不太妙，装作没说过话默默退回吧台后边。

我刚要低头看书，又见他再次蹿过来。

“章健强，你到底干吗呢？”我毫不留情地给他的好心情兜头浇下一勺冷水。

他一听这三个字立马严肃了：“停！不想跟你说话，爷今天不接客！”

宣布“不接客”五分钟后，小章面带优雅笑容捧着菜单朝刚刚进门的两位女顾客走去。那两个女孩从暑假开始就常来，我第一次见到她们时，其中一个正在看我翻译过的旧作。

短短两三个星期，她们已经成了常客。

平时大都是聊天喝咖啡或者一起看书上网，今天有点儿不同，书本纸笔装备齐全，有那么点儿来查资料准备论文的架势。再一留意又发觉不是：上次看我那本小说的短发姑娘从包里拿出来的是一本类似五线谱的练习纸和一支美工笔；她的同伴则抱着上网本坐在对面。她们不时小声讨论，刚好能听见声音却听不到内容。

方才决定不跟我说话的小章瞬间破了功，如往常一样借着咖啡机的声响压低了音量跟我嘀咕：“我咖啡你蛋糕，一起去观察观察呗？”

“好，你先上。”观察客人向来是我们工作时间除斗嘴之外的第二爱好，我也很欣赏这个提议。

“我赌画画，学建筑的。”他悠然开口。

“又赌？”

“别废话，你就说来不来吧！”

“我赌练字，学文科的。”

“文科范围太大，缩小！”

“学语言的，哪国语言都算。”

“行，你就准备扫地吧！”他一脸胜券在握的表情弄好咖啡端着托盘昂首阔步地走了过去。接下来两分钟内，小章标准搭讪程序将启动，他会以让对方感到相当愉悦的方式取得决定我们胜负的一切资料。

不，这次还不到两分钟，他就端着空托盘，一脸败色地折回来。

“一个月！”现在换我胜券在握，相当惬意地端着蛋糕跟他擦肩而过。

他不情不愿地伸出一根手指头迎面截住我的胳膊：“一星期。”

“半个月。”

“十天。”

“成交！”

小章这才松开手，放我去满足好奇心。

走到桌边，果然见到短发姑娘在练字。那练字本比五线谱多了几条斜线，原来是练圆体英文的练习纸。用国产美工笔代替标准的斜杆G尖蘸水笔练字不算太好的选择，但也已经算是装备齐全——很多人用的还是铅笔和四根横线的英语抄写本。她果然在练习那天我在书签背面看到的铜版体。

不得不感叹，现在的小姑娘比我们那时候的爱好高尚多了。我们课余时间基本消耗在小说和美剧上，而她暑假都练书法。还是英文书法！字帖摊开着，她的练习内容正是亚历山大·波普的一段诗。速度虽慢但落笔流畅、字体干净，笔画朴素、少带装饰；笔尖落纸时朝右，写满整行后基线与腰线仍清晰可见。

“真漂亮。”我忍不住赞美。

她抬起头露出个有点儿不好意思的笑容："真的？我才练没多久。"

"真的。这还是我第一次现场看人写铜版体。很难吧？"

"还好。我在学校经常要做点儿海报什么的，练练这个有好处。"她笑笑。

坐在她对面的高个子女孩插嘴道："那是，人家有名师指导啊！说不定练着练着就老师练成老公了。"

我弯腰放下蛋糕，小小的白瓷碟倾斜着触碰到木桌面。

短发女生辩解似的急忙澄清："你别乱说，老师有女朋友的。"

蛋糕碟底发出轻微得不易觉察的碰撞声，在桌中央平稳着陆。

高个子像听到什么大新闻般惊讶："女朋友？你确定我们俩说的是同一个人，是黎老师，黎靖？他也会喜欢活的女人？我还以为他只爱弗吉尼亚·伍尔芙呢！"

"去你的！人家不交女朋友你们也议论，交了女朋友你又说。"

坚硬的樱桃木桌面摩擦着我的手背，我直起身。空托盘垂在膝盖旁，它沉默又茫然。

——果然听到了在我脑海中猜测过无数次的那两个字。巧合这种东西的确乏善可陈，小说、书签、背面的诗……多处吻合的猜测基本就等于事实。我只是不知道他还写得一手漂亮的铜版体字。这人简直就活在一个世纪之前。

我转过身走回吧台，她们的交谈声轻轻地停留在身后。

……

"哎，你怎么知道他有女朋友的？"

"你觉得一个没女朋友的单身男人，办公室垃圾桶里会有蒂凡尼的袋子吗？"

我不自觉地停住脚步。她指的必然是黎靖送我的耳环外包装袋。淡绿色那么显眼，真是扔在哪里都有人注意。有呈堂证物，有目击证人，而我们之间的感情从未被判定成立过。

她们还在聊这个话题。

“你真变态，还偷看人垃圾！”

“我去借书，垃圾桶在桌子脚下，低头就看见了行吗？”

“明显就是你暗恋人家，连垃圾都看！”

“胡扯！”

“不过你的推理很给力，这么贵的礼物八成是送给女朋友。”

……

身后的交谈还在继续，我已没有偷听下去的必要。放下托盘问小章：“姐去吃饭了。要不要给你带点儿什么？”

“要走快走，一会儿走不了了。”他头也不抬。

我有点儿疑惑：“一会儿有什么事？”

“刚才你的男朋友发短信问我，今天你在不在，搞不好他要来。”

“我没男朋友。”话虽这样说，我仍然拎起包飞快地闪出了门，避免跟他照面。施杰最擅长干这种事——冷一段时间再出现在你面前，等时间帮你冷静得七七八八，甚至开始思考为什么他真的没再找你，他就该来了。

而这次，就算他占尽天时地利也没有挽回的可能。多亏他给我时间冷静，让我了解跟他开始本就是一个错误。

020

不知道有没有人统计过工作日一顿简单的午餐需要花多久时间，我只觉得今天中午一切都快得超出了预计：走到马路边刚好绿灯，到了餐厅刚好不用等位，从买好午饭到它被做好送到我面前只用了八分钟。无论我如何放慢速度，十分钟后也已经彻底吃饱。

时间就是这么不遂人愿，当你等待时它拉长，当你拖延时它又缩短。

跟施杰比耐心绝不是明智之举，我不想回书店，只好漫无目的地沿着街边散步。没有哪个正常人乐意仲夏正午在户外散步，何况我还没有带伞。手机在包里微微振动，是小章来的短信："不用给我带饭，晚点儿出去吃。"

所有餐厅都排满了等位吃饭的人，这个时间段真不适合发呆人群逗留。一路穿过商场和小店，忽然有个念头掠过脑海：我想到一个去处，一个我曾在某天深夜下班后去过的地方，那家二十四小时营业的街边咖啡厅。这十来分钟的步行距离此时此刻正合我意。

店门口那块褐色的招牌今天在我看来格外可爱，玻璃外墙折射着耀眼的阳光，晒得睁不开眼的我推门钻了进去。萦绕在身边的热气迅速消隐。店里依旧播着轻快的日文歌，收银机前稀稀拉拉有几个排队的顾客，我也加入其中。

在我身前隔着两个人处有个熟悉的背影。噢，我差点儿忘了这地方还是他带我来的。在习惯去我工作的书店之前，他应该常来这里吧。看来如今他又恢复了旧习惯。

还没想好如何自然地打个招呼，他已经端着咖啡转过了身。

他看到了我。

就像每一次偶遇那样。

住得近果然不是一件好事，生活习惯相近就更糟了。这表示我们随时随地都有可能遇见，只要不刻意躲避的话。

而黎靖并没有走过来，反而再一次转过身。当他再转回来时，手上端了两杯咖啡，什么话也没有说，将其中一杯递给我。

杯里冰块在拿铁中浮浮沉沉。我接过杯子好半天，才冒出一句话："我不是来找你的。"鬼才知道我为什么选了这么一句开场白。

"知道。"他笑笑，径自朝一张空桌走去。

我端着咖啡踌躇了好几秒，还是跟上了他。刚才的表现已经够傻了，要是就这样走出门去，简直就等于在脸上写“我就是来找你的”七个大字。

圆桌很小，凳子又有点儿高。我们面对面坐着，更像两个互不认识的搭台顾客。

“怎么了？”他突然问。

我心不在焉地抬起头，吸管戳到了嘴唇：“什么怎么了？”

“你。”

“我？我出来吃午饭。一会儿就回去。”

还好，我没傻到胡诌今天休息之类的话，身上的制服明明白白地显示着我在工作时间，跑来另一家咖啡厅买比小章水准低一大截的咖啡。

“送你。”他站起来。

“不用，又不远。”

“没关系，我不赶时间。”又是这句。

“我等一会儿才走。”

“那就等一会儿送你。”

他坐回椅子里。

可我们也不怎么聊天，就这样坐在一起，真的有必要吗？时间终于开始拉长变慢，就在我刚刚嫌它走得太快之后。

黎靖送我到书店门口。路边没有见到施杰的车。

再往前走两步就是台阶，台阶上的玻璃门就是我们这趟散步的终点。

“我到了。”我站住，向他道别。

他知道这个姿势表示不打算邀请他入内，于是点点头：“嗯，进去吧。”

他的表情平静又自然，他干净的颈部妥帖地包裹在衬衫衣领里，下巴上没有胡楂。他一直都像初见时那么整洁、那么温和、那么疏离，似乎从来不变。以至于每次临别时看他一眼，我都无法断定那是不是最后一眼。他也站在原地，一如既往地要看着我先进去。

我转过身走上台阶，握住门框边的扶手，推开了门。

施杰和小章一内一外地隔着吧台聊得正起劲。此时我终于记起，这栋大楼地下还有个地方名叫停车场。

门顶的风铃轻盈地一响。他们俩齐刷刷地扭过头看我。

小章以迅雷不及掩耳的速度弹了起来，直冲门口："你总算回来了真饿死爷了我吃饭去！"整句话配合动作一气呵成不带标点。

上午那两个学生也已经走了，店内就剩下我们两人。

"还生气呢？"施杰若无其事地走近两步，在离我二十厘米时站住了。距离这么近，我只能平视到他的领口。若有若无的须后水味道绕在我鼻尖。女人的恋爱通常都是由感官开始，他身上那股明亮、健康的气息渐渐逼近，足以愚弄你的感官，让你感觉到放过他，就再也遇不到如此美好的男人了。

他实在很迷人，再加上一点儿真诚，即使穿梭在复数恋爱对象中，也很有可能轻易被原谅。

我没有说话。既不想开口又无言以对。

"对不起，我郑重向你道歉。那天晚上我的语气重了点儿。"阳光透过玻璃门刺进来，他的睫毛末端被染上像小动物绒毛一样柔软的光泽。

"没关系，你不用特意来道歉。"我退开，随手放下包。

"那，还是朋友？"他露出笑容。

这一刻，我不得不佩服他的聪明——他这类人不可能在闹得翻脸之后还非要跟对方做朋友，除非做的是能约会能上床的那种。我们之间还没有过任何亲密行为，如今他说出朋友两字不过是一个安抚加缓兵之计。

我简单地用单音节回答："嗯。"按照常规剧情，现在已经演到我应该为他的风度感动再为自己以小人之心度君子之腹而自惭形秽了。

丁霏，你少刻薄一次会怀孕吗？我想到这句立马忍不住笑出来。

"笑什么？我做了什么好笑的事吗？"他问。

"没什么，只是觉得你有趣。慧仪那边你哄好了吗？"

他的脸色微微有点儿变化："我跟她……好吧，反正说什么你都不信。就当是我做得不对，你就不能原谅我吗？"

"不需要啊，你刚说了还是朋友。朋友不用管你跟谁谈恋爱吧？"

"就只是朋友，不可能再发展了？"他不死心地追问。

"朋友就要发展？那你跟小章也是朋友，你们俩也要发展吗？"

"行行，现在不说那么远。"他钻到吧台后，不知从哪个柜子里变出一束花递到我面前，"这回真是买的。我第一次买花送给你，能不能赏脸一起吃晚饭？"

施杰的情商和风度果然不是假的，如果不是那夜惹毛了他，估计我永远都没机会见识那么难得的一幕。

我没有去接那花："征服别人对你真那么重要？被人甩没什么可耻的，谁都被人甩过。如果你坚持认为被分手伤害了你的尊严，我给你个机会：把那束花帅气地甩到我脸上，说你想说的台词，然后走出这个门。"我替他拉开门。

热气昏昏然扑面而来，我却从未像此刻般清醒。

同样没受热气影响的施杰冷着脸问："你这招又是什么意思？"

"把分手耍帅的镜头留给你发挥，不好吗？"

"你要是不在乎我那天为什么发那么大脾气，就算我做错了什么，你都已经发泄过了！玩够了，把门关上跟我好好说话。"他啪地把花拍在吧台上，开始恩威并施。有个比自己高出一头的男人面带怒意戳在面前不是不害怕，这场对峙中，他的气势和体能都占有绝对优势。

狮子压倒蚂蚁，根本就是自然界的规律。

施杰，很抱歉破坏了你对这段关系的掌控权，更抱歉伤害了你大男人的尊严。有人要离开你根本不是什么了不起的失败，不用急着将这一笔涂改到满意为止。你完美、骄傲、不缺钱，也不缺人爱；而我，除了这点微不足道的坚持什么都没有。你输不起，我输得太多已经不再怕。

我站在门边一动不动，没有松手也没有退后："你唯一在乎的就是我没有追着你求你，不要因为另一个女人离开我。这种事永远不可能发生，无论你来多少次，结果都是我请你消失。如果你不喜欢这个结果，最好在走的时候做出主动把我甩了的样子。"

说罢，偏过头看向门外，不打算再知道他的表情变化。

而这一眼就让我僵在了原地——门外台阶下站着黎靖。他没走，他一直在。刚才的闹剧他全都看在眼里。我之所以不告诉他跟施杰之间发生的事，只是不想让他觉得我跟别人分了手后又想起他。我不是离开施杰后才想起他，我从未不想。

施杰一把扯下我拉住门的手，门惊慌地划出弧线，再"砰"的一声闭上。

他略带轻蔑地盯着我，盯得笑了。

"这就是你的理由。他？"他偏过头瞟了一眼黎靖，"一脚踏两船的不是我，是你。"

我仿佛看见挫败感从他身上渐渐退散，他终于找到了合理的解释。这不是他的失败，而是我出了问题；他迷人他耀眼他浪漫他体贴他是全世界最好的男朋友，只是他控制不了我有另一个交往对象。此情此景几乎治愈了他。

门又被推开。

黎靖进来站在我身边。

施杰面对他站着，脸上没有敌意，依然只有轻蔑。他凭什么摆出一副正牌男友抓到第三者的表情？而他不打算再跟我们说话，扭头准备走。

黎靖叫住了他。

“等一下。”他平静地开口，“她跟我都不会做在别人关系里插一脚的事情。如果我们要开始，一定是在确定只想跟她一个人过一辈子的前提下。有一丝一毫的不确定都是对对方不负责任。我假设你不懂什么叫认真，但如果你还能像个男人一样思考，就不应该有这么幼稚的想法。就算我跟她在一起又如何？坦白说，我不会再把她让给任何人，尤其是你。还有，带走你的花。”

他的声音平缓而沉稳，冷静得像是在陈述某个已成定局的事实。

他这是……在表白？唉，别自作多情了，人家帮你解围而已。

施杰面无表情没有理他，随后把目光移向我。

“你想看我甩你？”他说着抓起吧台上那束花，指关节处的皮肤因为用力而微微发白，“现在我满足你。”花重重地栽进了垃圾桶。

垃圾桶摇晃几下，站住了没有倒下。施杰头也没回地拉开门大步走出去。

屋里安静下来。没有人出声的片刻，CD机缓缓转动，播着安德烈·波切利那张《托斯卡纳的天空》。我们静静地坐下，在他以前常坐的那张桌边。刚才在黎靖当着施杰说那些话之前，我们两人都没有真正聊过天。不，不只刚才，这两个月来，我们都没有真正像平时一样聊过。

“刚才怎么没走？”

“刚才怎么不告诉我？”

黎靖和我再一次同时开口。如此巧合发生太多次，我们已经懒得去惊讶。

他说：“你先说。”

我说：“你先说。”

“呃，回来之前我就觉得有点儿奇怪。你中午走出那么远又不是为了吃饭，所以我猜书店可能有什么人或者什么事让你不想回来，而且不方便跟我说。我确实有点儿担心。”

“所以你才送我回来？你担心什么事？”

“不管什么事。”他轻声但坚定地回答。我承认那一刻有种错觉，好像真的无论发生什么事他都会在身边一般。

我试图努力将这种不切实际的期望赶走，又问：“那刚才又不进来？”

“我刚开始不确定你们发生了什么事，所以……你还没说为什么不告诉我？”

“他的事跟你也没多大关系。”

“你的事跟我有关系。”

他这句话不假思索地冒出来，但语气平静得不像冲动失言。

我们之间有过太多不该当真的误解，这一次，我不想再失望。于是我像普通好朋友般冲他笑笑：“谢谢。刚才感觉你真像我老爸。”

“噢，所以你说我不像大叔。”他也笑了，“你们到底是，呃，是怎么回事？”

黎靖有点儿尴尬的表情一览无余地说明他除了不善于搭讪，还很不善于询问别人的私事。

“你都听到了，他还有别的女朋友，碰巧他的女朋友我也认识。”

“这样。那你现在感觉好些了吧？”

“我没有感觉不好，又不是婚后出轨。我跟他什么都没发生过。”说到这里，我意识到他跟他前妻的问题，立刻有点儿后悔，“啊，对不起。”

“不用。我也没有感觉不好，而且你也不必解释得那么详细。”他看着我。一时间，我真的搞不清楚他的眼神里到底有些什么信息。

他是在暗示什么？或者他知道我怕他误会些什么？他上一次说类似的话，是在问我前男友跟他到底有没有相似的时候。

我只好开始转移话题：“总之谢谢你。不过，我现在也有点儿担心了。”

“不管担心什么，有事立刻打电话给我。”

“这你恐怕帮不上忙，出版公司那边，我的稿费还得他签字。”

黎靖相当配合地笑起来。比微笑的弧度要大一点儿，左脸颊露出那个浅浅的单酒窝。只不过两个月没见到这样的表情，我竟然隐隐约约有种恍如隔世的感动。

他说：“很遗憾，这我的确帮不了你。不过我可以请你吃饭当安慰。”

“你们男人除了请吃饭和送礼物，还有别的招没有？”

“有啊，带你去爬山。”他一本正经地答。

“免了！上星期我才爬过，面膜五天才恢复原状。”话说出口顿觉不妥，这根本就等于主动承认我一直在想念他。

我期盼着他问点儿什么，可他什么也没问。什么都不问表示他明白，他很清楚。他几乎已经将我这点儿秘而不宣的心事看了个透。几分钟前，我刚刚在他面前跟人分手，现在就要转而暗示他了吗？

他似乎觉察到我的尴尬，于是回到了吃饭的话题：“你觉得我的厨艺还行吧？”

“不是还行，是很好。”

“那，你今天想吃什么？”

“等等，什么叫今天我想吃什么？”这是句百分之百的废话。我只是不想再跟他回到从前超越朋友又不算恋人的关系。否则，这两个月对我们来说究竟算什么？

他愣了一愣：“我在约你，听不出来？”

“因为我刚刚推掉了那家伙的晚餐约会，所以你打算陪我度过失恋第一天？”

“你非要我说明白？”他终于不淡定了。

“刚才你说得很明白了，请我吃饭安慰我。”我继续装傻充愣。是，我不确定，我不敢确定，更不敢在他面前随随便便自作多情。

他斟酌片刻，像是在衡量用词，接着说：“不是安慰，是约会。”

约会？他居然亲口说约会？

“你，你就这样……我是说今天是我突然遇到你，然后你送我回来，然后你就趁机约我？你要是不撞见我就永远不约了？还是说既然见到了就随便约约？”

“不是随便。在今天之前，我一直以为你有男朋友！”

“在我没有男朋友之前，你不是也不愿意跟我在一起吗？”

“我什么时候说过不愿意？我当时只是告诉你需要时间。”

“需要时间去想还叫愿意？还是你今天看到我又失恋一次，所以决定大发慈悲干脆收留我算了？”

“当时我们发生了些事，我当然需要时间整理清楚，我有女儿，我有……”他停住了。

“你有前妻。当时你不知道自己喜欢谁多一点儿，对吧？现在你前妻结婚了，你没希望了，所以就只有选我？”我语速快得连自己都不相信，只感觉愤怒又悲哀。

“不是。”他按住我的手腕不让我站起来走开，以一种我从未从他身上感受到过的力度，“在她结婚前我们沟通过一次，所有的不愉快已经解决了。我跟她的问题需要时间解决，没错；十几年的感情不可能消失不存在，但我清楚那都是过去，不再是现在。我也希望花时间让女儿在接受她妈妈再婚之后再接受我也要跟别人在一起。我本来想，如果你不反对的话可以先跟黎雪试着相处，可以接触多一点儿我生活中的一切再作决定。我不希望我们在一起以后你要面对这方面的压力，更不希望你日后后悔。我只想你完全了解我之后再选择，我不想你选择了之后又因为种种原因离开我。我没想到你的顾虑，所以刚才发生的那些事都是我的责任。我不能再让这种事情发生。”

“所以你只说需要时间。为什么你认为我以后会离开你？为什么你都不解释？”我无法形容此刻的惊讶，只呆呆地问。

“不是每个人都会跟别人说自己害怕的担忧的事。而且，对不起，我那时真的不确定你对我是不是一时好感，会不会很快消失。”

我的手腕微微出汗了。可是他的手掌那么温暖，我舍不得推开。

“别告诉我，你会分辨不出什么是一时好感。”

“假如你对我产生感情有其他原因呢？”

他说得很含蓄，可我听明白了：“你说 Alex？我承认最初注意到你是有他的原因，但自从认识你之后，我再没有把他和你的名字联系在一起。哦，有一次，就是他给我打电话那天早晨，我误以为是你。”

“我不知道，也没有办法问你。”

“但是你说我值得更好的人。”

“因为你说你不愿意。我知道一直有更好的人在你身边，当然前提是我不了解他。所以这是我的责任，我说过不能让这种事再发生。就算你将来要后悔，今天我还是会对你说这些。”难怪他刚才对施杰说不会“再”让给别人。

他的敏感不比我少，这是我始料未及的。

“我不愿意是因为你早就定义过我们之间的关系。我以为你……”

“我是。至少很早以前是。我们能不能略过感情变化这部分，因为我真的不知道是什么时候变的。”

“这怎么可能不知道？是你拿走我戒指的时候，是你留着酒瓶塞的时候，是你在我楼下晃来晃去的时候，还是在你买我的书的时候？”

“你的书？”他诧异地反问。他显然不知道我看到了那本书和里面的书签。

“我没有跟踪你，我就是看到过那本书！”

黎靖还没来得及反应，门前风铃“叮”的一声。我们立即像被戳到开关一样闭嘴朝门口看去。

门口站着今天上午来过的两个女生，大家面面相觑了好几秒，黎靖默默松开按在我腕上的手。已经晚了，在观众面前这就是个典型的情侣吵架场景。还是高个子女生打破了冷场："不好意思，我上午好像把鼠标落在这儿了。"她又依次看了我们俩几眼，迟疑地抬起手做个打招呼的姿势："黎——老师。"

我匆忙站起来："你们走的时候我应该不在。如果落在这儿了肯定是我的同事收了，要不我去给你找找看有没有？"我三步并作两步钻到收银台后面，打开唯一没有锁的储物柜。

店里的收银台和吧台本是个L字形的一体结构，但由于书店门开在转角上，中间就断了一截，分别变成两个单独的结构。储物柜里没有，我又蹿到吧台去翻小章平时放杂物的格子，总算找到一只无线鼠标。

"这是不是你的？"我拿出鼠标来递给她，这才意识到我之前完全没问过她鼠标到底是什么样子。

幸好那里就一个鼠标，不属于我，也不属于小章。

高个儿女生接过鼠标道谢："是我的，谢谢。"

我看看坐在窗边的黎靖，他的表情也有点儿不自然。

"那，我们就，就先走了。"短发在一旁拉了拉她的朋友。

她们两人上午当着我讨论"黎靖女朋友"的情景犹在眼前，没几小时立刻就被抓了个现场。就是这么不凑巧，自从认识他到现在，人人见到我们俩都以为我们是情侣关系。

我紧张起来，没头没尾地声明："我不是他的女朋友！"

"呃，我希望是。"他还在这时候插嘴。

那两个女生见情形不对迅速撤退了，又留下我们两人你看我我看你。

黎靖坐在那边看着我，他的眼神里透露出好像明白了点儿什么的意思。我就这样站在原地也不走近，与他隔着两米距离。他紧张起来的样子其实也很可爱，只是难得一见的情景总是转瞬即逝。

“嗯，你的书。”他又恢复了平时的平静，微笑看着我。

他肯定也知道我看到了书签背面的诗。

看他时而没信心时而自我感觉良好，我实在忍不住泼他冷水：“看看你喜欢的都是些什么人，跳河自杀的伍尔芙、跛脚男爵拜伦。我想反省反省我到底哪里有缺陷。”

“看看你喜欢什么人，就知道哪儿有缺陷了。”原来他说起笑话来面不改色，也挺有杀伤力。

“喂，现在是这么个情况，你也没说过喜欢我，我也没说过喜欢你。”

“我说过。”

“什么时候？”

“你忘了？”

“没忘。”

我当然没忘。他唯一的一次说过这句话是在撞见慧仪的那个夜晚，在他收藏我们一起开的那瓶白葡萄酒的软木塞的夜晚，在他的结婚纪念日夜晚。他说我们之间的感情不算恋爱，而我还在躲避两年前的往事。然而他记得，我也记得。或许感情在那个时候已经存在，只是我们两人都还不能告别过去，更无法接受未来。

是啊，其实我们都需要一点儿时间。

他轻轻摊开手掌。掌心里躺着那枚软木塞。有个问题我不想问，但早在他说需要时间的那天我就已经知道了答案。所有恋爱超过一次的人都有过去，不能遗弃也无法消失；而每个人站在过去与未来之间的心情也不尽相同：有的人会抗拒、质疑，不完全梳理清楚不会向前迈步，而有的人过分敏感，在有可能受到伤害时会粗暴地拒绝。我们不过是都想下一次能够走到永远。

可哪儿有什么恋爱可以保证走到永远？

他终于明白，并非驻足不前就能全身而退；我终于明白历经深思熟虑的感情未必不纯粹，需要时间才能作出的决定也未必不真诚。

初见时，我们并肩在江北机场看到的薄暮那么美，浓雾散尽，便是风景。

年少时，我们依赖直觉生存，凭借冲动去爱、去信任，如直视正午的日光，必将被灼伤。直到后来我们才渐渐明白：在薄暮时分，白昼可以拥抱黑夜，过去能够过渡到未来，而时间的持续流逝卷走了我们身体里冲动莽撞的情感，留下丰盈的记忆与平衡的姿态。

他就坐在那里，等浓雾散去，等我们都能从容地看清楚眼前可能存在的未来。

屋里仍然响着安德烈·波切利宽厚温柔的嗓音，用我们听不懂的语言一遍遍地复述记忆中所有美好的片刻，巨细无遗。有时候爱就是如此润物细无声地存在着，它不容否认、无须质疑、挥之不去、历久弥新。

我走到他身边坐下。

他问："想好晚上吃什么了吗？"

"可是我今天十点下班。"

"下午茶这顿吃饱点儿。"

"那晚上吃了再去跑步？"

"我们这次跑有便利店的街。"

"其实我们的夜间活动项目有不少可选，跑步、逛街、高空掷物……"

"你又有东西要扔？"

"扔你那本酸兮兮的萤火虫。"

"别记着那个了，前男友都是浮云，我不在意了。"

这才是他那晚提起那首诗的真正含义？往事再美也总要逝去，会转瞬熄灭的便不是真正的星辰。(1) 文学老师害死人。(2) 一夜情果然能直接导致智商低下。我差点儿又要笑场。

“其实你还是挺舍不得那本书的。”

“正确。”

……

黎靖走后，我给唐唐发短信：“约会，晚回家。先睡。”

她飞快地回了一条：“终于发展了？别忘了欠我的现场观摩八折券。”

她问都不问就能断定跟我在一起的只能是黎靖？

其实这世界上千万种感情，其中并没有一种叫宿命；有人一秒钟就能作一个决定，而有人终其一生都坐在浓雾中等着看清楚雾中隐约的风景。当你与往事和解，当你不再与自己的内心抗衡，你会知道谁才是此生最不愿意错过的人：爱本就是没有确定答案的冒险，谁也无法断言未来，谁都不是命中注定，你却甘愿与他并肩向未知前行。

——除此之外，我们只是恰好在雾中相遇，不迟不早。